民国诗学论著丛刊

叶嘉莹 主编　陈斐 执行主编

# 乐府通论

王易 著
孙尚勇 整理

文化艺术出版社
Culture and Art Publishing House

图书在版编目（CIP）数据

乐府通论 / 王易著；孙尚勇整理. —北京：
文化艺术出版社，2017.6
（民国诗学论著丛刊 / 叶嘉莹主编，陈斐执行主编）
ISBN 978-7-5039-6272-1

Ⅰ.①乐… Ⅱ.①王… ②孙… Ⅲ.①乐府诗—诗歌研究—中国—古代 Ⅳ.①I207.226

中国版本图书馆CIP数据核字（2017）第041498号

## 乐府通论
（民国诗学论著丛刊）

| 主　　编 | 叶嘉莹 |
| --- | --- |
| 执行主编 | 陈　斐 |
| 著　　者 | 王　易 |
| 整 理 者 | 孙尚勇 |
| 丛书统筹 | 陶　玮 |
| 责任编辑 | 魏　硕 |
| 版式设计 | 顾　紫 |
| 出版发行 | 文化艺术出版社 |
| 地　　址 | 北京市东城区东四八条52号　（100700） |
| 网　　址 | www.caaph.com |
| 电子邮箱 | s@caaph.com |
| 电　　话 | （010）84057666（总编室）84057667（办公室）<br>（010）84057696—84057699（发行部） |
| 传　　真 | （010）84057660（总编室）84057670（办公室）<br>（010）84057690（发行部） |
| 经　　销 | 新华书店 |
| 印　　刷 | 国英印务有限公司 |
| 版　　次 | 2018年8月第1版 |
| 印　　次 | 2018年8月第1次印刷 |
| 印　　张 | 8 |
| 字　　数 | 150千字 |
| 开　　本 | 880毫米×1230毫米　1/32 |
| 书　　号 | ISBN 978-7-5039-6272-1 |
| 定　　价 | 45.00元 |

本丛刊个别作者未能取得联系，请相关人士尽快与我社联系办理版权事宜。

联系电话：（010）84057672　　（010）84057604

# 整理说明

一、本丛刊抱着"发潜德之幽光,启来哲以通途"的宗旨,主要选刊民国时期(1912—1949)成书的、学术价值或普及价值较高的、与诗词曲等广义的古典诗歌相关的论著。少数与诗歌密切相关的文学理论、文学批评、文学史著作,或成书于晚清的有价值的此类著作,以及同时期相关的汉学著作,亦适当收录。诗话、词话及新诗研究论著等,因为已有相关大型文献资料集出版或列入出版计划,故暂且不予收录。

二、本丛刊秉持开放包容的态度,期望较为全面地呈现民国诗学研究的多元气象;按照撰著内容和体例,大致分为"史论编""法度编""选注编"等编,分辑滚动推出,每编每辑十种左右;优先选刊1949年以后没有整理出版过的著作,以节约出版资源。

三、每部拟刊论著,我们都约请相关专家进行整理,并在前面撰写一篇"导读",介绍该著的作者生平、成书经过、学术背景、主要观点、诗学价值、社会影响等,以引导读者更好地理解原著。

四、整理时,以原著内容最全、文字最精的版本为底本,参校其他版本（如手稿本、期刊连载版等）和相关书籍，修订原版讹误，参照古籍整理规范出校勘记。校勘一般只校是非，不校异同。凡底本"误脱衍倒"者，皆据他本或他书订正，并出校记。引文与所引著作之通行本文字不同者，只要文意顺畅，亦读得通，一般不改动原文、不出校记。显著的版刻错误，如笔画讹误、不见字书者，或"日曰""末未""己已巳""戊戌戍"混同之类，如果根据上下文足以断定是非，一律径改，不出校记。注文中的魏妥玛注音，统一改为现代汉语拼音，但不出校记。为避烦琐，校记中征引他书，仅注明书名及页码，卷末另附"本次整理征引文献"，详列作者、书名、出版社、出版年等信息。

五、原版为繁体竖排，现统一改为简体横排，并参照最新版国标《标点符号用法》及古籍整理规范加以新式标点。繁体字、异体字一般改为规范的简体字；容易引起误解的人名、地名用字，通假字或民国时期特有的虚词（如"底"）等，则保留原貌。因版式改动，原版行文中提到的"右文""如左""左表"等，统改为"上文""如下""下表"等。

六、一些论著提到的外国人名、地名、书名等，译法与今日或有不同，为保存原貌，不作改动。个别论著的极少数提法，或有一定时代局限性，为保存原貌，亦不作删改，望读者鉴之。

七、我们的整理目标是争取形成可以传世的、雅俗共赏的"新定本"，但古人云："校书如扫落叶，旋扫旋生。"尽管我们僶勉从事，或疏漏在所难免，恳请方家赐正。

# 总序

1912年清帝逊位至1949年中华人民共和国成立，一般称为民国时期。这一时期，虽然政局不稳、战乱频仍、民生凋敝，但思想、学术、文化却自由活跃、异彩纷呈。主编过"中国现代学术经典"丛书的刘梦溪先生认为："中国现代学术在后'五四'时期所创造的实绩，使我们相信，那是清中叶乾嘉之后中国学术的又一个繁盛期和高峰期。而当时的一批大师巨子……得之于时代的赐予，在学术观念上有机会吸收西方的新方法，这是乾嘉诸老所不具备的，所以可说是空前。而在传统学问的累积方面，也就是家学渊源和国学根底，后来者怕是无法与他们相比肩了。"[1]

的确，民国学人撰写的学术论著，虽然限于物质条件和学科发展水平，有些知识需要更新，有些观点有待商榷，有些论述还要深化……但仍然接续、充盈着中国固有学术的人文义脉和精魂，更具有为国家民族谋求出路、积极参与当前文化建设的现实关怀，更具有贯通古今、融会中西、打通文史哲、将创

---

[1] 刘梦溪：《中国现代学术要略》，生活·读书·新知三联书店2008年版，第123—124页。

作和研究相结合的开阔视野和博通气象，更具有"文章千古事，得失寸心知"（杜甫《偶题》）的传世期许和实事求是、惜墨如金的朴茂之风。这在人文学术研究显现出"技术化""边缘化""碎片化""泡沫化"等不良倾向的今天，颇有借鉴意义。而且，那时的不少论著奠定了后续研究的基本框架，不管就论析之精辟还是与史实之契合而言，都具有较高的学术价值。《中国诗学》主编蒋寅先生即深有感触地说："最近为撰写关于本世纪中国诗学研究史的论文，我读了一批民国年间的学术著作。我很惊异，在半个世纪前，我们的前辈已将某些领域（比如汉魏六朝诗歌）的研究做到那么深的境地。虽然著作不太多，却很充实。相比之下，80年代以来的研究，实际的成果积累与文献的数量远不成比例。满目充斥的商业性写作和哗众取宠的、投机取巧的著作，就不必谈了，即使是真诚的研究——姑且称之研究吧，也存在着极其庸滥的情形。从浅的层次说，是无规则操作，无视他人的研究，自说自话，造成大量的低层次重复。从深层次说，是完全缺乏知识积累的基本学术理念……许多论著不是要研究问题，增加知识，而是没有问题，卖弄常识。"[1]

陈寅恪先生曾将佛学刺激、影响下新儒学之产生、传衍看作秦以后思想史上的一"大事因缘"[2]。近代以来的大事因缘，

---

[1] 蒋寅：《热闹过后的审视》，载《文学评论》1996年第5期。
[2] 参见陈寅恪《冯友兰中国哲学史下册审查报告》，《金明馆丛稿二编》，生活·读书·新知三联书店2015年版，第282页。

无疑是在西学的刺激、影响下发展本土学术。中国传统学术需要外来学说、理论的刺激与拓展，既是谁也阻挡不了的必然趋势，也是时代惠赐的绝佳良机。中华民族一向不善于推理思辨，更看重文学的实用价值、追求纵情直观的欣赏。中国语文亦单体独文、组词成句时颇富颠倒错综之美。而且，古代书写、版刻相对比较困难，文人往往集评论者、研究者、作者、读者等多重身份于一体，彼此间具有"共同的阅读背景、表达习惯、思维方式、感受联想"[1]等等。凡此种种，决定了"中国文学批评的特色乃是印象的而不是思辨的，是直觉的而不是理论的，是诗歌的而不是散文的，是重点式的而不是整体式的"[2]。反映在著述形态中，便是多从经验、印象出发，以诗话、序跋、评点、笔记、札记等相对零碎的形式呈现，带有笼统性和随意性，缺乏实证性和系统性。近代以来，不少有识之士如梁启超、王国维等先生，在西学的熏沐、刺激下憬然而醒，积极汲取西方理论和方法，为中国传统学术研究开辟出一片崭新的天地。胡适、傅斯年等民国学人沿着他们的足迹，在"救亡图存"的时代旋律鼓动下，掀起蓬蓬勃勃的"新文化运动"，更加全面地引入西方理论、观念、方法、话语等，按照各自的理解和方式应用在"整理国故"实践中，在西学的参照下重建起现代学术。此后中国学术的发展，大体是在他们奠定的基础上拓展、深化。

---

[1] 叶嘉莹：《王国维及其文学批评》，北京大学出版社2014年版，第118页。
[2] 同上书，第111页。

民国学人的开辟、奠基之功，可谓大矣！

中华民族素来以"承百代之流而会乎当今之变"（郭象注《庄子·天运》语）的观点看待历史和当下的关系。[1] 我们生逢今日之世，接续传统、回应西学，实为需要承担的一体两面之重任，缺一不可：对自己的文化传统没有继承，就没有东西和别人交流，永远趴在地上拾人遗穗，甚或没有鉴别力，将"洋垃圾"当"珍宝"供奉；而故步自封、无视西学，又会错失时代赋予我们的创新良机，治学难以"预流"。[2] 相对而言，经历了百余年欧风美雨的冲刷和众所周知的劫难之后，如何接续传统越来越成了问题。特别是改革开放以来，学术界和出版界携手，大量译介西方人文社会科学理论著作和海外汉学研究论著，如影响颇大的"汉译世界学术名著"和"海外中国研究"丛书等，皆有数百种之多。这些论著的译介，于本土人文学术研究开拓视域、更新方法等功不可没，但同时，学界也仿佛患了"失语症"，出现一味模仿海外汉学风格的不良倾向。"只要西方思想

---

[1] 参见刘家和《史学在中国传统学术中的地位》，《史学、经学与思想：在世界史背景下对于中国古代历史文化的思考》，北京师范大学出版社2005年版，第88页。

[2] 这里借用陈寅恪先生的说法。陈先生治学，有强烈的"预流"意识，在《陈垣敦煌劫余录序》一文中他说："一时代之学术，必有其新材料与新问题。取用此材料，以研求问题，则为此时代学术之新潮流。治学之士，得预于此潮流者，谓之预流（借用佛教初果之名）。其未得预者，谓之未入流。此古今学术史之通义，非彼闭门造车之徒，所能同喻者也。"（陈寅恪：《金明馆丛稿二编》，第266页。）

稍有风吹草动（主要还是从美国转贩的），便有人"兴风作浪一番，而且立即用之于中国书的解读上面"[1]。这种模仿或套用，不仅体现在研究方法和论题选择上，有时甚或反映在价值取向和情感认同中。有学者将这称为"汉学心态"，提到文化上的"自我殖民化"的高度予以批判。[2]在此背景下，自言"一生受的教育都是西方文化影响下的'新学'教育"的费孝通先生，晚年阅读陈寅恪、梁漱溟、钱穆等前辈的著作，敏锐思考和回应信息交流愈来愈便捷的全球化时代民族文化转型的挑战，提出了"文化自觉"这个获得广泛共鸣的议题，呼吁当下最紧迫的是培养"能够把有深厚中国文化根底的老一代学者的学术遗产继承下来的队伍"[3]。学术是文化的核心，"学术自觉"是"文化自觉"的应有之义和关键所在。近年哲学界"中国哲学合法性"、文学界"传统文论的现代转化"、美术界"构建中国美术观"等讨论颇热的话题，皆可看作本土"学术自觉"的表征，共同汇聚成"构建中国特色哲学社会科学"这一时代命题。[4]站在这样的角度考虑问题，民国学人的论著无疑可以给我们带来丰

---

[1] 余英时：《怎样读中国书》，《余英时文集》第8卷，广西师范大学出版社2014年版，第395页。
[2] 参见包伟民《走出"汉学心态"：中国古代历史研究方法论刍议》（载《中国社会科学评价》2015年第3期）、顾明栋《汉学与汉学主义：中国研究之批判》（载《南京大学学报》2010年第1期）等文。
[3] 费孝通：《关于"文化自觉"的一些自白》，载《学术研究》2003年第7期。
[4] 参见习近平《在哲学社会科学工作座谈会上的讲话》，载《人民日报》2016年5月19日。

富的启示。

民国时期是中国社会从传统到现代的转型期,中西思想文化、旧学新知碰撞、交融发生的"化合"反应,远比我们想象的要复杂得多:既有固守传统观念、家数者,也有采用新观念、新方法者,还有似新却旧、似旧还新、新旧间杂者……只不过长期以来,在"西学东渐"的大背景下,我们对这段学术史的梳理、回顾往往彰显、肯定的是那些和西学类似的论著及面相。然而,在构建中国特色哲学社会科学、提升理论创新能力成为时代命题的崭新历史条件下,恰恰是那些被遮蔽的论著及面相,更具有参考价值。因为治学如积薪,以对西学的理解、借用而言,我们已后来居上,倒是这些论著在古今中西的通观视域中,坚守民族文化本位立场,汲取西方学术优长,进而促进优秀传统文化创造性转化和创新性发展的尝试和努力,长期以来被以"保守""落后"的判词给予了冷眼、否定,今天值得换一种眼光、花点工夫好好提炼、总结,因为这正是我们构建中华自身学术体系的可能萌蘖。诗学研究因为与创作体验、母语特性、民族心理、文化基因等关系更为密切,这方面的借鉴意义显得尤其迫切、突出。

我们欣喜地看到,最近几年,喜欢欣赏、创作诗词的朋友在逐渐增多,中小学加大了诗词教学比重,《中共中央关于繁荣发展社会主义文艺的意见(2015年10月3日)》亦强调"做好古籍整理、经典出版、义理阐释、社会普及工作",加强对中华诗词出版物的扶持。[1]全社会越来越意识到诗词之于陶冶情操、净化风气、传承中华优秀文化基因的重要性。不过，我们也要清醒地认识诗词传承面临的严峻形势。毋庸讳言，当下诗词氛围已十分稀薄，能够切理餍心、鞭辟入里地解说诗词或将诗词写得地道的人非常罕见。大多数从事诗学研究的学者已不再创作，现行评价、考核体系要求于他们的，不过是从外部审视、抽绎出种种文学史知识，这很难说能触及中华诗词的真血脉、真精魂。在此情势下，与其组织人马"炮制"一些隔靴搔痒、搬来搬去的"新著"，不如将传统文化氛围还很浓郁、诗词仍以"活态"传承着的民国时期诞生的有价值的论著重新整理出版：一方面，使饱含着先辈心血的精金美玉不至于湮没在历史的尘埃中；另一方面，也使当下喜欢诗词的朋友得识门径，由此解悟。这里特别需要说明的是，任何艺术都有一定的规则、法度，中华诗词的欣赏、创作亦然。初学者尤其需要通过深入浅出、简明扼要的入门书籍指引，掌握规则、法度。然而，又没有万能之法，"在丰富生动的创作实践中，任何'法'都会有失灵的时候；面对浩如烟海的作品，任何'法'都会有反例存在"[2]。由"法"达到对"法"的超越，进而"以无法为法"（纪昀《唐人试律说·序》），"行乎其所不得不行，止乎其所不得不止。

---

[1] 参见《中共中央关于繁荣发展社会主义文艺的意见（2015年10月3日）》，载《人民日报》2015年10月20日。
[2] 陈斐：《南宋唐诗选本与诗学考论》，大象出版社2013年版，第208页。

无用法之迹，而法自行乎其中"（李锳《诗法易简录》），才是中华诗词欣赏、创作的向上之路，希望大家于此措意焉。

近年来，随着逐渐升温的"国学热""民国热"，诸家出版社纷纷重版民国国学研究著作，陆续推出了不少丛书，如东方出版社的"民国学术经典文库"、江苏文艺出版社的"北斗丛书"、吉林人民出版社的"大师国学馆"、岳麓书社的"民国学术文化名著"、知识产权出版社的"民国文丛"、中国社会科学出版社的"民国学术经典丛书"等。这些丛书虽然也涉及了诗学论著，但往往是王国维《人间词话》、龙榆生《中国韵文史》、吴梅《词学通论》等少数几部。其实，还有很多具有较高学术价值或普及价值的民国诗学论著，1949年以后从来没有点校重版过。最近几年出版的"民国时期文学研究丛书""民国诗歌史著集成""民国诗词作法丛书""民国诗词学文献珍本整理与研究"等丛刊，虽然较为集中地收录了民国诗学研究某一体式或某一领域的论著，但或影印或繁体重排，都没有校勘记，且大多不零售，定价普遍较高，虽有功学界，然不便普及。有鉴于此，我们拟选编整理一套兼顾学术性和普及性的诗学专题文献库——"民国诗学论著丛刊"，以推动中华诗词的研究、创作和普及。

我们这次整理"民国诗学论著丛刊"，抱着"发潜德之幽光，启来哲以通途"的宗旨，在扎实、详细的书目调查的基础上，主要选刊民国时期成书的与诗、词、曲等广义的古典诗歌相关的论著。在理论、观念、方法、话语乃至撰著形态、体例等方面，则秉持开放包容的态度，古今中西兼收并蓄，以较为全面地呈现民国诗学研究的多元气象和立体景观。在实际操作中，大致按照撰著内容和体例，分为"史论编""法度编""选注编"等编，分辑滚动推出。"史论编"主要选刊诗学史论著作，如梁昆《宋诗派别论》、宛敏灏《二晏及其词》等；"法度编"主要选刊谈论、介绍诗词创作法度、门径的书籍，如顾佛影《填词百法》、顾实《诗法捷要》等；"选注编"重刊有价值的诗歌选本或注本，重要者加以校注、赏析。当然，这只是大致的分类。民国学人往往能够将创作和研究相结合，他们撰写的不少史论著作亦有介绍作法的内容，不少讲解法度的书籍亦会涉及史论，我们不过根据内容偏重及著作题名权宜区分罢了。诗话、词话及新诗研究论著等，因为已有"民国诗话丛编""中国新文学大系""民国文学珍稀文献集成"等大型文献资料集出版或列入出版计划，故暂且不予收录。

每部拟刊的论著，我们都约请在该领域有专门研究的功底扎实、学风谨严的中青年学者进行整理，并在前面撰写"导读"，以引导读者更好地理解原著。整理时，我们征询专家意见，制定了详密的工作细则，既改繁体竖排为简体横排，又参照古籍整理规范出严格的校勘记，争取形成可以传世的、雅俗共赏的"新定本"。版式、用纸、装帧等方面，则发扬讲究细节、精益求精的"工匠精神"，以提高阅读率为标的，处处流露着为读者考虑的温情。这些看似小事，实则关乎民族文化的传承和国民素养的提升。资深出版人、中华书局原副总编辑程毅中先生就曾指出，在商业利益的驱动下，现在很多出版社和书店都喜欢出版、销售大部头、豪华版的书，这些书定价高，消耗的纸浆和能源也多，但手里拿不动，不便于阅读和随身携带，对阅读率有负面影响。[1] 我们充分考虑到了读者朋友在节奏紧张、时间零碎的现代社会里的阅读需求，所收论著都是内容丰实、装帧便携的"贵金属"，人们在地铁上、候车时、临睡前、旅途之中、工作之余、休闲之刻……都可以顺手翻上几页，随时接受中华诗词的浸润，从而切切实实地提高国民的图书阅读率，为接续诗词命脉、传承中华优秀文化基因、营建"书香社会"略尽绵薄。

总之，精到稀见的选目、中肯解颐的导读、专业严谨的整理、美观大方的装帧，是我们的"民国诗学论著丛刊"为坊间类似丛书不可替代的鲜明特色及核心竞争力所在。感谢文化艺术出版社杨斌、郝庆军、陶玮等领导与编辑们的大力支持，让我们酝酿多年的设想从内容到形式都能得到近乎理想的实现。从会议结束后的偶遇交谈到正式签订出版合同，不到一周时间，这种一拍即合的灵犀相通亦堪称一段佳话。感谢众多专家、学者的耐心指导和辛勤耕耘！正是共同的发扬、传承中华诗词的

---

[1] 参见李小龙《丹铅绚烂焕文章——程毅中编审访谈录》，载《文艺研究》2017年第1期。

责任感和使命感让我们走到了一起,"正其谊不谋其利,明其道不计其功"(《汉书·董仲舒传》)。希望越来越多的读者喜欢这套丛刊,由此领略中华诗词之美;希望越来越多的学者为我们出谋划策或加入我们的整理团队,一起呵护好这项功德无量的出版工程,让千载不磨之诗心在我们和后辈的生命中得到生生不已的感发!

叶嘉莹 陈斐

2016 年 10 月 28 日草稿

2016 年 11 月 1 日修订

# 导读

王易（1889—1956），本名朝综，字晓湘（或作小湘），号简庵，江西南昌人。父王益霖（1856—1913），字香如，"潜心两汉之学，旁及兵农术数方技之书，靡不殚研。尝肄业江西经训书院，试辄冠其曹。""举凡译籍理化名法之属，咸涉猎而会其体要。"光绪癸卯（1903），任南京三江师范学堂经学教习。同年进士，获任河南高等学堂教习，调河南医学堂监督。后任河南固始、封丘知县[1]。王易受父亲影响很大，通经学，工诗词，善书法篆刻，精于音乐。1912年毕业于京师大学堂，期间与余謇（仲詹，1886—1953）、汪国垣（辟疆，1887—1966）、胡先骕（步曾，1894—1968）等同学。民国初建，王易与时任封丘知县的父亲返乡。此后十数年，由于父亲去世，身为长子的王易为了照顾母弟，遂任教于家乡南昌的省立中学、心远中学和心远大学等学校，讲授文史，其学生中有后来

---

[1] 秉志：《王益霖传略》，翟启慧、胡宗刚编《秉志文存》第3卷，北京大学出版社2006年版，第159页。

的琴家查阜西（1895—1976）[1]、画家傅抱石（1904—1965）等。1926—1927年，短期担任南昌市政府秘书。1928年，由胡先骕推荐，受聘第四中山大学（中央大学）副教授，两年后转为教授。此后十年，一直任教于南京。期间，王易与陈汉章（伯弢，1864—1938）、王瀣（伯沆，1871—1944）、柳诒徵（翼谋，1880—1956）、胡翔冬（1884—1940）、吴梅（瞿安，1884—1939）、黄侃（季刚，1886—1935）、汪国垣、胡光炜（小石，1888—1962）、汪东（旭初，1890—1963）、何鲁（奎垣，1894—1973）等知名学者共事，时或晤谈饮酒，游赏酬唱，亦与文坛耆宿陈三立（散原，1853—1937）、朱祖谋（彊村，1857—1931）等交往。1934年，受聘中央政治大学。1937年返乡，短期任教于迁至庐山的复旦大学。1940年，胡先骕于江西泰和县杏岭创建中正大学，乃受聘教授，后为文史学系系主任，主编《文史季刊》。1947年，任中正大学文学院院长。1949年迁居长沙，欲赴台而未果。1956年因肝癌去世。

---

[1] 1947年，查阜西将古琴"绿绮"从上海空运送给王易，王易为此赋《谢查阜西寄赠绿绮琴》诗。此事足见师生情谊之深厚。傅暮蓉《查阜西琴学活动年表》："进入中学，课余时间教学夊琴、箫，并结合所学的数学和物理学到图书馆研究中国音律。在此期间，受到国文教师王易家学律法的影响，对中国音律的认识逐步深入。"（傅暮蓉：《剑胆琴心：查阜西琴学研究》，文化艺术出版社2011年版，第397页。）

去世前一个月,被聘为湖南省文史馆馆员[1]。

关于王易的才华、治学及为人,胡先骕《京师大学堂师友记》叙述较详,文中说:

> 同学中与汪辟疆兄同以诗名者为王晓湘(易)兄。兄南昌人,为香如先生之长子,原名朝综。少年随宦至汴,入客籍学堂,与汪辟疆兄为同学,又同考入大学预科,在校时即以能诗名,然辟疆治宋诗时,晓湘方学李义山。擅书法,则先习灵飞经。后乃改习宋诗,意境酷似陈简斋。书法则改宗钟王,兼擅褚楷,已步趋乡贤赵声伯矣。辛亥后,随其父商邱公寄居萍乡。父没后与其弟王然父侍母来南昌,主持《江西民报》副刊。晓湘诗学简斋,然父则学山谷,盖由李长吉转手者,其句且时突过乃兄,大为陈散原所称。其昆弟又善倚声,一度效法刘龙洲,成词一卷,曰《南州二王词》,大为先辈所激赏。然父尤擅为骈俪文,晓湘亦然。晓湘幼承家学,又擅音律,鼓琴品箫,莫不尽善。篆刻则得皖人黄牧父之传,造诣亦不下于陈师曾也。主讲第二中学与心远大学有年,后乃远游北京任北京师范

---

[1] 参见范予《王晓湘先生传略》,南昌市政协文史资料研究委员会编《南昌文史资料选辑》第6辑,1989年,内部资料,第113—114页;钟志平:《修辞学家王易生平记略》,载《修辞学习》2004年第4期;赵宏祥:《王易先生年谱》,线装书局2012年版;赵宏祥:《王易先生行年简谱》,南昌大学2013年硕士论文。

大学讲席，继任中央大学国文系教授，乃陆续刊布其重要著作如《国学概论》《词曲史》《乐府通论》诸书。其学问之渊博，文辞之美妙，虽傲然自善之黄季刚亦不能不心折也。廿九年予回江西创办大学于战时省会之泰和，晓湘任国文系主任。予去职后萧叔玉校长聘之为文学院院长。晓湘为人多才而博学，少年欲以文人成名，中岁以后，精洽朴学，造诣益深。尤有他人所不能企及之绝学则历学是也，尝深研吾国历代之历学，而精密推步，于岁差之研究，有重大之贡献。[1]

如胡先骕所述，王易的重要著作《词曲史》和《乐府通论》都完成于任教中央大学之时。由《黄侃日记》的相关记述来看，王易与黄侃等人交谊甚好，尤以1928—1930年过从最密。《乐府通论》与黄侃《文心雕龙札记》《诗品讲疏》在某些地方意见相同（详后），说明二人曾就乐府问题有深入交流[2]。

今天可以看到的王易的学术著作集中出版于1926年至1933年的七八年间，如下：《修辞学》（商务印书馆1926年版），

---

[1] 黄萍荪主编：《四十年来之北京》第2辑，上海蔚文印刷公司1950年版，第57页。
[2] 黄侃1933年4月29日日记说："王晓湘来，久谈其《乐府通论》之意。"（黄延祖重辑：《黄侃日记》，中华书局2007年版，第894页。）

《修辞学通诠》（神州国光社1930年版），《词曲史》（神州国光社1930年版），《乐府通论》（神州国光社1933年版），《国学概论》（神州国光社1933年版）。这些著作后来都曾重印。其中用力最勤、影响最大的是《词曲史》，此书民国时期数次重印，最近十多年，亦有数种新式标点排印本。《词曲史》以词曲为研究重点而广及于宋元明清的各类音乐文学。该书《溯源第二》视汉唐乐府为词曲之重要渊源，并以"辞句之组合"为视角，对汉魏乐府、南北朝乐府、隋唐乐府作了简要的介绍。大概是意识到仅从"辞句之组合"来审查词曲产生之前的乐府存在很大欠缺，在《词曲史》完稿之后的两年多，王易又推出了专门探讨汉唐乐府的专著《乐府通论》。就此来看，《乐府通论》应该视作《词曲史》的姊妹篇，可以见出他追溯中国音乐文学源头的学术努力。

民国时期其他乐府研究著作，如在《乐府通论》之前问世的梁启超《中国之美文及其历史》、胡适《白话文学史》、陆侃如《乐府古辞考》、罗根泽《乐府文学史》、朱谦之《中国音乐文学史》，在《乐府通论》稍后问世的萧涤非《汉魏六朝乐府文学史》等，这些著作在1949年以后陆续都曾单行再版，对当代学术形成了不同程度的影响。《乐府通论》一书的命运则迥不相同，除了民国时期几种本子之外，它只是出现在《民国丛书》当中，大陆罕见重出的单行本[1]，其影响力既比不上作者稍早出版被誉为"专科文学史之创举"的《词曲史》[2]，也远远比不上先后问世的同类著作如罗根译《乐府文学史》等书。这可能说明，截至目前为止，学术界对《乐府通论》一书的认识未见充分。王运熙《汉魏六朝乐府诗研究书目提要》最早对该书作了全面评介：

> 此书共分五篇：《述原》《明流》《辨体》《征辞》《斠律》。论述颇全面。《述原》篇论述诗乐与乐府之关系。《明流篇》从中外音乐混合角度，分中国音乐为四时期：汉魏西晋为夷乐辅国乐时期，南北朝为华夷之乐杂糅时期，隋唐为国乐辅夷乐时期，宋为夷夏混淆时期。《斠律》篇详论乐律，系根据作者所著《乐音小识》一书揭其纲领而成。着重音乐方面之论述，是此书一大特色。但作者对音乐之看法，受传统影响颇深，主张兴礼作乐，未免迂腐。《辨体》篇取消杂曲歌辞一类，依其内容风格，分别散入相和、清商、横吹、

---

[1] 民国时期有中国联合出版公司1944年本、中国文化服务社1948年本；此后又有（台北）广文书局1964年本、上海书店出版社1992年《民国丛书》本、南开大学出版社2015年《民国诗歌史著集成》本，这些版本都是神州国光社1933年版的影印本。
[2] 钱仲联：《近百年词坛点将录》，《梦苕庵清代文学论集》，齐鲁书社1983年版，第170页。

近代各类中，虽不尽恰当，亦颇有见解。[1]

《乐府通论·斠律》的律学研究，大陆主流的律学专著未曾提及，更谈不上回应。仅郭树群、陈其射、王子初、李成渝主编的《中国乐律学百年论著综录》第五类"综合参考（通论、教材、一般词书、常识之通俗介绍）"第二小类"音乐文学与乐律研究"下著录了《乐府通论》，编号为【50201】，简介如是："该书所论为乐府之源流、体制、文辞声律。其中'斠律'篇着重记述了推演历代乐制、律制"。[2] 以上分别出自大陆文学研究界和音乐学界的两段评介，与王易《乐府通论》均未尽相符。造成这一现象的原因大约有二：一是王易本人的遭际，二是王易的学术品格。前一项无需多说，本文在介绍《乐府通论》各篇主要内容的同时，将着重谈谈后一项。

## 一、《述原》与诗和乐

第一篇《述原》讨论诗篇与乐章之间的关系，由周代之后诗篇与乐章之分途，进而引出作为官署之乐府以及作为《诗经》之后音乐文学的乐府的出现，从而引入本书论题。王易认为，

---

[1] 王运熙：《乐府诗论丛》，古典文学出版社1958年版，第152—153页。
[2] 郭树群、陈其射、王子初、李成渝主编：《中国乐律学百年论著综录》，华乐出版社1998年版，第312页。

诗与乐皆为人类性情自然之所趋发而出现,二者不同之处在于,乐以音节为表现手段,诗则以语言为表现手段。乐与诗之合作,最早集中体现于周代,二者分途是后来才出现的。"声音之妙,过而不留,经时而遂泯;文字之迹,显而可索,历久而弥新。"(《乐府通论·述原》)与诗可借助语言文字得以稳定流传不同,由于古代没有很好的记谱手段,音节难以保存。故伴随时间的推移,音乐失传是必然的,由此知郑樵"义理之说既胜,而声音之学日微"的说法颇有些倒因为果,未必正确。王易认为,除了时间推移之外,导致后世诗篇与乐章分途有两个更为根本的原因:一是作者更多地吟咏个性化的情志,无需亦很难为广大人群所接受,这类作品无从入乐是必然的;二是作品语言表达过于繁琐,难以入乐。此即《述原》所谓的"意专而不溥""辞繁而难节"。要达成诗篇与乐章的结合,要求诗篇能够做到"辞约而易节,情广而不偏"(《乐府通论·述原》)。以上蕴涵了王易对乐府(乐章)与诗(文人诗)区别的思考。与王易同时任教中央大学的黄侃在《诗品讲疏》中也约略谈到这一问题,他说:"详建安五言,咸于乐府。魏武诸作,慷慨悲凉,所以收束汉音,振发魏响。文帝兄弟所撰乐府最多,虽体有因革,而词贵独创,声不变古,而采自己舒。"[1] 这段话涉及了五言腾踊的建安时代乐府与文人诗的区别问题,而《文心雕龙》以《乐府》

---

[1] 范文澜:《文心雕龙注》,人民文学出版社1958年版,第87页。

论汉以后的乐府，以《明诗》论文人诗，是这一问题最早明确的理论表达。大致来说，"当作家有意识地创制与音乐配合的乐府作品时，他通常会遵循音乐的要求来调整自己的创作，而不是按照诗的艺术要求来进行创作"[1]。反之，当作家创制诗篇之时，他的主观情志较创作乐府之时要更加强烈，其个性化情感亦更加突出。

《述原》又以具体作品为例，批评了"诗多齐言，乐多杂言""诗主言情，乐主述事""诗尚温雅，乐贵迈劲"等明清以来关于诗乐差异的似是而非的观点。作者又从诗篇与乐章关系的角度，探讨了乐府辞的分类。在援引宋人《乐府诗集·新乐府辞序》"因声而作歌""因歌而造声""有声有辞""有辞无声"分乐府为四类和明末清初冯班《钝吟杂录》分乐府为七类的意见之后，作者指出，可就"声、辞、题之新旧"将乐府分为"旧声旧辞""旧声新辞""旧题新辞""新题新辞"四类[2]。由此作者又推论说："唐五代所起新词，亦第一类也；宋代倚声可歌之

---

[1] 孙尚勇：《建安诗歌与乐府关系新论》，《乐府文学文献研究》，人民文学出版社2007年版，第243页。

[2] 王易四类之分，与黄侃的意见相同。黄侃说："今略区乐府以为四种：一乐府所用本曲，若汉相和歌辞，江南东光乎之类是也。二依乐府本曲以制辞，而其声亦被弦管者，若魏武依《苦寒行》以制《北上》、魏文帝依《燕歌行》以制《秋风》是也。三依乐府题以制辞，而其声不被弦管者，若子建、士衡所作是也。四不依乐府旧题，自创新题以制辞，其声亦不被弦管者，若杜子美《悲陈陶》诸篇、白乐天《新乐府》是也。"（黄侃：《文心雕龙札记》，华东师范大学出版社1996年版，第43页。）

词，亦第二类也；宋元以后沿用旧谱之词，亦第三类也；明清词人所谓自度腔，亦第四类也。"这无疑体现了作者贯穿汉代至清代的整体的音乐文学视野。《述原》最后确定讨论乐府最基本的资料：诸史乐志和《乐府诗集》。"在这部著作中，《乐府诗集》是作者实际遵循的材料基础，此书也是20世纪前期乐府研究论著中比较尊重历史资料的一种。"[1]在王易看来，乐府时代是中国古代音乐文学史诗篇、乐章分途并进的时代。

## 二、《明流》与音乐文学研究取向及乐府断代

第二篇《明流》讨论乐府流变的历史轨迹，以中外音乐文化交流的视角，将汉至宋千余年的乐府发展史分为四个时期：第一期，汉魏西晋，以中国传统音乐为主，适当吸收外来音乐；第二期，东晋南北朝，传统音乐和外来音乐各自发展，杂陈兼用；第三期，隋唐，外来音乐流行朝野，传统音乐退居次要位置；第四期，五代北宋，传统音乐与外来音乐交相融汇，形成了新的中国音乐的传统。《乐府通论》的这一乐府流变分期，可与音乐学界关于古代音乐史的分期相比照。音乐学家黄翔鹏最初将中国古代音乐分成三个重要的历史阶段：以钟磬乐为代表的先秦乐舞阶段、以歌舞大曲为代表的中古伎乐

---

[1] 孙尚勇：《乐府文学文献研究》，第2页。

阶段、以戏曲音乐为代表的近世俗乐阶段。其中第一阶段是"歌舞器三位一体并无明显专业分工"的时代,它伴随着青铜时代的结束而结束;第二阶段是歌舞器三者"各有独立发展的歌舞音乐时代";第三阶段因"新的听众,新的演出场地"的变化而出现,它是从五代宋元发展起来的。[1]上述中国古代音乐史发展的第二阶段,对应于秦汉至唐末五代这一历史时期,也对应于中国音乐文学史的乐府阶段。1993年,黄翔鹏在台北汉唐乐府艺术文化中心做有关中国古代音乐史的分期研究及有关新材料、新问题的学术报告,将其对中国音乐史的三阶段分期调整为五阶段,各阶段标名亦有所调整,具体为:先秦乐舞时代,歌舞伎乐前期(秦汉魏晋),歌舞伎乐后期(南北朝隋唐),剧曲音乐前期(五代宋元),剧曲音乐后期(明清)[2]。黄翔鹏分析歌舞伎乐后期(南北朝隋唐)时说:"歌舞伎乐前期以清商三调大曲为主,到了这时就发展成俗乐二十八调歌舞大曲了。它的最大特点是各民族之间文化的大交流与大融合,造成歌舞伎乐达到极盛后又步入衰落的阶段。"[3]将王易的乐府分期与黄翔鹏的中国音乐史分期相对

---

[1] 参见黄翔鹏《论中国音乐的传承关系》,《传统是一条河流》,人民音乐出版社1990年版,第105—143页。
[2] 参见黄翔鹏《中国古代音乐歌舞伎乐时期的有关新材料、新问题》,载《文艺研究》1999年第4期。
[3] 黄翔鹏:《中国古代音乐史的分期研究及有关新材料、新问题》,《乐问》,中央音乐学院学报社2000年版,第181页。

照，就会发现，二者在汉宋这一历史时期大致吻合。王易分期的提出，较黄翔鹏早了约六十年。这说明王易对中国音乐史的把握是超乎寻常的，也说明作为文学史家的王易对乐府和中国音乐文学的把握同样是超乎寻常的。如果将《乐府通论》主要看作一部专科文学史，那么，《明流》的乐府分期就表明，在王易的文学史观当中，音乐是推动文学发展的重要动力。

试将《乐府通论》与同时代其他同类论著做些比较。罗根泽《乐府文学史》说："乐府之盛，莫盛于建安前后（东汉之末至曹魏之初）。故若完全以乐府为立场，分析篇章，宜以建安前后为全盛时期；西汉以至东汉之初，为发生时期；建安以降，为摹仿时期；隋唐为分化时期；后此即衰落矣。""中唐以后，以至现在，虽不无一二诗人，时或偶作仿古乐府，然凤毛麟角，不成风气，无叙述之价值。"[1] 揣其意，罗根泽以乐府整个发展为五期：西汉至东汉初为发生期，东汉末至曹魏初为全盛期，两晋南北朝为摹仿期，隋唐为分化期，中唐宋元明清为衰落期。萧涤非《汉魏六朝乐府文学史》论乐府有四期三变：第一期为"两汉之里巷风谣"，"其中多社会问题之写真，而其风格亦质朴自然，斯诚乐府之正则也"；第二期为"魏晋文人之咏怀诗"，"乐府与社会之关系，始日就衰薄，是为乐

---

[1] 罗根泽：《乐府文学史》，北平文化学社1931年版，第81、287页。

府之个人主义时期，此一变也"；第三期为"南北朝儿女之相思曲"，"乐府至南朝几与社会完全脱离关系，而仅为少数有闲阶级陶情悦耳之艳曲。惟北朝之朴直，犹有汉遗风耳。是为乐府之浪漫主义时期，此又一变也"；第四期为"有唐作者不入乐之讽刺乐府"，"与汉之'缘事而发'者盖异代同风。实为乐府之写实主义时期，此又一变也。"[1] 罗根泽、萧涤非将乐府主体断在汉魏晋南北朝时期，这一做法为后来乐府研究名家余冠英、王运熙等继承下来。然而事实上，这一做法与音乐史和文学史发展的事实不符，《乐府通论》的乐府分期和断代，显然更接近乐府流变的历史实际，也预示了未来乐府研究的发展方向[2]。

萧涤非说："乐府主声之说，此自当时言之则可，若在今日，则惟有舍声求义。盖其声久佚，不可得而闻知，所谓《郊祀》《鼓吹》《相和》《清商》，等一无声之诗耳。而其义则犹存乎篇章之间，昭然可见，阐而明之，择善而从，则乐府虽亡，而其精神实未尝亡。故兹编于声调器数之末，多所从略。"[3] "窃谓在今日而谈乐府，其第一着即须打破音乐之观念。盖乐府之初，虽以声为主，然时至今日，一切声调，早成死灰陈迹，纵

---

[1] 萧涤非：《汉魏六朝乐府文学史》，人民文学出版社1984年版，第25—26页。
[2] 2010年，黄山书社出版了王辉斌《唐后乐府诗史》，是迄今唯一一部专门研究宋元明清古乐府的著作。
[3] 萧涤非：《汉魏六朝乐府文学史》"引言"，第2页。

寻根究底，而索解无由，所谓入乐与不入乐等耳。侈言律吕，转滋淆惑。故私意以为今日对于乐府之鉴别，宜注意下列两点：（一）文学之价值；（二）历史之价值。"[1] 上引两段话，既表明了《汉魏六朝乐府文学史》倾心于研究汉魏晋南北朝乐府背景、本事、文学评价及其与诗体发展之关系的学术追求，同时也可能代表了学术界部分研究者的共同看法。这体现了典型的作家书面文学的研究观念，本无可厚非，亦无碍于《汉魏六朝乐府文学史》在乐府研究领域业已取得的成就和重要地位，但是，这种观念也极大地阻碍了对乐府历史真面目的认知。朱谦之评价胡适《白话文学史》和徐嘉瑞《中古文学概论》的乐府研究说："最近如胡适之先生因提倡平民文学的原故，又把乐府歌辞看重起来，但是胡适之先生一派终竟是说义理的地方太多，对于音调没有多大发明。就是徐嘉瑞先生著的《中古文学概论》总算是一本开路的书了，但于乐府仍不免以'不得其声，以义类相属'一句话轻轻放下。"[2] 可见轻视音乐，是民国时期乐府研究的整体倾向。与同时代同类论著有意忽略音乐的做法相比，《乐府通论》更加尊重历史，尊重资料的意义便愈加显明。

《中国之美文及其历史》《白话文学史》等，或视乐府为古

---

[1] 萧涤非：《汉魏六朝乐府文学史》，第9页。
[2] 朱谦之：《中国音乐文学史》，上海人民出版社2006年版，第147页。该著1931年成书，1935年出版。

代的民间文学，或视之为白话文学，而忽略乐府作为官方礼仪文化建设的本质特性。《乐府通论·明流》却明确说："夫乐府，国家制作之一端也。"自汉武帝因国家郊祀典礼的需要而设置乐府以降，乐府便始终关联于国家的礼乐文化建设。故而可以说《乐府通论》的乐府研究立意极高。正是在这一认识的前提下，《明流》对各个时期乐府发展的具体描述，都从官方雅乐说起；而《辨体》《征辞》各篇，于关乎国家礼乐的郊庙乐、燕飨乐均给予了充分的关注。

## 三、《辨体》与乐府分类

第三篇《辨体》从乐府的音乐类型和文化属性层面，以郭茂倩《乐府诗集》十二门类为参照，将汉至唐宋的乐府分为十类。《辨体》接着依次介绍了各体乐府的发展流变，并辅以表格进行说明。其中有些意见颇见深思。如论近代曲说："近人或以为此体亦杂曲，可附入杂曲，而不别立，不知其实开词体之先，不似杂曲之真可归并。"[1]论清商曲神弦歌说："近人或以神弦曲附于郊祀之后，不知郊祀关于典礼，神弦自依民俗，不能并合也。"近代曲是郭茂倩综合时代、音乐及所见资料综合做出的分类，于探讨词体起源有着重要意义；神弦歌是民间祠神之

---

[1]《乐府通论·征辞》亦云："近代曲一类，处于承先启后之关键，而实为乐府之重心，不可忽视者也。"

曲，显然不能与用于国家郊祀活动的音乐相提并论。王易所说的"近人"大概指梁启超、陆侃如和朱谦之等[1]，表明《乐府通论》对当下学术史的关注。但是，《辨体》对乐府作品的分类也映现了民国乐府研究在分类上的共同缺憾，那就是这些研究都未能充分认识到郭茂倩《乐府诗集》分类的资料依据和文化思考。试将《乐府诗集》和民国乐府研究诸家的分类列成下表：

| 郭茂倩 | 梁启超 | 陆侃如 | 罗根泽 | 王易 |
| --- | --- | --- | --- | --- |
| 1郊庙歌辞 | 1郊庙 | 1郊庙歌 | 1郊庙歌辞 | 1郊庙乐 |
| 2燕射歌辞 | 2燕射 | 2燕射歌 | 2燕射歌辞 | 2燕飨乐 |
| 3鼓吹曲辞 | 3鼓吹 | 4鼓吹曲 | 4鼓吹曲辞 | 4恺乐 |
| 4横吹曲辞 | 4横吹 | 5横吹曲 | 5横吹曲辞 | 5横吹曲 |
| 5相和歌辞 | 5相和 | 6相和歌 | 6相和歌辞 | 6相和曲 |

[1] 梁启超说："所谓近代曲辞者，乃隋唐以后新谱，下及五代北宋小词，与汉魏乐府无涉。所谓新乐府辞者，乃唐以后诗家自创新题号称乐府，实则未尝入乐。所谓杂歌谣，则徒歌之谣，如前章所录者是。以上三种，严格论之，皆不能谓为乐府。舞曲、琴曲，则古代皆有曲无辞，如小雅之六笙诗，其辞人率六朝以后人补作也。自余郊庙、燕射、鼓吹、横吹、相和、清商、杂曲七种，则皆导源汉魏，后代循而衍之。狭义的乐府，当以此为范围。"（梁启超：《中国之美文及其历史》，中华书局1936年版，第31页。）陆侃如也说："我以为琴曲、近代曲、杂歌谣及新乐府四类可废。"（陆侃如：《乐府古辞考》"引言"，商务印书馆1925年版，第9页。）朱谦之赞成陆侃如的做法，他说："乐府是以声律为主，既不可歌，便无论是自制新曲也好，拟古也好，新题乐府也好，都只好把他放在乐府的范围以外。"（朱谦之：《中国音乐文学史》，第145—146页。）

续表

| 郭茂倩 | 梁启超 | 陆侃如 | 罗根泽 | 王易 |
|---|---|---|---|---|
| 6清商曲辞 | 6清商 | 7清商曲 | 7清商曲辞 | 7清商曲 |
| 7舞曲歌辞 |  | 3舞曲 | 3舞曲歌辞 | 3舞乐 |
| 8琴曲歌辞 |  |  |  | 8琴曲 |
| 9杂曲歌辞 | 7杂曲 | 8杂曲 | 8杂曲歌辞 |  |
| 10近代曲辞 |  |  | 9近代曲辞 | 9近代曲 |
| 11杂歌谣辞 |  |  | 10新乐府辞 |  |
| 12新乐府辞 |  |  |  | 10新题乐府诗 |

由上表可知，四家对郭茂倩分类都有大的调整，其依据各不相同。大体来说，梁启超以入乐与否及年代在汉魏为依据，陆侃如强调"古辞"，罗根泽主张"乐府文学"立场，王易兼重曲调来源和内容。[1] 四家的调整有四种方式：（一）删除。其中一家（梁启超）删去了舞曲歌辞，一家（王易）删去了杂曲歌辞，两家（梁启超、陆侃如）删去了近代曲辞和新乐府辞，三家（梁启超、陆侃如、罗根泽）删去了琴曲歌辞，四家都删去了杂歌谣辞。（二）更变部类次序。三家（陆侃如、罗根泽、王易）均将舞曲歌辞（舞乐）提升到仅次于郊庙和燕射，位居第三。郭茂倩的各类次序遵循礼乐仪式、出现年代和诗乐关系等

---

[1] 参见孙尚勇《乐府文学文献研究》，第6页。

标准[1]，舞曲中的雅舞虽与仪式关系至近，但汉代作品无多[2]，故郭茂倩位之第七。（三）归并。其中唯有王易事实上删去的乐府类别和作品最少，他的主要工作是归并，他认为，"杂曲'或近相和，或同清商，或类横吹，可分别归并各体中'；杂歌谣中如《吴人歌》《中兴歌》等类于吴声西曲或近代曲，可归入相应类别，余下类诗谶者不必入乐府；新乐府中杂题者可入近代曲，拟古者可入相和或横吹"[3]。（四）改变类名，这以王易为最。他以燕飨乐取代燕射歌辞，以恺乐取代鼓吹曲辞，以相和曲取代相和歌辞，以舞乐取代舞曲歌辞。又新乐府辞原分乐府杂题、新题乐府、新乐府等，王易归并其中的杂题和他认定的拟古作品，以新题乐府诗取代新乐府辞之名。燕飨乐、恺乐和舞乐之名，见于《周礼》，此反映了王易尊古的思想。

以上是诸家分类与郭茂倩《乐府诗集》相背的主要表现。前面曾说，在同类研究中，王易是比较尊重研究对象和历史资料的一位，他能够理解近代曲和琴曲在乐府以及郭茂倩乐府分类体系中的意义，但他抛开杂曲歌辞和杂歌谣辞两类，仍然说明他对乐府和《乐府诗集》的理解尚欠周全。以下谈谈我们对

---

[1] 参见喻意志《〈乐府诗集〉成书研究》，湖南文艺出版社2012年版，第230—231页。
[2] 郑樵说："舞与歌相应，歌主声，舞主形。自六代之舞，至于汉魏，并不著辞也，舞之有辞自晋始。"（《通志二十略·乐府总序》，中华书局1995年版，第885页。）
[3] 孙尚勇：《乐府文学文献研究》，第6页。

三家皆存而王易独删的杂曲和四家皆删的杂歌两类的理解。

《乐府诗集》杂曲歌辞十八卷（卷六一至卷七八），与相和歌辞同为乐府中份量较大的部类。关于杂曲的性质，《乐府诗集》卷六一杂曲歌辞序云：

> 杂曲者，历代有之，或心志之所存，或情思之所感，或宴游欢乐之所发，或忧愁愤怨之所兴，或叙离别悲伤之怀，或言征战行役之苦，或缘于佛老，或出自夷虏。兼收备载，故总谓之杂曲。[1]

这段话，表面看去似乎仅从杂曲歌辞作品的情感内容来界定杂曲的内涵。其实不然，杂曲一类必有其自身得以成立的音乐文化内涵。正确理解这段话，有必要从《乐府诗集》所录部分杂曲曲调的具体情况来进行考察。

《乐府诗集》卷六二陆机《悲哉行》题解引《歌录》曰："《悲哉行》，魏明帝造。"[2] 谢灵运《会吟行》曰："六引缓清唱，三调伫繁音，列筵皆静寂，咸共聆《会吟》。"[3]《乐府诗集》卷七五谢朓《永明乐十首》题解："《南齐书·乐志》曰：'《永明乐歌》者，竟陵王子良与诸文士造奏之。人为十曲。道人释宝

---

[1] 郭茂倩辑：《乐府诗集》，文学古籍刊行社1955年版，第1520—1521页。
[2] 同上书，第1540页。
[3] 同上书，1586页。

月辞颇美。武帝常被之管弦,而不列于乐官。'"[1]魏明帝造曲必涉及官方之乐府机构;谢灵运诗所云的表演是在六引和三调演奏完毕后再演奏《会吟行》,亦当属乐府机构之事;谢朓诸人创制《永明乐》,用于演奏,必用乐府机构之乐人,而"不列于乐官",实即不入部伍。故以上三条材料说明,杂曲亦为乐府之曲,其名为杂曲的原因是未尝用于郊庙、燕射等官方仪式,或进入宴乐演奏而未尝纳入部伍,属于随意性和机动性均较强的音乐文学品种。《乐府诗集》卷七四所录王融《阳翟新声》、卷七五所录魏收《永世乐》,曲调皆出于隋唐时期始纳入乐部的《西凉乐》,二者不入近代曲之理由未必在时代,而在于南齐和北齐时,《西凉乐》尚未纳入部伍。

《乐府诗集》卷六三收录曹植《名都篇》《美女篇》《白马篇》,《齐瑟行》题解引《歌录》曰:"《名都》《美女》《白马》,并《齐瑟行》也。"[2]曹植《野田黄雀行》曰:"秦筝何慷慨,齐瑟和且柔。"推测《齐瑟行》乃齐地流行的音乐,曹植因之创作《名都》等三篇,用于演奏,当即曹植《鞞舞歌序》所云"近以成下国之陋乐"之意。据此,杂曲歌辞的另一个特点是,其入乐是小范围的、地域性的,它未被纳入或无法纳入某一官方音乐体系。

《乐府诗集》卷六二古辞《伤歌行》题解云:"《伤歌行》,

---

[1]《乐府诗集》,文学古籍刊行社1955年版,第1753页。
[2]同上书,第1554页。

侧调曲也。"[1] 王运熙《清乐考略》说：

> 《乐府诗集》卷二六相和歌辞题解云："侧调者生于楚调。"但《乐府诗集》相和歌辞类实际并无侧调曲歌辞一项。仅卷六二杂曲歌辞《伤歌行》题解云："《伤歌行》，侧调曲也。"但列入杂曲而非相和，未知何故。谢灵运《会吟行》："六引缓清唱，三调伫繁音。"李善注："沈约《宋书》曰：第一平调，第二清调，第三瑟调，第四楚调，第五侧调。然今三调，盖清、平、侧也。"案今本《宋书·乐志》仅有平调、清调、瑟调、楚调（前三者合称清商三调），并无侧调。《乐府诗集》卷二六相和歌辞题解说："平调、清调、瑟调、楚调、侧调，所谓清商正声，相和五调伎是也。"侧调既与平、清、瑟、楚并称相和五调，但今本《宋书》竟无侧调曲一项，《乐府诗集》仅有《伤歌行》一首，且列入杂曲而非相和，均颇不可解。[2]

王易亦将《伤歌行》归并到相和曲。前引王运熙《汉魏六朝乐府诗研究书目提要》说："《辨体》篇取消杂曲歌辞一类，依其内容风格，分别散入相和、清商、横吹、近代各类中，虽不尽恰当，亦颇有见解。"这些意见代表了学术界对《乐府诗集》设置

---

[1] 郭茂倩辑：《乐府诗集》，第1537页。
[2] 王运熙：《乐府诗论丛》，古典文学出版社1958年版，第20页。

杂曲一类的困惑。相和歌主要分相和、平调、清调、瑟调、楚调、大曲等几种表演类型，除大曲为单支乐曲独立演奏、楚调诸曲可能独立演奏外，其余相和及平、清、瑟三调皆是一系列乐曲组成部伍分部演奏[1]。侧调虽出于楚调，但它只有《伤歌行》一曲，不足以组成部伍，不能够亦未曾像相和与三调那样分部表演；换言之，《伤歌行》的表演方式与相和、三调不同。这正是《乐府诗集》将《伤歌行》一曲归入杂曲一类的理由。与《伤歌行》情形相近者又有《荆州乐》。《乐府诗集》卷七二宗夫《荆州乐》题解云："《荆州乐》，盖出于清商曲《江陵乐》。"[2]《荆州乐》之不入清商而在杂曲，也正因为它未被纳入西曲表演体系，或者说，它不采用清商西曲的表演方式。

由以上分析可知，杂曲有两个重要特点：（一）它是入乐之曲，其名为杂曲的原因在于未尝用于郊庙、燕射等官方仪式，或讲入宴乐演奏而未尝纳入部伍。（二）其入乐是小范围的、地域性的，它未被纳入或无法纳入官方的音乐体系。

《乐府通论·辨体》所举杂曲"或近相和，或同清商，或类横吹，或出近代，可分别归并各体中"的各曲调，其之所以不可能归入相和、清商和横吹，原因都在以上两个方面。

《乐府诗集》杂歌谣辞七卷，分为歌、谣两类。卷八三序云：

言者，心之声也；歌者，声之文也。情动于中而形于

---

[1] 孙尚勇：《相和歌表演程式演进考论》，载《文学遗产》2014年第6期。
[2] 郭茂倩辑：《乐府诗集》，第1707页。

言，言之不足故嗟叹之，嗟叹之不足故永歌之。歌之为言也，长言之也。夫欲上如抗，下如坠，曲如折，止如槁木，倨中矩，句中钩，累累乎端如贯珠，此歌之善也。

《宋书·乐志》曰："黄帝、帝尧之世，王化下洽，民乐无事，故因击壤之欢，庆云之瑞，民因以作歌。其后《风》衰《雅》缺，而妖淫靡曼之声起。周衰，有秦青者，善讴，而薛谈学讴于秦青，未穷青之伎而辞归。青饯之于郊，乃抚节悲歌，声震林木，响遏行云。薛谈遂留不去，以卒其业。又有韩娥者，东之齐，至雍门，匮粮，乃鬻歌假食。既去而余响绕梁，三日不绝。左右谓其人不去也。过逆旅，逆旅人辱之，韩娥因曼声哀哭，一里老幼悲愁垂涕相对，三日不食。遽追之，韩娥还，复为曼声长歌，一里老幼喜跃抃舞，不能自禁，忘向之悲也。乃厚赂遣之。故雍门之人善歌哭，效韩娥之遗声。卫人王豹处淇川，善讴，河西之民皆化之。齐人绵驹居高唐，善歌，齐之右地亦传其业。前汉有鲁人虞公者，善歌，能令梁上尘起。若斯之类，并徒歌也。"

《尔雅》曰："徒歌谓之谣。"《广雅》曰："声比于琴瑟曰歌。"《韩诗章句》曰："有章曲曰歌，无章曲曰谣。"

梁元帝《纂要》曰："齐歌曰讴，吴歌曰歈，楚歌曰艳，淫歌曰哇，振旅而歌曰凯歌，堂上奏乐而歌曰登歌，亦曰升歌。故歌曲有《阳陵》《白露》《朝日》《鱼丽》《白水》《白雪》《江南》《阳春》《淮南》《驾辩》《渌水》《阳阿》《采菱》《下里》《巴人》，又有《长歌》《短歌》《雅歌》《缓歌》《浩歌》《放歌》《怨歌》《劳歌》等行。"汉世有相和歌，本出于街陌讴谣。而吴歌杂曲，始亦徒歌。复有但歌四曲，亦出自汉世，无弦节作伎，最先一人唱，三人和。魏武帝尤好之。时有宋容华者，清彻好声，善唱此曲，当时特妙。自晋已后不复传，遂绝。

凡歌有因地而作者，《京兆》《邯郸歌》之类是也；有因人而作者，《孺子》《才人歌》之类是也；有伤时而作者，微子《麦秀歌》之类是也；有寓意而作者，张衡《同声歌》之类是也。宁戚以困而歌，项籍以穷而歌，屈原以愁而歌，卞和以怨而歌，虽所遇不同，至于发乎其情则一也。

历世已来，歌讴杂出。今并采录，且以谣谶系其末云。[1]

如上，此序可分为六段：

第一段，援引《礼记·乐记》《诗大序》的话，申明"歌"之初义是人声加长所造成的"长言之"之歌（即序后文所说的徒歌），以及善歌者所达到的境界。

第二段，援引《宋书·乐志一》的话，介绍上古"击壤""庆

---

[1] 郭茂倩辑：《乐府诗集》，第1899—1902页。第三段"淫歌曰哇"之"淫"原作"浮"，据《初学记》卷一五引梁元帝《纂要》改。

云"的"和气"之歌[1]，以及"周衰"之时伴随"《风》衰《雅》缺"而出现的"妖淫靡曼之声"的具体状况。此段省略了"和气"之歌与"妖淫靡曼之声"之间的《诗经》时代的状况。在郭氏(包括其援引的《宋志》)看来，《诗经》时代基本继承了上古之歌的"和气"；而秦青、韩娥、王豹、绵驹、虞公诸人的歌唱都属于"妖淫靡曼之声"，但这些歌唱与"和气"之歌的共同之处在于，二者都是人声加长的徒歌。按《诗·魏风·园有桃》"心之忧矣，我歌且谣"毛传："曲合乐曰歌，徒歌曰谣。"《大雅·行苇》"或歌或咢"毛传："歌者，比于琴瑟也。"《尔雅·释乐》未释歌字，仅云"徒歌谓之谣"，其于"歌"字内涵的看法隐然与毛传相通。这两则材料证明，郭茂倩杂歌谣辞序所忽略的《诗经》时代的歌主要是"曲合乐"之歌，即人声歌唱的曲调与器乐相结合，亦即《礼记·乐记》所云"歌，咏其声也……然后乐器从之"之意。

郭序还引用了《韩诗章句》"有章曲曰歌，无章曲曰谣"的话，其中的"章曲"二字，历来无认真解读。推测，此处"章曲"之"曲"与"曲合乐曰歌"的"曲"，内涵或有不同。如前所述，"曲合乐曰歌"的"曲"应指歌唱本身由人声以及汉字声调所造成的曲调，即节奏韵律。"章曲"之"曲"大约指器乐而言。"章曲"之"章"大约与王僧虔所云"古曰章今曰解"[2]的"章"近似，

---

[1] 郭茂倩辑:《乐府诗集》卷八三《卿云歌三首》题解，第1902页。
[2] 郭茂倩辑:《乐府诗集》，第819页。

相当于三调歌辞的"解",不同的是,"章"是由歌唱的转韵造成,而"解"则主要因器乐的需要而造成[1]。据此来看,所谓"有章曲"既包含着汉字本身的叶韵、转韵及清唱而成曲调的问题,又包含着与器乐相结合表演的问题。因此,《韩诗章句》"有章曲曰歌"与《广雅》"比于琴瑟曰歌"的内涵相近。"无章曲"者,谓不分章,不成曲调,那么,所谓"谣"就不仅仅是"徒歌"了,而是着重于指"嗟叹之"非指"永歌之",即我们平常说的只说不唱。

第三段,援引《尔雅》等文献,介绍歌与谣的概念。歌的概念在《诗经》时代发生了改变,不再是原先的徒歌,而是将"曲合乐"者视为"歌";此阶段,徒歌——"曲不合乐"的歌,亦即与器乐相对的独立的歌唱——则被称作"谣"。《广雅》"声比于琴瑟曰歌"的说法,虽继承了毛传,但也可以认为反映了汉魏之际歌唱艺术被纳入了清商乐演奏的体系这样一个音乐史实。由此可知,上古的"歌"是完全独立的"长言之"之歌,《诗经》时代的"歌"是相对独立的"曲合乐"之歌,而在清商曲体系中的"歌"则与器乐密切结合,"歌"已经渐渐丧失了其先前独立的或相对独立的地位。因此,在清商曲体系及其后官方音乐体系之外仍然独立存在的"歌",以及上古完全独立的"长言之"之"歌",加上《诗经》之外的独立的或相对独立的"歌",

---

[1] 孙尚勇:《乐府文学文献研究》,第153—155页。

郭茂倩都赋予了它们以"杂歌"的名称。

第四段，援引《纂要》及《宋书·乐志一》的话，介绍歌的各种名目。检核《乐府诗集》十二类各曲调，可以发现，在"故歌曲有《阳陵》……《巴人》"等十五首歌中，除失传者，其余七曲《白雪》在琴曲、《江南》在相和、《阳春》在清商、《淮南》在琴曲（《淮南操》，即《八公操》）和舞曲（《淮南王》）、《渌水》在琴曲和舞曲、《采菱》在舞曲和清商、《下里》在相和（《蒿里》）；在"又有《长歌》……等行"的八曲当中，《长歌》《短歌》《放歌》《怨歌》在相和，《雅歌》在清商，《缓歌》《浩歌》在杂曲，仅《劳歌》仍录于杂歌谣类中。由上述事实，可以确定，本段"汉世有相和歌"以下，意在说明汉代以降的"杂歌谣"是官方或中上层阶级音乐艺术的源头。

第五段，例举说明歌"因地而作""因人而作""伤时而作""寓意而作"等几种创作动因，归结到《礼记·乐记》和《诗大序》"情动于中而形于言"，其目的似乎在照应序首，申明歌出乎自然的特性。

第六段，交待杂歌谣辞类的目的是要"采录""历世""杂出"的歌讴，并于卷末采录了"谣谶"。"谣谶"二字，充分说明了郭茂倩并不以"徒歌谓之谣"的标准来采录"谣"类作品，而重点申明了在只说不唱之外，古代"谣"所具有的"谶"的附带功能。翻检古代史籍及《乐府诗集》所载，被附加以"谶"的功能是大多数"谣"的共同特点。也正是在这一点上，郭茂倩以其特殊的方式对"杂歌谣"一类当中的"杂歌"和"谣"给出了社会文化功能上的区分。

据以上分析,可归纳出关于《乐府诗集》杂歌谣一类的几点认识如下:(一)尽管歌与谣之内涵在不同历史时期有所变化,但《乐府诗集》杂歌谣之"歌",指人声加长所造成的"长言之"之歌;"谣",主要指"嗟叹之"之歌而非"永歌之"之歌。(二)《乐府诗集》杂歌谣之"杂歌"主要包括两个方面的作品:唐以前官方音乐体系之外仍然独立存在的"歌";上古完全独立于器乐之外的"长言之"之"歌",以及《诗经》之外独立或相对独立的"歌"。(三)《乐府诗集》杂歌谣之"谣",除了表演方式上的只说不唱外,往往具有"谶"的预言、预兆和批判功能。(四)《乐府诗集》杂歌谣类设立的理由在于强调汉代以降"杂歌谣"作为官方或中上层阶级音乐艺术源头的文化属性,以及"杂歌谣"与器乐相对的纯粹人声的艺术属性。另外,郭茂倩《乐府诗集》杂歌谣类的设立,非其独创,乃继承了中唐沈建《乐府广题》[1]和佚名《乐府诗集》[2]的做法。

由上可知,王易及梁启超等人将杂歌谣辞从乐府中删去的做法,是不合适的。

---

[1] 参见孙尚勇《乐府文学文献研究》,第355—356页。
[2] 郭茂倩辑《乐府诗集》卷八三杂歌谣辞《紫玉歌》、傅玄《吴楚歌》题解均引及佚名《乐府诗集》,第1911、1916页。

## 四、《征辞》与乐府作品校理

第四篇《征辞》首论乐府与《诗三百》的内在关联以及二者在命题方式上的相似性，其说曰：

> 凡起于民间，被之弦管者，皆风之流也；作于朝廷，施之燕飨者，皆雅之流也；作于庙堂，用之郊祭者，皆颂之流也。雅、颂作于上，而风起于下。雅、颂之用狭，而风之途广。故后世乐府之属雅、颂者，悉关典礼，而篇章可登于史志；其属风者，则泛滥丛杂而不可稽，此自然之势也。

又依《诗经》风雅颂三分，将《辨体》所云乐府十体分为三类：

> 一曰祀鬼神，如郊庙及雅舞之一部，颂之遗也。二曰述功德，如燕飨、魏晋以后之恺乐及雅舞之一部，雅之遗也。三曰存旧俗，如诸杂舞、横吹曲、相和曲、清商曲、琴曲、近代曲等，风之遗也。余如事关朝政，意存讽刺，如唐人新题乐府者，则又变雅之遗也。

《诗经》关乎周代宗法封建制度，乐府则与汉以降专制国家礼乐制度相联系，故自《汉书·艺文志》、郭茂倩《乐府诗集》、郑樵《通志·乐略》以降，人们通常习惯于以乐府来比附《诗经》。

这一点其实也可以映现王易本人的学术品格，证明他的研究更贴近古典的传统。一个有意思的现象是，陆侃如《乐府古辞考》、罗根泽《乐府文学史》、萧涤非《汉魏六朝乐府文学史》的语言风格都近于白话，更见现代气息；王易《乐府通论》则近于文言，更见传统气质。这取决于他们互不相同的文化信念。由此来看，王易任教中央大学，并与黄侃、汪国垣、柳诒徵等"守旧派"交好，有其必然性。《征辞》以卜按《辨体》十体一一介绍、迻录诗篇，各体之中又略论不同时代作品精神气象之差异，或论各体之间的区别。如：

> 晋以后郊庙歌辞，模拟汉歌，典雅有余，韵味则寡矣。
> 恺乐如汉《铙歌》，始作皆民情物状之辞，其述功德者，仅《上之回》《远如期》数章耳。自魏至梁，乃专用以述功德，姜夔所谓"咸叙威武，衄人之军，屠人之国，以得土疆，乃矜厥能"是也，然而生气索矣。
> 三调诸曲，古辞或存或不存，其见于魏晋乐所奏者，皆为近古，率多就本辞增减字句以就声律而分解以奏之。大抵古辞多朴拙挚厚，《国风》之遗，后人拟作，则或变新意为之，又复展转相拟，别立新题，辞或加工，而气则靡矣。

难能可贵的是，《征辞》对具体作品的评论点断也多有点睛之笔。如：对庾信创作用于北周元正飨会大礼的《五声调曲》诸篇，特别强调"角调皆八言""徵调皆七言""羽调皆六言"。论《企喻歌》曰："横吹曲解皆短，似此每句即为一解，尚有一句两解者，足见音节促迫。"对"曲四解"的《巨鹿公主歌》三首，作者标点作："官家出游，雷大鼓。细乘犊车，开后户。／车前女子，年十五。手弹琵琶，玉节舞。／巨鹿公主，殷照女。皇帝陛下，万几主。"对同样"曲四解"的《陇头流水歌》其三，作者标点作："手攀，弱枝。足踰，弱泥。"后来两种点校本《乐府诗集》对庾信《角调曲》未依八言断句[1]，而将《乐府诗集》明确说"曲四解"的《巨鹿公主歌》三首标点作："官家出游雷大鼓，细乘犊车开后户。／车前女子年十五，手弹琵琶玉节舞。／巨鹿公主殷照女，皇帝陛下万几主"。[2] 又将《乐府诗集》明确说"曲四解"的《陇头流水歌》标点作："手攀弱枝，足踰弱泥。"[3] 点校本《乐府诗集》在作品校理上出现的失误[4]，主要原因即在于未能清晰地认识到，与文人诗不同，乐府作品必然遵循着一定的音乐制约、礼仪规范和文化信仰。在这方面，王易

---

[1]《乐府诗集》，中华书局1979年版，第213—214页；上海古籍出版社1998年版，第187页。

[2]《乐府诗集》，中华书局1979年版，第364—365页；上海古籍出版社1998年版，第301页。

[3]《乐府诗集》，中华书局1979年版，第368页；上海古籍出版社1998年版，第303页。

[4] 参见孙尚勇《乐府诗集点校拾遗》，《乐府文学文献研究》，第370—376页。

的认识超出后学，令人叹服。

## 五、《斠律》与隋唐音乐迁变

第五篇《斠律》讨论古代律学问题，占《乐府通论》约三分之一的篇幅，可见作者在乐律上用心颇多。这一部分也充分体现了王易的家学传承。《乐府通论·序》说少时父亲"为尚论风诗旨趣，辨析乐府源流，并指示琴笛声律理数……尝著书考论乐理，义悉创通"，到他任教中央大学"复治乐府，时遇蔽障，艰于研几，辄覆先著，便得通豁，钩玄撑隐，成兹一编"，并以司马迁撰《史记》、班固撰《汉书》作比，"龙门作史，兰台缀书，非有本原，曷就伟业"。《斠律》开篇对《管子》以降古代言宫商、律吕之数的淆乱深表不满，接着说：

> 蒙幼承庭训，获闻绪论，谓：自来言乐律者皆有所蔽，其蔽不通，无以明古乐之体，即无以达今乐之用。欲诵其蔽，必凭耳以决音，验器以求数，而后旁稽经史诸子及专著以论列其是非，洞究其本末，然后乐之体用咸备。尝著《乐音小识》一书，畅发其旨，于古说分别从违，于音数悉求征实，语多创获，殊异向壁。今揭其纲领，用理裹说，庶几得所折衷。

《斠律》中间又再次强调说：

> 先著《乐音小识》，推本《周礼》之六律、六同施于六代之乐者，而知其阴阳二重之音相和。又证以《周礼》三大祭之乐有圜钟一钟，而知其为周遍二重之枢绾。更证以《吕纪》舍少、《国语》中声、《月令》黄钟之宫，而知十二律吕之外，更有此一律，以为旋宫之用。因更审《国语》《月令》之六间与《周礼》之六同，名同而实异，而知秦汉以后言律者迷罔之由。于是断古乐为七音旋宫，而明《管》《吕》《淮南》《史》《汉》之谬法谬数，皆无当乐音之实。

由上引述可知，《斠律》一篇关于古代律学的思考，主要来自于其父王益霖的《乐音小识》，王易只是稍作发挥而已。

《斠律》的核心内容有如下两项：

第一，如上引一段所云，提出古代十三律的新说。音乐学界对这一说法未置可否，台湾中央大学中国文学系洪惟助教授批评说："十二律相旋为宫，是稍具音乐常识都知道的，他竟说六律六吕之间，要再有一律才能旋宫，并创造第十三个律来。""自古以来，大家都说十二律，没有人说十三律；王易在十二律之外，又创造了第十三律，却说不出第十三律如何求得，只是从《周礼》等书附会而来。""所谓旋宫或旋相为宫，是指十二律轮流作为宫音……（王易）竟说十二律之外要再有圜钟一律，始能旋宫。"[1]洪惟助的批评不可谓不严厉。

关于旋宫和三分损益律，沈知白说：

> 《礼记·礼运》云："五声、六律十二管还相为宫。"这是说十二律都可以作为音阶的主音而依次构成十二个宫调，即所谓十二个"均"。《淮南子》云："一律而生五音，十二律而为六十音。"就是说，每一律上可以构成一个五声音阶，其每一个音构成一个调式，则十二个均共有六十个调式。但是，用三分损益法而求得的十二律，其中任何相邻的两律之间的距离或大或小，并不相等，而且全音有大全音、中全音、小全音三种（纯律只有两种全音，即8/9、9/10），因此造成旋宫上的缺陷。从仲吕一音也不可能还生黄钟或求得黄钟的正确半律，而求得者比黄钟或半律黄钟略高。[2]

可见十二律旋相为宫是三分损益律理论层面的表述，在具体的音乐实践中并不如人们想象的那么简单易行。王易对《管子·地员篇》以来古代关于宫商、律吕之数的批评，主要也是立足于音乐实践层面而提出的。

---

[1] 洪惟助：《评王易乐府通论斠律篇，并提出对词乐研究的几点意见》，《第一届词学国际研讨会论文集》，中央研究院中国文哲研究所筹备处1994年版，第49—50、54—55页。
[2] 沈知白：《中国音乐史（续一）》，载《音乐艺术》1980年第1期。

十三律的新说，据王易自述，得之于其父王益霖。巧合的是，日本学者田边尚雄在1930年出版的《东洋音乐史》中提出京房有"竹声十三律"[1]。沈知白后来据此指出，这是"一种管口校正的方法，用这方法所求得的律很接近正确的音高"，他还感慨说："令人惊异是《吕氏春秋·古乐篇》所说的'断二节，其长三寸九分而吹之以为黄钟之宫，吹曰舍少'，显然是指经过校正的黄钟半律的长度。在战国末期，难道古人已经知道管的长度应该加以校正吗？"[2] 由此又可知，"证以《吕纪》舍少、《国语》中声、《月令》黄钟之宫，而知十二律吕之外，更有此一律"，并非王益霖、王易父子的独家臆想，十三律或有其成立的可能。

第二，由北朝隋唐之际律学变迁以论证中国音乐文化之流变。《斠律》认为隋代郑译八十四调是在改造龟兹音乐家苏祇婆音乐理论的基础上形成的，而"苏祇婆为西域人，其七调五旦之声当导源于印度"，郑译的十二律虽"有以合于古名，亦但为汉以后纠纷讹乱之余，而非周代之旧，至声之所准固在胡琵琶而无疑矣"。《斠律》强调唐代的雅乐和俗乐都不同程度接受了苏祇婆音乐理论的影响：

> 唐雅乐为祖孝孙作，以十二律各顺其月，旋相为宫，

---

[1][日]田边尚雄：《中国音乐史》，陈清泉译，商务印书馆1937年版，第120页。
[2]沈知白：《中国音乐史（续一）》。

制《十二和》之乐，合三十二曲，八十四调。即用郑译调法，而又缘饰《周礼》律名，甚见其芜杂失据。虽典礼施用，而实同具文，不为当世所尚。其时尚者，则为俗乐二十八调，皆自苏祗婆胡琵琶来也。

不少海外学者也持有与上述王易的观点相近的看法，他们认为苏祗婆音乐理论来自古印度或西亚，唐俗乐二十八调具有西域音乐渊源。关也维认为，印度出土的七世纪的《七调碑》，其年代晚于苏祗婆，却没有苏祗婆七声的角、变徵和变宫三调；而且《隋书·音乐志》所记苏祗婆七声译名都是龟兹语的对音，故苏祗婆的音乐理论是在龟兹民间音乐的基础上发展形成的，而非印度传来。[1] 黄翔鹏进而指出，苏祗婆的音乐体系可能来自于汉代传入龟兹的琴五调系统，其源头在中国。[2] 王昆吾说："在郑译时代，晋隋乐府所掌的清商音乐、随胡乐入华而兴盛的新俗乐，已构成同使用古音阶的雅乐理论的尖锐矛盾。郑译理论为讦就经籍所载，强调了古雅乐音阶，但在实际上，他是从胡乐、俗乐蓬勃发展的现实出发，来谋求问题的解决的。他所设计的，是既符合古代理论又符合音乐实际的雅乐乐制。郑译引用苏祗婆琵琶乐理的实质意义，则在于回避当时的政治忌讳，以一种易被人接受和理解的方式提出自己的旋宫理论，冲

---

[1] 关也维：《关于苏祗婆调式音阶理论的研究》，载《音乐研究》1980年第1期。
[2] 黄翔鹏：《乐问》，第191—192页。

击以宫声为主音的雅乐观念，而归根结底，这种理论亦以汉族俗乐的实际情况为根据。因此，郑译的理论，乃表现了胡乐和俗乐在理论上的融合。"[1]李玫说："燕乐二十八调只继承了龟兹乐调中与中原乐理观念相一致的因素……龟兹乐调传入中原，丰富了中原乐理中的创调思维，以汉族传统乐学阶名、调名为框架，吸纳了龟兹乐理的若干因素，最终形成了完整的燕乐二十八调。"[2]因此，以苏祗婆音乐理论渊源于印度可能未必正确，但郑译八十四调和唐俗乐二十八调吸收融合了西域音乐文化则是历史的必然。

总之，《斠律》就先秦律学以及北朝隋唐律学提出的新观点，虽然难免偏颇而有待于进一步检验，但其指向是文化和文学的。从最低限度上说，北朝以后的乐律和隋唐音乐大量吸收来自西域的音乐理论、音乐文化和音乐观念则是完全可以肯定的。在王易看来，乐律的变化带来了中国音乐根本性的变化，而唐代音乐的根本性变化也造就了乐府向词曲的发展。这一学术思考，无疑是值得尊重和肯定的。

---

[1] 王昆吾：《隋唐五代燕乐杂言歌辞研究》，中华书局1996年版，第40页。
[2] 李玫：《燕乐二十八调与苏祗婆五旦七声的关系》，《传统音乐轨范探索》，北京时代华文书局2014年版，第256页。

## 六、《余论》与民国音乐教育

《乐府通论》最后一篇《余论》,大约1200字,简明扼要地提出当下"乐教"所应注意的三点:明本、知方、立制。作者认为,推倡"乐教"应明确乐之根本在于雅正平和,应了解诗篇雅正、乐章平和两种方式并使之相互配合,从而建立礼乐文化典章制度。王易既以乐府为"国家制作之一端",那么,其"兴礼作乐",就不宜视作"迂腐",而应视作王易对20世纪30年代前后中国政治与文化的深刻焦虑和高度关切。《斠律》末尾说:"今日者,俗乐凌杂,雅音久亡,乐教衰微,甚于往古。惟学校传习西乐,尚能示以方途,范之规矩,所谓'礼失求野'者也。"由"惟学校传习西乐"之语可知,王易虽热衷于古典诗词创作,但他并不是一个文化复古主义者,他有着宏阔的视野和通达的胸怀,这是尤其需要指出的。

王易是一位有情怀的文人,有文化品格的学者。其诗词著述每与所处当下的现实有密切关联。《词曲史》一书不仅关注宋词元曲,小涉及杂剧、南戏、传奇等,亦当为一部宋元明清音乐义学史。书中推崇清词,对朱祖谋、王鹏运、郑文焯、况周颐等晚清词学四大家着墨颇多。《词曲史》亦有现实的考虑,《测运》篇说:"歌唱之用,则历昆弋秦徽而莫废,即西洋歌剧,亦自著古名。则以情之所生,触于目者,未尝不接于耳也。今革新者悖于此理,狠以歌唱为不近人言,乃取对话之方式,电影之排场以代之。徒借衣饰之时式，布景之活动，使观者赏其形肖而隐其心灵，而傲然自足，曰是乃写实主义也。噫，戏剧果由是以振兴乎？"[1]民国时期其他同类著作大多将乐府视作一个从历史抽象出来的固化的研究对象，相比之下，《乐府通论》则不仅仅将乐府看作过去的事物，而更加强调在历史的活泼样态和长时段进程中给予乐府极大的尊重，这同样体现了王易对中国传统文化的深情。

其实，王易的音乐教育主张亦非孤明独发。早在1903年，音乐家曾志忞说："远自欧美，近自日本，凡受教育者，莫不重音乐，而其于小学校之唱歌一科更与国语并重，盖其间经教育家论理家研究殆百余年而有今日之大光明也。吾国音乐发达之早，甲于地球，且盛于三代，为六艺之一，自古言教育者无不重之，汉以来雅乐沦亡，俗乐淫陋，降至近世，几以音乐为非学者所当闻问。呜呼！夫乐之物，兴感可怡悦，学校中不可少之科目也。"[2]1905年，李叔同编辑出版《国学唱歌集》，其序云："三稔以还，沈子心工，曾子志忞，绍介西乐于我学界，识者称道毋稍衰。顾歌集甄录，佥出近人撰著，古义微言，匪所加意。余心恫焉，商量旧学，缀集兹册。上溯毛诗，下逮昆

---

[1] 王易：《词曲史》，神州国光社1930年版，第529页。
[2] 曾志忞：《乐理大意》，载《江苏》1903年9月15日第6期，转引自胡从经《晚清儿童文学钩沉》，上海少年儿童出版社1982年版，第38页。

山曲,靡不鳃理而会粹之。或谱以新声,或仍其古调。"[1] 1908年,梁令娴《艺蘅馆词选》自序述其父梁启超语曰:"凡诗歌之文学,以能入乐为贵。在吾国古代有然,在泰西诸国亦靡不然。以入乐论,则长短句最便。故吾国韵文由四言而五、七言,由五、七言而长短句,实进化之轨辙使然也。诗与乐离,盖数百年矣! 近今西风沾被,乐之科渐复占教育界之一重要位置,而国乐独立之一问题,士大夫间,或莫厝意。"[2] 朱谦之的夫人杨没累(1898—1928)说:"如今要兴乐教,我以为首先要教本国的乐学常识,其次便是听律的训练,再其次就是本国的音乐史,再其次就是西洋的音乐史,再其次才是中西各种乐器的奏法,再其次才讲中国的作曲法,再其次才是西洋的和声学,以及西洋的作曲法。这种办法,本来只算一种普通的乐教常识。也只是人人要懂的国民教育罢了。总而言之,我以为如果本国乐制方面有不够用或不适用处,实不妨尽量采那效良的西法。只有本国民性特具的精神,万不可失却!"[3] 由上引和沈心工、曾志忞、李叔同等人的音乐创作与音乐教育活动可知,在19世纪末20世纪初国民改造思潮的大背景下,在日本和欧美音乐教育的启发下,积极倡导音乐改良和

---

[1] 萧枫编注:《弘一大师文集·文学、佛学作品集》,内蒙古人民出版社1996年版,第83页。
[2] 梁令娴:《艺蘅馆词选》,中华书局1935年版,第2页。
[3] 杨没累:《乐教运动》,《没累文存》,上海泰东图书局1929年版,第129页。

乐教运动已成为时代风潮[1]。故王易对音乐教育的关注，绝非纯粹个人化的，应视作之前中国学者和音乐人热切呼吁音乐教育的一种积极响应。

## 七、简短的结论

《乐府通论》全书不过九万多字，如上所述，虽然在乐府分类上存在疑问，但作者宏阔的学术视野和热切的文化关怀，以及对乐府的悉心体悟和深刻观察，使得此书在民国同类研究论著中独树一帜。书中联系礼仪制度的音乐文学研究理路，注重综合运用音乐学、乐律学、文学、文献学的音乐文学研究方法，亦足以垂范后学。在乐府断代、贯通古代音乐文学史等重要方面，《乐府通论》对当今相关学术领域的研究仍有很大的启发。兹再举一例。《辨体》论横吹曲说："实则鼓角自古遗，横吹则胡乐。"民国学者多认定鼓吹来自西域，如朱谦之说："鼓吹曲、横吹曲，他的音调都是直接间接从西域输入的。"[2] 目前音乐学界和文学研究界则大多认定鼓吹是受北方民族影响而形成的音乐品种，比如以下说法："秦朝末年，有一个名叫班壹的人，他因为逃避兵乱，到北方接近少数民族的边区定居下来，靠经营

---

[1] 参见孙尚勇《中国古代诗乐关系及其历史变迁》，《中国文学研究》第23辑，复旦大学出版社2014年版，第20—21页。
[2] 朱谦之：《中国音乐文学史》，第151页。

畜牧业成了富人。汉朝初年时，他在汉族地区和少数民族地区，往来游猎，在他的游猎队伍中，开始用了鼓吹。"[1]"鼓吹乐，是一种吹管乐器和打击乐器的合奏乐。其原始形式源自北方的游牧民族，秦汉之际渐渐传入中原。"[2]事实上，传世文献资料和出土文物资料说明，汉代有三种鼓吹乐：一为继承先秦传统的鼓吹，最初用于国家郊庙礼仪、燕射和一般宴乐场合；二为短箫铙歌，最初为专门的军乐；三为横吹，是源自西域新兴的"乘舆以为武乐"的鼓吹新变曲，最初专用于皇帝出行[3]。汉唐文献所说鼓吹，大多指第一种继承先秦传统的鼓吹，故王易"鼓角自古遗"的判断是正确的。要之，王易《乐府通论》在乐府研究史上应占有重要的一席之地。

本次整理，以神州国光社1933年版《乐府通论》为底本。整理过程中，发现明显的误字、错字，皆据他本或他书加以改正，并出校记说明。

孙尚勇
2016年12月8日

---

[1] 杨荫浏：《中国古代音乐史稿》，人民音乐出版社1981年版，第110页。
[2] 郑祖襄：《中国古代音乐史》，高等教育出版社2008年版，第65页。
[3] 参见孙尚勇《论汉代鼓吹的类别及流变》，载《中国文化研究》2011年第2期。

## 目录

序 | 1
述原第一 | 1
明流第二 | 14
辨体第三 | 36
征辞第四 | 67
斠律第五 | 128
余论 | 190
本次整理征引文献 | 193

# 序

易束发受学，执经趋庭。览诵之余，间涉吟咏；息游之暇，窃弄丝竹。先府君鉴其性近，因以利导；且为尚论风诗旨趣，辨析乐府源流，并指示琴笛声律珵数，慨然千古乐之不复也。府君早岁治两京之学，殚心六艺百家，旁及兵书、术数、方技，靡不赅究。尝著书考论乐理，义悉创通，而竟无识者；独于光绪癸卯，教授南京师范学堂，邂逅通州范先生，叹为知言。嗣遂筮任大梁，挈家以从。易则负笈京师，违侍日久。旋值鼎革，悬车袁山，遽捐馆舍。易自是学乃迷向，困勉孤陋行二十年，无所启发。追怀童时，犹在心目，永念遗训，惟惭影魂！迩年登讲南雍，复治乐府，时遇蔽障，艰于研几，辄覆先著，便得通豁，钩玄擿隐，成兹一编。上距府君设教是邦，适更一世。抚视手泽，弥用沾襟！昔龙门作史，兰台缀书，非有本原，曷就伟业？易驽下希贤，千不逮一，继述徒慕，力难从心。惟发潜阐幽，理棼治楛，区区之微，窃附先志。方兹海宇糜沸，斯文道沮。礼乐之兴，众意匪亟；草茅之议，果何所裨？周容为度，仆病未能，不知而作，吾其知免！

民国二十一年十一月南昌王易识于金陵严桥寓斋

# 述原第一

乐之生也，殆与生民俱矣。夫乐者，乐也。生民之初，首务衣食，饥寒苟免，鼓腹而游。欢谣舞蹈，而歌生焉；叩缶搏髀，而乐生焉。凡以适其情性而已，初无篇什趋乱之分，宫商节奏之辨也。人事渐滋，心灵亦启，长言嗟叹，浸有讴吟，土鼓苇钥，遂肇声器，歌乐则稍进矣。有圣智者出，顺蚩氓之心，导于嚅之情。为之辨五声，制八音，以底于和；为之明六义，标四始，以归于正。由是乐范于律，歌进为诗矣。《乐记》曰："凡音之起，由人心生也。人心之动，物使之然也。感于物而动，故形于声；声相应，故生变；变成方，谓之音；比音而乐之，及干戚羽旄，谓之乐。乐者，音之所由生也，其本在人心之感于物也。"又曰："凡音者，生于人心者也；乐者，通伦理者也。是故知声而不知音者，禽兽是也；知音而不知乐者，众庶是也。唯君子为能知乐。"《虞书》曰："诗言志，歌永言。"《诗序》曰："诗者，志之所之也。在心为志，发言为诗。情动于中而形于言，言之不足，故嗟叹之；嗟叹之不足，故永歌之；永歌之不足，不知手之舞之，足之蹈之也。"是知乐寄于音而生于心，诗托于言而本于志，而要皆情性自然之所趋发，其义盖甚了已。

然而皇古邈远，篇籍无传，莫得而述矣。葛天《八阕》，目存《吕纪》；帝喾《六英》，名见纬书。其文辞曲折，则孰从而知之？至于涂山歌于"候人"，始为南音；有娀谣乎"飞燕"，始为北声，夏甲叹于东阳，东音以发；殷整思于西河，西音以兴。见《文心雕龙·乐府》篇，均出《吕氏春秋》。纪述渺茫，亦无由质。若夫《康衢》《击壤》《南风》《卿云》，杂出古传，真伪难详。惟"喜起明良"，征自《虞书》，为足信耳。有夏承之，篇章泯弃，只《夏谚》见于《孟子》，而《五子》徒存伪歌。迄及商王，不风不雅，惟《颂》五篇，传于周之大师。周代尚文，六职咸备，礼乐修明。《周官》：大司乐掌成均之法，以乐德、乐语、乐舞教国子，以六律、六同、五声、八音、六舞大合乐，分乐而序之，以祭，以享，以祀。大师教六诗——风、赋、比、兴、雅、颂。以六德为之本，以六律为之音。《国语》召公谓："天子听政，使公卿至于列士献诗，瞽献曲[1]，史献书，师箴，瞍赋，蒙诵。"《仪礼·乡饮酒礼》及《燕礼》：工歌《鹿鸣》《四牡》《皇皇者华》……笙入奏《南陔》《白华》《华黍》……乃间歌《鱼丽》，笙《由庚》；歌《南有嘉鱼》，笙《崇丘》；歌《南山有台》，笙《由仪》。遂歌乡乐《周南·关雎、葛覃、卷耳》《召南·鹊巢、采蘩、采苹》。于是诗乐体尊而用广，合效而程功矣。

---

[1] 曲　底本作"典"，据《国语》（P.10）改。

今欲观周诗之总汇，宜莫若《三百篇》矣。《三百篇》者，本大师之所陈，而孔子所删定者也。其体备，其义精，其辞确然而不诬，其迹厘然而可按。《风》则闾巷风土男女情思之词，《雅》则燕享朝会公卿大夫之作，《颂》则鬼神宗庙祭祀歌舞之乐。朱熹《楚辞集注·离骚序》后附论。孔子皆弦歌之，以求合《韶》《武》《雅》《颂》之音，《史记·孔子世家》。则皆可歌而入乐者也。顾或谓《诗》惟二《南》、正雅、三《颂》入乐，而变风、变雅不然。顾炎武《日知录》谓二《南》及《豳》之《七月》、《小雅》正十六篇、《大雅》正十八篇及三《颂》皆入乐。则盍观夫《左传·襄二十九年》季札观乐，明以十三《国风》继二《南》之后，而于《小雅》亦有"怨而不言，周德之衰"之叹，则入乐之诗，初未尝有正变之别。正变之别，别于治乱，其论本发于汉儒。况变者亦概而言之耳。若《卫风》之《淇澳》、《郑风》之《缁衣》、《齐风》之《鸡鸣》、《秦风》之《小戎》、《小雅》之《车攻》《吉日》、《大雅》之《云汉》《崧高》《烝民》《韩奕》等篇，其中未当无正声。若《召南·野有死麕》之恶无礼，则与变风何殊？至如《左传·襄十四年》卫献公使大师歌《巧言》之卒章，《大戴礼·投壶》称可歌者八篇，中有《魏风》之《伐檀》、《小雅》之《白驹》，则所谓变者，未尝不入乐也。然则诗乐之分，固后世之事矣。

陈启源曰："《诗》篇皆乐章也，然诗与乐实分二教。《经解》云：温柔敦厚诗教也，广博易良乐教也[1]。是教《诗》教《乐》，

---

[1] 温柔敦厚诗教也，广博易良乐教也　《毛诗稽古编》(P.699)作"《诗》之教温柔敦厚，《乐》之教广博易良"。

其旨不同也。《王制》曰：崇四术，立四教，顺先王《诗》《书》《礼》《乐》以造士[1]，春秋教以《礼》《乐》，冬夏教以《诗》《书》。是教诗教乐[2]，其时不同也。"然诗乐之教虽二，而其用则相辅而行。诗之作初非为乐，上世歌谣多未合乐。乐之奏不尽有诗。六代之乐不皆有辞。然学者并习，朝庙兼施，无可疑也。孔子告弟子学《诗》曰"兴观群怨"，语鲁大师乐曰"翕纯皦绎"，又谓"兴于《诗》，立于《礼》，成于《乐》"，此分言之也；谓"自卫反鲁，然后《乐》正，《雅》《颂》各得其所"，此合言之也。子夏对魏文侯曰："郑音好滥淫志，宋音燕女溺志，卫音趋数烦志，齐音敖辟[3]乔志。"此专论乐音也。师乙对子贡曰："宽而静，柔而正[4]者，宜歌《颂》；广大而静，疏达[5]而信者，宜歌《大雅》；恭俭而好礼者，宜歌《小雅》；正直而静，廉而谦[6]者，宜歌《风》。"此兼论诗乐也。盖众瞽节其钟鼓，而乐师辨乎声诗。《乐记》云："乐师辨乎声诗，故北面而弦。"故曰："诗，言其志也；歌，咏其声也；舞，动其容也。三者本于心，然后乐器从之。"《乐记》。则诗乐之始，曷尝离乎？

---

[1] 崇四术，立四教，顺先王《诗》《书》《礼》《乐》以造士 《毛诗稽古编》（P.699）作"立四教以造士"。
[2] 教诗教乐 《毛诗稽古编》（P.699）作"教学"。
[3] 辟 底本作"僻"，据《礼记正义》（P.1540）改。
[4] 正 底本作"直"，据《礼记正义》（P.1545）改。
[5] 达 底本作"大"，据《礼记正义》（P.1545）改。
[6] 谦 底本作"让"，据《礼记正义》（P.1545）改。

或曰:祭公《祈招》,仲尼《梁木》,接舆《凤兮》,孺子《沧浪》,岂皆可播诸管弦,登之朝庙乎? 曰:喻志托兴之作,或旨有专属,或辞出偶然,不待乐师之弦,未入輶轩之采者,固不少矣。然而句必偶叠,韵必调谐,既具永言之资,自洽和声之质。反之,若王豹、绵驹、韩娥、秦青之伦,纵其辞未闻,然非此引吭曼声可知也。特丝管之音,无害离辞而独立,则以声音之妙,实有超乎文字者耳。

虽然,声音之妙,过而不留,经时而遂泯;文字之迹,显而可索,历久而犹新。故始则乐盛而诗随,继则诗存而乐废。且乐音传于工伎,习焉不察,而声浸亡;诗传守于儒生,研之愈精,而义日著。故《韶》《武》至美,声闃于千秋;《风》《雅》虽微,义昭于后代。学者徒知《乐经》亡于秦火,深惜古乐之绝传,抑知经之所存,未必详于铿锵曲折之细。藉令竟传,恐亦如《管子》《吕览》诸书,徒著其数耳。《汉书·艺文志》诗赋略中《河南周歌诗》《周谣歌诗[1]》,各有声曲折之著录,然亦失传。试观后世简编传钞,视古为详,而乐府声歌,易时而坠。即宋词元曲之节奏,迄今尚不得闻,遑论三代乎? 则乐音之不复,非偶然矣。

六代之乐,今惟存其名于《周礼·大司乐》一章。《云门》《咸池》《大磬》《大夏》《大濩》《大武》。迄东周时,惟《韶》《武》存耳。然时君多喜郑卫而恶雅乐,以魏文侯之贤,犹听古乐而恐卧,他

---

[1] 诗 底本脱,据《汉书》(P.1755)增。

可知矣。孔门教备诗乐，其贤者必兼通之。及其再传，微言没而大义乖，则乐音亡失，愈可知矣。乐工既挟于时君，儒生又止暇守其义理，于是古乐不得不亡矣。虽五音十二律之名与数，杂见《管》《吕》诸书，何救于诗乐之睽离乎？后儒乃谓"义理之说胜，而声音之学日微"[1]，郑樵《通志·乐府序》。不知声音既微，而后义理乃胜耳。然而声音之出乎天籁，生于人心者，未尝以古乐之亡而遂寂然于世。苟六义不幸而失传，则后世学诗者无所凭依，其所丧实远过于乐。则义理之胜，未尝非诗乐之大幸也。马端临曰："其始也，则数可陈而义难知。及其久也，则义之难明者，简编可以纪述，论说可以传授。而所谓数者，一日不肄习则亡之矣。数既亡而义孤行，于是疑儒者之道有体而无用，而以为义理之说大胜。夫义理之胜，岂足以害事哉？"其所见洵出郑氏上矣。

自《三百篇》以降，而诗篇、乐章乃分途矣。顾其所以分者果何在乎？班固曰："诵其言谓之诗，咏其声谓之歌。"刘勰曰："诗为乐心，声为乐体。"又曰："乐辞曰诗，诗声曰歌。"朱熹曰："诗之作，本言志而已。方其诗也，未有歌也；及其歌也，未有乐也；以声依永，以律和声，则乐乃为诗而作，非诗为乐而作也。诗，出乎志者也；乐，出乎诗者也。诗者其本，而乐者其末也。"吴莱曰："诗之与乐，固为二事，诗以其辞言者也，乐府

---

[1] 义理之说胜，而声音之学日微 《通志二十略》（P.883）作"义理之说既胜，则声歌之学日微"。

以其声言者也。"诸家虽似分析诗乐为二，然究其实际，仍以为一，但谓入乐者为乐章，未入乐者为诗篇耳。至于所以可入乐不可入乐之由，未尝断然分析也。夫志动于中，歌咏外发，句有奇偶，字有密裕，韵有谐舛，声有飞沉，凡诗尽然，宜无不可入乐者。然而坛庙郊祭，宾筵酬酢，有舍而不用者，则其故盖有二焉：一则意专而不溥也，二则辞繁而难节也。意专则作者咏志，而听者怠闻，不必徇广众矣；辞繁则读者快心，而歌者力竭，难以被丝管矣。故《离骚》旨兼《风》《雅》，而未闻登乐；《史记·屈原列传》云："《国风》好色而不淫，《小雅》怨诽而不乱，若《离骚》者，可谓兼之矣。"《九歌》言近燕昵，而可以祠神。王逸《九歌序》云："昔楚南郢之邑，其俗信鬼而好祠，其祠必作乐鼓舞，因为作《九歌》之曲，托之以讽谏也。"朱熹《九歌序》云："其言虽若不能无嫌于燕昵，而君子反有取焉。"其明征也。

或曰：《桑柔》《閟宫》之诗，辞不可谓不繁矣。《大雅·桑柔》十六章，八章八句，八章六句，共一百十二句。《鲁颂·閟宫》八章，二章十七句，一章十二句，一章三十八句，二章八句，共一百二十句。《大风》《来迟》之歌，意不可谓不专矣。《史记》：高祖还归，过沛，留，置酒沛宫。悉召故人父老子弟纵酒，发沛中儿，得百二十人，教之歌。酒酣，高祖击筑，自为歌诗云云，令儿皆和习之。《汉书·外戚传》：李夫人卒，帝思念不已。方士少翁言，能致其神，乃夜张灯烛设帷，陈酒肉，而令上居他帐，遥望见好女如李夫人之貌。上愈益相思悲感，为作诗云云，令乐府诸音家弦歌之。顾何以皆可入乐耶？曰：《三百篇》，诗歌之祖也，高祖，武帝，一代之君也。一则推雅颂之本，而不可或遗；《诗序》："《桑柔》，芮伯刺厉王也。"《閟宫》："颂僖公能服周公之宇也。"一则挟帝王之威，而莫敢不协。《文心雕龙》："歌童被声，莫敢不协。"然而辞终未约，不共四篇以俱存；汉末，曹操平荆州，得刘表乐工杜夔，传《驺虞》《伐檀》《鹿鸣》《文王》四篇，皆可歌。意主抒怀，未闻阅世而犹奏也。《汉书·礼乐志》不载二歌，明其后未常用之也。矧如后世述事之作，动累千言；咏怀之篇，不劳众听。则虽律同夔旷，笔妙渊云，亦何能强其入乐？所以《木兰》《仲卿》《四愁》《七哀》等篇，不播于管弦也。元稹《乐府古题序》略谓：《诗》《骚》流为二十四名，赋、颂、铭、赞、文、诔、箴、诗、行、咏、吟、题、怨、叹、章、篇、操、引、谣、讴、歌、曲、词、调，皆诗人六义之余。而作者之旨，由操而下八名，皆起于郊祭、军宾、吉凶、苦乐之际。在音声者，因声以度词，审调以节唱，句度短长之数，声韵平上之差，莫不由之准度。而又别其在琴瑟者为操、引，采民甿者为讴、谣，备曲度者，总得谓之歌、曲、词、调。斯皆由乐以定词，非选调以配乐也。由诗而下九名，皆属事而作，虽题号不同，而悉谓为诗可也。后之审乐者，往往采取其词，度为歌曲。盖选词以配乐，非由乐以定词也。而纂撰者由诗而下十七名，尽编为《乐录》。乐府等题，除铙歌、横吹、郊祀、清商等词在乐志者，其余《木兰》《仲卿》《四愁》《七哀》之辈，亦未必尽播于管弦明矣。

曰：然有乐府旧曲，转作徒诗，即事佳篇，翻成新谱者，何也？曰：此声辞协不协之故也。自汉京以降，鼓吹、相和，各遗古辞；西曲、吴声，继传新调。隋唐之世，部列清商，旧声未泯。文人或承诏秉笔，或独处寤歌，每假古调以陈见事，袭旧题而发新辞，作者过繁，流品遂滥。如古辞简短，效者则肆意长歌；旧曲杂言，后人则齐归五字。声不尽协，乐何由施？此徒诗之所由成也。若乃隽篇名笔，偶出一时，因事制辞，执辞按律，必辞约而易节，情广而不偏，庶几传唱旗亭，流声乐部。如安西送友，爰起《渭城》之歌；受降闻笛，乃变《婆罗》之曲。声辞既协，自洽管弦。此新谱之所由作也。至若贵介时君，握权怙势，率意有作，强付乐人，歌者腹非，听者耳棘。如《薤露》丧歌，魏祖假而《嗏汉》；《陌桑》丽曲，晋乐奏若游仙。声情已违，施何能久？此又始登乐而终为徒诗也。他如才士抒怀，旨存风雅，骚人抚事，情杂怨哀，第无诏于伶人，讵有乖于声律。如《名都》《美女》，子建托其忧伤；《兵车》《石壕》，少陵感于离乱。傥加弦节，曷杀声歌？此又虽无声而不害可谱也。是知诗官采言，乐胥被律，瞽师调器，君子正文，相长相因，宜无舛迕。否则，诗自诗，乐自乐，若参商之不相觌，冰炭之不相入矣。

或以为诗乐之异盖有三焉：一、诗多齐言，乐多杂言也；二、诗主言情，乐主述事也；三、诗尚温雅，乐贵遒劲也。是三说者，各有偏蔽，皆近执一。试按之汉以后之乐府诗，而有以知其不然矣。夫积字成句，积句成篇，初本无常，后始有数，文学演进之顺序然也。上世谣谚，泛无定格。《击壤》《南风》，以长短为节；《卿云》《八伯》，以四言和歌。各任自然，非律限也。及周诗四言为体，而长短句间之。挚虞《文章流别》云："诗之流也，有三言、四言、五言、六言、七言。古诗率以四言为体，而时一句二句杂在四言之间，后世演之，遂以为篇。"自汉以后，五七言大行，诗及乐府，又率以五七言为体，而时一句二句杂于其间。其属于乐府之篇章，齐言究多于杂言也。如汉《安世房中歌》十七章内，四言者十三章，三言者三章，其杂言者仅一章耳。第六。《郊祀歌》十九章，三言者七章，四言者八章，其杂言者仅四章耳。第八，第九，第十一，第十二。惟《鼓吹铙歌》存者十八曲皆杂言，然辞多讹误，又多声辞合写，难于句读。魏晋袭其声而仿作者，亦有齐言。魏缪袭、吴韦昭所作各十二曲，首章皆三言。晋傅玄所作廿二曲，五言者居其四。而齐梁拟作，五言则十之九也。至若相和曲中，五言居其泰半。古辞《东光》《薤露》《蒿里》《乌生八九子》《平陵东》《王子乔》《猛虎行》《董逃》《妇病行》《孤儿行》《西门行》《东门行》《雁门太守行》《满歌行》《淮南王》《圣人制礼乐》《公莫舞》等，皆杂言。而《江南》《鸡鸣》《陌上桑》《长歌行》《君子行》《豫章行》《相逢行》《长安有狭斜行》《陇西行》《步出夏门行》《折杨柳》《饮马长城窟行》《艳歌行》《白头吟》《怨诗行》等，皆纯五言。其他拟作，则大率五言为多。魏晋之间，食举上寿歌诗，文句长短不齐。张华以为未皆合古；陈顾以为被之乐石，未必皆当。故荀勖所造多四言，惟《王公上寿酒》一篇杂三五言。张华亦然，惟《食举东西厢乐诗》十一章，杂三四五七言；而其《正德》《大豫舞歌》，皆四言；《凯歌》《中宫》《宗亲》等歌，并为五言，不以杂言为篇也。晋宋以后，吴声、西曲，杂出竞作。吴声如《子夜歌》《子夜四时歌》，累百余首皆五言；《上声》《欢闻》《前溪》《阿子》《团扇郎》《七日夜女郎歌》《黄鹄歌》《碧玉歌》《懊侬歌》等亦然。《读曲歌》累八十九首，五言亦居泰半。西曲如《石城乐》《乌夜啼》等，古辞亦皆五言。《莫愁乐》《襄阳乐》《三洲歌》《采桑度》《江陵乐》《青阳度》《那呵滩》《孟珠》《杨叛儿》《西乌夜飞》

等古辞亦然。其后七言渐盛，隋唐乐府皆五六七之齐言，而当时咸播弦管无疑也。此"乐多杂言"之说，未为允也。至纪功述事，惟用之于郊庙、燕射之乐章。若《铙歌》古辞中，已不少言情之作。如《巫山高》《上陵》《君马黄》《有所思》《上邪》等曲。横吹、相和曲中则言情者居十之九，吴声、西曲以降，则全属言情，又不待言矣。若乃韦孟《讽谏》、曹植《圣皇》、蔡琰《悲愤》、嵇康《幽愤》，皆兼述事之诗。至如杜甫《北征》，足当诗史，韩愈《石鼓》，竟考典文，又昭然矣。此"乐主述事"之说，亦未为当也。若夫温雅遒劲之别，属于辞气，凡在诗乐，莫不备兼。《小雅·鹿鸣、四牡》，信雍容矣；而《车攻》《采芑》，何其警壮乎！《九歌·湘夫人、少司命》，洵绵丽矣；而《东君》《国殇》，何其纵肆乎！逮汉以降，诗篇乐章，体备刚柔，各称其题，各适其旨。如魏文《燕歌》、陈思《美女》，乐之温雅者也；左思《咏史》、阮籍《咏怀》，诗之遒劲者也。举一反三，可知其不限一格矣。此"乐贵遒劲"之说，又何尝信乎？故通乎二义，则执简而能明；乱以庞言，则费辞而愈晦，论者可无事钩鈲也。清郎廷槐《师友诗传录》：问："乐府五七言，与五七言古何以分别？"阮亭答："古乐府五言如《孔雀东南飞》《皑如山上雪》之属，七言如《大风》《垓下》《饮马长城窟》《河中之水歌》之属，与五七言古音情迥别。"历友答："乐府主纪功，古诗主言情，亦微有别。且乐府间杂以三言、四言，以至九言，不专五七言。"萧亭答："乐府之异于诗者，往往叙事。诗贵温裕纯雅，乐府贵遒深劲绝，又其不同也。"

自来称诗篇之入乐者曰"乐府"。乐府者，官署之名也。

始置于汉武帝，《汉书·礼乐志》先载：孝惠二年，使乐府令夏侯宽，更《房中乐》，名曰《安世乐》。后载：武帝定郊祀之礼，乃立乐府。颜师古注："始置之也，乐府之名盖起于此。"先后不免抵牾。宋郭茂倩乃谓孝惠时始以名官，至武帝乃立乐府。然未立乐府之先，即以乐府名官，似不近理。按司马彪《续汉书·百官志》：太予乐令一人，隶太常。蒙意夏侯宽盖官乐令，其府字乃后籍传写所衍耳。罢于哀帝。《汉书·张放传》："使大奴骏等四十余人，群党盛兵弩，白昼入乐府，攻射官寺。"《霍光传》奏昌邑王："大行在前殿，发乐府乐器。"《后汉书·律历志》："元帝时，郎中京房知五声之旨，六十律之数。上使太子太傅韦玄成、谏议大夫章，杂试问房于乐府。"后世乃以乐府所采之诗即名之曰乐府，似不当矣。《日知录》曾引上述诸事而斥其误。然此如《左传》所谓歌《王》、歌《齐》，《韩非》所谓解《老》、喻《老》耳，于义固无伤也。诸子之书皆以子名，《汉书·艺文志》称《史记》为《太史公》，亦此类。惟是乐府之诗，固不妨省称乐府，而后世私家依题拟作，或自创新题，或别为专集者，亦沿称乐府，殆邻于滥，特推类为名，正亦不必过泥耳。

乐府辞之类别，前人论者不一。如郭茂倩云："凡乐府歌辞，有因声而作歌者，若魏之三调歌，因弦管金石，造歌以被之是也；有因歌而造声者，若清商吴声诸曲，始皆徒歌，既而被之管弦者是也；有有声有辞者，若郊祀、相和、铙歌、横吹等曲是也；有有辞无声者，若后人之所述作，未必尽被于金石是也。"《乐府诗集·新乐府辞序》。冯班云："制诗以协于乐，一也；采诗入乐，二也；古有此曲，倚其声为诗，三也；自制新曲，四也；拟古，五也；咏古题，六也；并杜陵之新题乐府，七也。古乐府无出此七者矣。"《钝吟杂[1]录》。按冯氏所区不免太琐，未若郭氏之得要。今就其声、辞、题之新旧析为四类：一、旧声旧辞。如汉郊庙、鼓吹、铙歌、相和诸曲，及吴声、西曲诸本辞是也。此类有辞即同时入乐。二、旧声新辞。如魏晋鼓吹、相和诸曲，及隋唐清商部所奏诸曲是也。此类以辞附声可入乐。三、旧题新辞。如晋宋以下诗人拟古诸作是也。此类虽未入乐，然苟非辞繁难节者亦可入乐。四、新题新辞。如唐代诗人随事命题诸作是也。此类意主可歌而终未入乐。由此例推，唐五代所起新词，亦第一类也；宋代倚声可歌之词，亦第二类也；宋元以后沿用旧谱之词，亦第三类也；明清词人所谓自度腔，亦第四类也。而要其所以入乐不入乐之由，皆视与前举二义之从违以为断焉。

关于乐府之旧籍可资考证者，诸史乐志外，有《通典》《通考》之《乐门》、《通志·乐略》、朱陈旸《乐书》、唐吴兢《乐府古题要解》、无名氏《古今乐录》[2]、明徐师曾《文体明辨》、吴讷《文章辨体》、徐献忠《乐府原》等。其集录文辞者，有宋郭茂倩《乐府诗集》、明梅鼎祚《古乐苑》、刘濂《九代乐章》等。而言乐律之书，则繁杂难理。学者于其流变、体制、文辞诸端，研求既明，然后进探律吕宫调之梗概，则于此学思过半矣。

---

[1] 杂　底本作"新"，据该著书名改。
[2] 按，《古今乐录》为南朝陈代释智匠所作，其佚文主要见引于郭茂倩《乐府诗集》诸序解。

# 明流第二

世运之推移，盖日新而不已焉。自唐虞以降，国政民俗，世异时殊，质文递迁，礼乐代革，无相因之迹，有相成之理也。畋渔耕稼，料民异况，而均为求生；封建郡县，制国殊方，而均于求治。"穷则变，变则通，通则久"，固《易》之通义，而庶类群品共由之轨辙也。且民智之启，若木之由萌蘗而底于华实也。有一岁再实者焉，有十岁一实者焉。瞬荣者倏落，盘错者晚成，而要其生机不息则一也。学术之成，若水之由细流而汇为江河也。有千里会流者焉，有九派分酾者焉。入峡者激湍，放原者潴泽，而要其盈科而进则一也。若文学者，民智之果，学术之渊，奄会众长，牢笼万象，从未有一成不变者。或始微而终大，或极盛而兆衰，或顺导而益昌，或反激而遂变。故古先有作，不限后人；前修已成，未妨改作。明乎此义，可与言乐府之流变矣。

论乐府之流变，首当明史实，次当通人情。史实者，流变之途径；人情者，流变之枢机也。两汉儒治极盛，礼乐备明，武功亦昌，声威远播。及其季也，天下三分，干戈俶扰，流风犹存。乃自永嘉之乱，胡祲弥漫，中原左衽，旧典湮沦。江左偏安，未遑修复。隋氏纠合南北，融混华夷风气之迁，视昔为甚。有唐承六代之遗，绍一统之局，文教特盛，卜世复长，三百年间，风骚颇近。五代纷纭，治无足称，而文有可述。及宋学术荟蔚，教化昌明，而夷祸相乘，几与终始。金元胡虏僭御，越百余年，汉族文明，仅延坠绪。明甫稍振，复沦于清。牢笼有方，而制作盖寡，修废起坠，赖士之笃学而已。——此史实之显著者也。生民之性，实具爱美，耳目声色，好自天真。然守常而厌，见新而趋，其恒情一也；同以继武，异以出奇，其恒情二也；简而进繁，杂而求理，其恒情三也；久而必敝，敝而乃变，其恒情四也。缘此诸情，遂启因革。其进也，是渐而非骤，其变也，剔粗而取精。往而必复者心，逝而难追者迹也。此人情之固然者也。夫乐府，国家制作之一端也。盛衰兴废之间，固不能外乎国史，而消长去取之际，则惟视当于人心，此迹象所以屡变也。诚能了于二者，而推索其流变之迹焉，斯若网在纲矣。

乐府流变之迹，可划为四期：自汉京讫西晋，国乐为主，夷乐为辅，一期也；自东晋讫陈，国乐夷乐，相长并行，二期也；自隋讫唐，夷乐为主，国乐为辅，三期也；五代以下，夷夏混流，习久不辨，四期也。此四期中，声随器变，辞以声迁，后人但知寻绎其辞，而忽于其声器之沿革，故虽累牍言之，终莫得其条贯之所在。今述汉以后乐府之沿革，而兼及其声器之大要，至体制、文辞、音律，则分详于后篇。

汉以前之乐见于传记者，茫昧而不可考矣。《庄子·天运》篇黄帝论乐曰：吾奏之以人，征之以天，行之以礼义，建之以太清[1]。其声能短能长，能柔能刚，变化齐一，不主故常。天机不张，而五官皆备，此之谓天乐。故作《咸池》之乐，张于洞庭之野云。其后少皞作《大渊》，颛顼作《六茎》，帝喾作《六英》，尧作《大章》，舜作《大韶》，禹作《大夏》，汤作《大濩》，武王作《大武》，周公作《勺》。《汉书·礼乐志》云："自夏已往，其流不可闻矣。殷《颂》犹有存者。周《诗》既备，而其器用张陈，《周官》具焉。""周道始缺，怨刺之诗起，王泽既竭，而诗不能作。王官失业，《雅》《颂》相错。孔子论而定之。"自春秋以下，桑间濮上、郑卫宋赵之声并出。秦一天下，《韶》《武》犹存。始皇二十六年，改周舞曰《五行》，周《房中乐》曰《寿人》，而二世好郑卫。汉兴，乐家有制氏，以雅乐声律世在大乐官，但能纪其铿锵鼓舞，而不能言其义。高祖时，叔孙通因秦乐人制宗庙乐《嘉至》《永至》《休成》《永安》。又唐山夫人作《房中祠乐》十七章，其声楚声也。惠帝二年，使乐令夏侯宽备其箫管，更名曰《安世乐》。初，高祖四年作《武德舞》，本以作《昭容乐》；六年改舞《韶舞》作《文始舞》，本以作《礼容乐》。文帝作《四时舞》。景帝采《武德舞》为《昭德舞》，至宣帝又改曰《盛德》。皆以奏于诸帝庙，大抵因秦旧事焉。武帝定郊祀之礼，祠太一于甘泉，祭后土于汾阴，乃立乐府，采诗夜诵。有赵代秦楚之讴，以李延年为协律都尉，举司

---

[1] 太清　底本作"人情"，据《庄子集释》（P.505）改。

马相如等数十人造为诗赋。略论律吕,以合八音之调,作《十九章》之歌。然施之郊祀,未有祖宗之事;八音调均,又不协于钟律。而内有掖庭材人,外有上林乐府,皆以郑声施于朝廷。虽河间献王献所集雅乐,然不常御,常御及郊庙皆非雅声,故汲黯尝讥之。宣帝时,诏减乐府乐人,而渤海赵定、梁国龚德等,以知音善鼓琴,为丞相魏相所荐,皆召见阙下。至成帝时,郑声尤甚,黄门名倡丙强、景武之属,富显于世。哀帝性不好音,又疾世俗奢泰文巧,诏罢乐府官。其郊祭乐及古兵法武乐在经而非郑卫者,条奏别属他官。丞相孔光承诏将乐府八百二十九人罢四百四十一,留三百八十八,领属大乐。然百姓渐渍日久,又不制雅乐有以相变,豪富吏民,湛沔自若,陵夷坏于王莽。略《汉书·礼乐志》,参《宋书·乐志》。东汉明帝修复坠典,制作备明,分乐为四品:一曰大予乐,用之郊庙、上陵;二曰雅颂乐,用之辟雍、乡射;三曰黄门鼓吹乐,用之宴群臣;四曰短箫铙歌乐,用之军中。东京之乱,乐章亡缺,不可复知。及献帝建安十三年,曹操平荆州,得汉雅乐郎杜夔,以为军谋祭酒,使绍复先代古乐。又有散骑郎邓静、尹商,善咏雅乐,歌师尹胡,能歌宗庙郊祀之曲;舞师冯肃、服养,能晓知先代诸舞。夔悉领之,而年老,久不肄习。所得于《诗》者,惟《鹿鸣》《驺虞》《伐檀》《文王》四篇,其声辞皆周京之旧。按四篇句调各异,《鹿鸣》三章八句,皆四言;《驺虞》二章三句,一句五言;《伐檀》三章九句,为长短句;《文王》七章八句,四言中三句五言。至魏明帝太和末,又失其三,左延年所得者惟《鹿鸣》一章耳。

至晋怀永嘉之乱,伶官乐器,没于刘石,旧典不存,雅乐盖从此亡矣。

汉黄门鼓吹乐用之朝廷,短箫铙歌用之军中。而铙歌实亦鼓吹之一种也。汉鼓吹铙歌有《朱鹭》等二十二曲,至魏使缪袭改其十二曲,吴使韦昭亦改十二曲,而十曲并仍旧名;西晋傅玄则制二十二曲,并袭其声。详后。汉又有相和曲,凡三调——平调、清调、瑟调,皆周《房中乐》之遗声。又有楚调、侧调,并汉时街陌讴谣。魏晋以来,多沿其声制辞。又有舞曲,沿周六舞之意,变《武德》《文始》《四时》《五行》之旧。分雅舞、杂舞,分用之郊庙、宴会。东汉东平王苍作《武德舞歌诗》,晋傅玄作《正德、大豫舞歌》,皆为雅舞。魏《俞儿舞歌》《鼙舞歌》,晋《宣武、宣文舞歌》,以及《鼙舞》《铎舞》《巾舞》《拂舞》《白纻舞》《杯盘舞》等歌,则为杂舞,皆中国之乐也。

夷乐之来中国,盖亦远矣。按《周礼·春官》:"鞮鞻氏掌四夷之乐,与其声歌。"郑注云:"东方曰韎,南方曰任,西方曰株离,北方曰禁。"《白虎通》谓:"南夷之乐曰兜,西夷之乐曰禁,北夷之乐曰昧,东夷之乐曰离。"与此稍异。又"韎师掌教韎乐",注云:"舞之以东夷之舞。""旄人掌教舞散乐舞夷乐。"《礼记·明堂位》:"纳夷蛮之乐于大庙,言广鲁于天下也。"春秋时,鲁齐会于夹谷,有司请奏四夷乐,而孔子谓:"吾两君为好会,夷狄之乐何为?"见《史记》。然是时中国幅员未广,所谓蛮夷,殆非甚遥。秦汉以降,则长驾远驭,边塞之交通益繁。观司马相如《上林赋》"俳优侏儒，狄鞮之倡"，郭璞注："狄鞮，西方之乐名也。"按此据《王制》"西方曰狄鞮"。知胡乐此时已渐入中国矣。武帝使张骞通西域，得其横吹马上乐《摩诃兜勒》一曲，传之西京。李延年因而更造《新声二十八解》，以为武乐。东汉时以给边将，魏晋后，惟传《黄鹄》等十曲，谓之边声，详后。则横吹皆胡声也。陈旸《乐书》以为，此中国用胡乐之本。东汉明帝永平中，有白狼王唐菆献乐诗，安帝永宁元年，有雍由调献乐，并见《西南夷传》。观班固《东都赋》："四夷间奏，德广所及，僸佅兜离，罔不具集。"左思《魏都赋》："鞮鞻所掌之音，韎昧仜禁之曲，以娱四夷之君，以穆八方之俗。"知胡乐此时已盛行矣。自是乐器有琵琶、应劭《风俗通义》作枇杷，谓："近世乐家所作，不知谁也。"而刘熙《释名》则谓："枇杷本出[1]于胡中，马上所鼓也。"胡笳、应劭《汉卤簿图》有骑执笳，笳即笛也。蔡琰感胡笳之音作《十八拍》。之属，皆胡器也。故此期以夷乐辅国乐，为第一期。

自永嘉之乱，旧京沦陷，声乐散亡，典章残缺。元帝渡江，稍图修复雅乐，以贺循为太常。时以无雅乐器及伶人，省太乐，并鼓吹令。是后颇得登歌、食举之乐，犹有未备。明帝太宁末，又诏阮孚等增益之。成帝咸和中，乃复设太乐官，鸠习遗逸，而尚未有金石也。及石氏之亡，邺下乐人颇有来者。谢尚、庾亮共谋修复，因之以具钟磬。孝武太元中，破苻坚，又

---

[1] 出　底本脱，据《释名疏证补》（P.228）补。

获乐工杨蜀等，娴练旧乐，四厢金石始备。其后亦渐颓废。宋文帝元嘉二十二年，南郊始设登歌，乃诏颜延之造歌诗，庙舞犹缺。孝武孝建间，始议备郊庙舞乐焉。略《宋书·乐志》。齐梁以来，初相沿袭，后更创制，以为一代之典。梁武尤多创作，礼乐制度，粲然有序。值侯景之乱，乐府不修，风雅咸尽。及王僧辩破侯景，诸乐并送荆州。经乱，工器颇阙。元帝诏有司补缀才备，荆州陷没，周人不知采用。工人有知音者，并入关中，没为奴婢。陈武帝诏求梁乐。文帝天嘉元年，始定圜丘、明堂及宗庙乐。宣帝太建元年，定三朝之乐[1]，均采梁故事。而祠用宋曲，宴准梁乐。及后主耽荒，声乐尤繁，极于哀滥矣。略《隋书·音乐志》。

汉曲旧声传于东晋以后者，鼓吹铙歌，历宋齐梁，并用汉曲。而宋辞独诘诎不可复解，盖乐人以音声相传耳。至梁更制新歌，以述功德，作十二曲，亦沿旧声。至陈，鼓吹杂伎亦取晋宋之旧，微更附益。相和三调，属西晋播迁，其音分散，苻坚灭凉，传于前后二秦。及宋武定关中，尽收其声伎，因而入南。梁鼓角横吹曲《企喻》等三十六曲，及乐府胡吹旧曲三十曲，皆北地胡声，随此入南者。而南朝民俗国谣，亦时有新声。如起于吴地者有吴歌，出于荆郢樊邓之间者有西曲，皆音节短促，与中原或异。齐梁以降，作者甚众，时有增广。至陈后主

---

[1] 三朝之乐　底本作"三庙之乐"，据《隋书·音乐志》（P.308）改。下文径改，不再出校记。

好乐，自制新词，绮艳轻薄。及隋平陈，得诸旧曲，微更损益，俱并入清乐中。

北朝自拓跋氏来自云朔，肇有诸华，乐操土风，未移其俗。至道武帝破慕容宝于中山，获晋乐器，不知采用，皆委弃之。天兴初，创制宫悬，而钟管不备，乐章既阙，杂以《簸逻回歌》。至太武帝平河西，得沮渠蒙逊之伎，宾嘉大礼，皆杂用焉。此声盖苻坚之末，吕光出平西域，得胡戎之乐，因又改变，杂以秦声，所谓"秦汉乐"也。永熙中，命长孙承业、祖莹等斟酌缮修，戎华兼采，至于钟律，焕然大备。北齐文宣初禅，未改旧章。后因祖珽考定正声，始具宫悬，仍杂西凉之曲，乐名《广成》，而舞不立号，所谓"洛阳旧乐"也。武成帝时，始定四郊、宗庙、三朝之乐。又沿汉鼓吹，改制二十曲，以叙功德。然自文襄以来，皆好杂乐，如西凉、龟兹舞、清乐、龟兹等。至武成帝河清以后，传习尤甚。后主惟赏胡戎乐，耽爱无已。于是繁手淫声，争新哀怨。伶人如曹妙达、安未弱、安马驹之徒，至有封王开府者。后主亦自能度曲，别采新声，使胡儿阉宦辈齐唱和之，曲终莫不陨涕，竟以亡国。北周自太祖迎西魏主入关，乐声皆阙。恭帝元年平荆州，大获乐氏、乐器，以属有司。闵帝受禅，居位日浅。明帝虽革魏乐，而未臻雅正。武帝天和、建德间，递有增造，雅乐粗具。宣帝又革前代鼓吹，制为十五曲。而其先于西魏末，高昌款附，得其伎，教习以备飨宴之礼。天和中，罢掖庭四夷乐。其后帝聘皇后于北狄，得其所获康国、龟兹等乐，更杂以高昌之旧，并于大司乐习焉，采用其声，被于钟石。及宣帝即位，广召杂伎，增修百戏，日夜不息，游幸无节，公私顿敝，以至于亡。略《隋书·音乐志》。

今观南北朝之间，南朝修复旧典，而兼入胡声；北朝虽效中华，而广收夷乐。驯至声器纷陈，乐律亦变。故此期华夷之乐杂糅，为第二期。

隋承周后，初因周乐，太常雅乐，并用胡声。开皇初，因郑译之请，诏牛弘、辛彦之、何妥等议正乐。然沦谬既久，音律多乖，积年议不定。郑译又缘龟兹人苏祇婆胡琵琶之七调五旦，推演为八十四调，旋相为宫。其说后详。同时苏夔及弘、妥等竞为异议，是非纷然，而妥怂高祖惟用黄钟一宫，译议遂寝。开皇九年，平陈，获宋齐旧乐，诏于太常置清商署以掌之。求陈太乐令蔡子元、于普明等，复居其职。又因牛弘之议，修辑梁陈旧曲，以备雅乐，乃调五音为五夏、二舞、登歌、房中等十四调，创制歌辞。炀帝大业间，又诏博访知钟律歌管者，总付太常。乐人子弟大集关中，为坊置之，而器亦增盛。及隋末大乱，雅乐犹存。

始开皇初，令置七部乐：一《国伎》，二《清商伎》，三《高丽伎》，四《天竺伎》，五《安国伎》，六《龟兹伎》，七《文康伎》。又杂有《疏勒》《扶南》《康国》《百济》《突厥》《新罗》《倭国》等伎。其后牛弘请存《鞞》《铎》《巾》《拂》四舞，与新伎并陈。及大业中，炀帝乃定《清乐》《西凉》《龟兹》《天竺》《康国》《疏勒》《安国》《高丽》《礼毕》，以为九部乐。器工依之，乐以大备。《清乐》者，其始即相和三调，并汉以来旧曲，乐器形制，并歌乐古辞，与魏三祖之作。西晋亡于夷羯，其音分散，宋武收之入南，隋平陈，复获之，高祖叹为"华夏正声"，本而损益之，去其哀怨，而辅之以新定律吕，更造乐器。其歌曲有《杨伴》，舞曲有《明君》《并契》。其乐器有钟、磬、琴、瑟、击琴、琵琶、箜篌、筑、筝、节鼓、笙、笛、箫、篪、埙等十五种。《西凉》者，起苻氏之末，吕光、沮渠蒙逊等据凉州，变龟兹声为之，号为"秦汉伎"。魏太武平河西得之，谓之《西凉乐》。至魏周之际，谓之《国伎》。乐器声调，皆出胡戎，非华夏之旧。其歌曲有《永世乐》，解曲有《万世丰》，舞曲有《于阗佛曲》。其器有钟、磬、弹筝、搊筝、卧箜篌、竖箜篌、琵琶、五弦、笙、箫、大筚篥、竖小筚篥、横笛、腰鼓、齐鼓、担鼓、铜拔、贝等十九种。《龟兹》者，起自吕光灭龟兹，因得其声。吕氏亡，其乐分散，后魏得之，其后声多变易。至隋，有《西国龟兹》《齐朝龟兹》《土龟兹》等三部，开皇中，其器大盛于闾闬，乐人曹妙达等炫其音技，举世慕尚，高祖病之。及炀帝大制艳辞，造新声，渐即沉湎。其歌曲有《善善摩尼》，解曲有《婆伽儿》，舞曲有《小天》《疏勒盐》。其器有竖箜篌、琵琶、五弦、笙、笛、筚篥、毛员鼓、都昙鼓、答腊鼓、腰鼓、羯鼓、鸡娄鼓、铜拔、贝等十五种。《天竺》者，起自张重华据凉州，重四译来贡男伎，《天竺》即其乐。其歌曲有《沙石疆》，舞曲有《天曲》，器有凤首箜篌、琵琶、五弦、笛、铜鼓、毛员鼓、都昙鼓、铜拔、贝等九种。《康国》者，起自周武帝聘北狄为后，得其所获西戎伎，因其声。其歌曲有《戢殿农和正》,舞曲有《贺兰钵鼻始》《末奚波地》《农惠钵鼻始》《前拔地惠地》等四曲,器有笛、正鼓、加[1]鼓、铜拔等四种。《疏勒》《安国》《高丽》,并起自后魏平冯氏,及通西域,因得其伎,后渐繁会其声,以别于太乐。《疏勒》歌曲有《亢利死让乐》,舞曲有《远服》,解曲有《盐[2]曲》,器有竖箜篌、琵琶、五弦、笛、箫、筚篥、答腊鼓、腰鼓、羯鼓、鸡娄鼓等十种。《安国》歌曲有《附萨单时》,舞曲有《末奚》,解曲有《居和祇》,器有箜篌、琵琶、五弦、笛、箫、筚篥、双筚篥、正鼓、和鼓、铜拔等十种。《高丽》歌曲有《芝栖》,舞曲有《歌芝栖[3]》,器有弹筝、卧箜篌、竖箜篌、琵琶、五弦、笛、笙、箫、小筚篥、桃皮筚篥、腰鼓、齐鼓、担鼓、贝等十四种。《礼毕》者,本出晋太尉庾亮家。亮卒,其伎追思之,以舞象其容,又取其谥,号之谓《文康乐》。每奏九部乐,终则陈之,故名"礼毕"。其行曲有《单交路》,舞曲有《散花乐》,器有笛、笙、箫、篪、铃盘、鞞、腰鼓等七种。其余奇伎百戏,皆来自胡戎,习于太常,岁朝盛陈,振古无比。至大驾鼓吹,并穷极奢侈,以底于隋之亡。《隋书·音乐志》。

唐兴,即用隋乐。武德九年,始诏祖孝孙、窦琎等修定雅乐,贞观二年奏上。孝孙又奏:"陈梁旧乐,杂用吴楚之音;周齐旧乐,多涉胡戎之伎。"于是斟酌南北,考以古音,作为大唐雅乐,以十二律旋相为宫,制十二和之乐,合三十一曲,用于郊祭朝宴。后又诏张文收、吕才等厘改之,乐曲遂备。以后

---

[1] 加　底本作"和",据《隋书》(P.379)改。
[2] 盐　底本作"监",据《隋书》(P.380)改。
[3] 栖　底本脱,据《隋书》(P.380)补。

诸帝庙乐舞，续有所造。唐有三大舞：《七德舞》，本名《秦王破阵乐》，以为武舞；《九功舞》，本名《功成庆善乐》，以为文舞，皆太宗作；《上元舞》则高宗时作。后经武氏之乱，皆渐亡失。及玄宗御位多载，性善乐音，制作最繁，唐代声乐，此为极盛。肃、代以后，略有因造。僖、昭之乱，典章亡缺，不复振矣。

自隋文时，乐分雅俗二部。所谓俗乐者，二十有八调，宫商角羽各四，皆从浊至清，迭更其声。<sub>其说后详</sub>。周隋管弦杂曲数百，皆西凉乐，鼓舞曲皆龟兹乐，其曲度皆时俗所知，故谓之俗乐。惟琴工犹传楚汉旧声，及清调蔡邕五弄、楚调四弄，谓之九弄而已。唐初因隋旧制，用九部乐，《清商》《西凉》《天竺》《高丽》《龟兹》《安国》《疏勒》《康国》，皆沿隋旧，而削去《文康乐》。及太宗平高昌，尽收其乐，遂置《高昌伎》。<sub>其器有竖箜篌、铜角、琵琶、五弦、横笛、箫、筚篥、答腊鼓、腰鼓、鸡娄鼓、羯鼓等十一种</sub>。至高宗时，张文收又造《燕乐》。<sub>初分四部：《景云乐》《庆善乐》《破阵乐》《承天乐》，后惟《景云》存。其器有玉磬、大方响、搊筝、卧箜篌、小箜篌、大琵琶、大小五弦、大小笙、大小筚篥、大小箫、正铜拔、和铜拔、长笛、短笛、楷鼓、连鼓、鞀鼓、桴鼓等二十二种</sub>。合前为十部，总名"燕乐"，著于令。其不著令而声节存者，乐府犹隶之。其后又分立坐二部：立部者，堂下立奏；坐部者，堂上坐奏。玄宗时，立部伎八，一《安舞》，二《太平乐》，三《破陈乐》，四《庆善乐》，五《大定乐》，六《上元乐》，七《圣寿乐》，八《光圣乐》。《破阵》以下皆杂《龟兹乐》《西凉乐》。坐部伎六。一《燕乐》，二

《长寿乐》,三《天授乐》,四《鸟[1]歌万岁乐》,五《龙池乐》,六《小破阵乐》。《长寿》以下皆用龟兹舞,《龙池》则用雅乐。太常阅坐部不可教者隶立部,又不可教者乃习雅乐。是时雅乐不重可知。自太宗时,长孙无忌制《倾杯曲》,魏征制《乐社乐曲》,虞世南制《英雄乐曲》,又命乐工制《黄骢叠曲》。高宗时,吕才作琴歌《白雪》等曲,又命乐工制道调。玄宗定韦后之难,民间制《夜半乐》《还京乐》二曲,帝又作《文成曲》,与《小破阵乐》更奏之。其后河西节度使杨敬忠献《霓裳羽衣曲》。玄宗又浸喜神仙之事,诏道士司马承祯制《玄真道曲》,李会元制《大罗天曲》,贺知章制《紫清上圣道曲》,韦绦制《景云》《九真》《紫极》《小长寿》《承天》《顺天》六曲。玄宗又酷爱隋之法曲音清而近雅,器有铙、钹、钟、磬、幢箫、琵琶。选坐部伎子弟三百教于梨园,声有误者,帝必觉而正之,号皇帝梨园弟子。宫女数百,亦为梨园弟子,居宜春北院。梨园法部,更置小部音声三十余人。初奏新曲名《荔枝香》。帝又好羯鼓,称为八音之领袖。羯鼓本戎羯之乐,其音噍杀,特异众乐,《龟兹》《高昌》《疏勒》《天竺》部皆用之。开元二十四年,升胡部于堂上,而天宝乐曲皆以边地名,若《伊州》《凉州》《甘州》之类。后又诏道调法曲与胡部新声合奏,先后制新曲四十余,并新制乐谱。乐人隶太常及鼓吹署者至数万,号"音声人"。每初年望夜,御勤政楼,观灯作乐,歌舞彻夜。千秋节及赐宴设酺,亦

---

[1] 鸟 底本作"岛",据《旧唐书》(P.1061)改。

会勤政楼。君臣共为荒乐，卒致安史之祸。京师乐器伎衣，尽收入洛，余声遗曲，或传人间。肃宗收复两京，稍事修集。代宗、德宗之间，亦有所作。其后方镇多制乐舞以献。文宗好雅乐，诏太常冯定采开元雅乐，制《云韶法曲》及《霓裳羽衣舞曲》。会昌初，李德裕献《万斯年曲》。宣宗亦好音，大中初，太常乐工五千余人，俗乐一千五百余人。帝自制新曲，教女伶数千百连袂而歌。懿宗咸通间，诸王多习音声，倡优杂戏。如《代面》《拨头》《踏摇娘》等。其盛时所传乐曲，至末年往往亡缺。

隋唐俗乐二十八调，皆出龟兹人苏祗婆琵琶，其中大食、小食、般涉，皆夷名。至隋九部伎中，夷乐凡七；唐十部伎中，夷乐凡八。其未列部者，尚有百济、扶南、南诏、骠国、鲜卑、吐谷浑、部落稽诸国之乐。《百济乐》，始于刘宋时，周师灭北齐得之。唐中宗时，工人亡散，岐王范复奏置之，而音伎多缺。其器有筝、笛、桃皮筚篥、箜篌。《扶南乐》，始于隋，炀帝平林邑国得之，其器有匏、琴，陋不可用，但以《天竺乐》转写其声，而不齿乐部。《南诏乐》《骠国乐》，皆贞元中因西川节度使韦皋以献，声曲皆不录于有司。《鲜卑》《吐谷浑》《部落稽》等，皆出北狄，马上乐也，自汉以来，总归鼓吹署。后魏乐府始有《北歌》，即魏史所谓《真人代歌》。隋世与《西凉乐》杂奏，至唐存者五十三章，而名可解者六章。一《慕容可汗》，二《吐谷浑》，三《部落稽》，四《钜鹿公主》，五《白净王太子》，六《企喻》。其不可解者辞多"可汗"，盖燕魏之际鲜卑歌也。梁有《钜鹿公主》《大白净皇太子》《小白净皇太子》《企喻》《雀劳利》《慕容垂》《地驱乐》《捉搦》等歌，皆此类。唐贞观中，有将军侯贵昌，世习《北歌》，诏隶太乐，然译者不能通，岁久遂不可辨。凡此皆胡声也。其时乐器如横笛、笛原出羌中，有长、短、中管之别。横笛即小篪。汉灵帝好胡笛，宋有胡篪，加觜者名义觜笛。铜角、长二尺，形如牛角，出西戎。筚篥、本名悲篥，以其声悲，出胡中，亦云胡人吹之以惊中国马。又有桃皮筚篥，以桃皮为啸叶，出于东夷。贝、蠡也，容可数升，吹以节乐，出南蛮。曲项琵琶、五弦琵琶、皆出北国。竖箜篌、箜篌本汉乐，竖箜篌则胡乐也。体曲而长，二十二弦，竖抱于怀，两手齐奏，谓之擘箜篌。缶、古西戎之乐，秦俗因而用之。铜拔、亦谓之铜盘，出西戎及南蛮，小大不同，贯以韦，相击和乐。铜鼓、铸铜为之，虚其一面，覆而击之，出扶南、天竺。腰鼓、广首纤腹，本胡鼓，又分正鼓、和鼓，晋石遵最好之，与横笛不去左右。羯鼓、如漆桶，两手具击，亦名两杖鼓，出羯中。及都昙鼓、毛员鼓、答腊鼓、鸡娄鼓等，皆胡器也。参《旧唐书·音乐志》及《唐书·礼乐志》。至雅乐则仅存而已。故此期以国乐辅夷乐，为第三期。

唐自黄巢之乱，两京覆圮，宗庙煨炉，乐工沦散，金奏几亡。昭宗诏殷盈孙造乐悬，虽苟得修备，而古音之亡者多矣。五代五十余年，干戈扰攘，虽不乏好音能文之君主，如后唐庄宗、后蜀主孟昶及南唐二主等。然皆欣赏俗乐，未遑制作，以当一代之典也。是时遗声旧曲，传于教坊，流播民间者，悉胡部、法部之残余，而历时渐久，声辞自变，名同实殊者比比也。宋王灼《碧鸡漫志》谓：唐歌曲比前世益[1]多，声行于今、辞见于今者，皆十之三四[2]，代差近耳。先世乐府，有其名尚多，其义存者十之三，其始辞存者十不得一。今按郭氏《乐府诗集》近代曲辞所载唐曲，大抵五六七之齐言，而其名则多同于五代后之词调，且有径为词者。是盖古乐府转入近体乐府之交关，亦即宋词之所由成也。《碧鸡漫志》云："唐时古意亦未全丧，《竹枝》《浪淘沙》《抛球乐》《杨柳枝》，乃诗中绝句，而定为歌曲。"不知《竹枝》等虽形似绝句，固是曲而非诗。且唐乐府大率皆然，抑独《竹枝》等作哉？后人徒狃于词体之为长短句，而不悟此特古今文体之变迁耳。至于诗乐之途，未常以形近而乱也。《全唐诗》附词序云："唐人乐府，元用律绝等诗杂和声歌之，其并和声作实字，长短其句以就曲拍者，为填词。开元、天宝肇其端，元和、太和衍其流，大中、咸通以后，迄于南唐二蜀，尤家工户习，以尽其变。"是唐人借用律绝等诗为乐府辞耳。观于唐崔令钦《教坊记》所录曲名大曲名三百二十四，其中属唐宋词调名者凡七十余，然非同后世之词，而但为词所从出耳。摘录于次：

抛球乐　清平乐　破阵乐　春光好　杨柳枝　浣溪沙
浪淘沙　望梅花　望江南　乌夜啼　摘得新　河渎神

---

[1] 益　底本作"盖"，据《碧鸡漫志校正》（P.9）改。
[2] 皆十之三四　底本作"习十二三四"，据《碧鸡漫志校正》（P.9）改。

醉花间　归国遥　思帝乡　定风波　木兰[1]花　菩萨蛮
八拍蛮　临江仙　虞美人　遐方怨　定西番　荷叶杯
长相思　西江月　上行杯　谒金门　巫山一段云
后庭花　麦秀两歧　相见欢　诉衷情　三台　醉公子
南歌子　渔歌子　风流子　生查子　山花子　天仙子
酒泉子　甘州子　采莲子　女冠子　南乡子　拨棹子
何满子　西溪子　甘州　突厥三台　以上见唐五代词
夜半乐　还京乐　帝台春　二郎神　绿头鸭　留客住
万年欢　曲玉管　倾杯乐　苏幕遮　洞仙歌　大酺乐
兰陵王　镇西乐　摸鱼子　雨零铃　安公子　迎仙
以上见宋词

《碧鸡漫志》考证唐曲，其著录者，有《凉州》《伊州》《霓裳羽衣曲》《甘州》《胡渭州》《六幺》《西河长命女》《杨柳枝》《喝驮子》《兰陵王》《虞美人》《安公子》《水调歌》《万岁乐》《夜半乐》《何满子》《凌波神》《荔枝香》《阿滥堆》《念奴娇》《清平乐》《雨零铃》《春光好》《菩萨蛮》《望江南》《麦秀两歧》《文溆子》《后庭花》《盐角儿》等二十九曲，皆说明其起源及宫调，甚见详晰。其中有唐末已变为词者，如《清平乐》《菩萨蛮》《望江南》是也；有五代始变者，如《甘州》《虞美人》《何满子》是

---

[1] 兰　底本作"阑"，据《教坊记笺订》(P.88)改。

也；有及宋而始变者，如《六幺》《兰陵王》《安公子》是也；亦有竟未变者，如《阿滥堆》《文溆子》《盐角儿》是也。余可类推。

宋承周祚，结五季纷扰之局，制作之盛，上绍初唐，而于律度乐器，尤多兴革。自太祖建隆讫徽宗崇宁，乐凡六变：初以雅乐声高，诏和岘以王朴律准较洛阳铜望臬石尺，为新度以定律吕，故建隆以来有和岘乐。仁宗留意声律，李照以朴准高五律，与古制殊，请改定雅乐，乃下三律铸钟磬，故景祐中有李照乐。未几，众议其非，乃诏阮逸、胡瑗参定声律，更造钟磬，止下一律，故皇祐中有阮逸乐。神宗时，杨杰条奏旧乐之失，召范镇、刘几参议，几、杰请遵祖训，一切下王朴二律，用仁宗时所制编钟，乐成，奏之郊庙，故元丰中有杨杰刘几乐。范镇言其声杂郑卫，请改修钟量，废四清声。哲宗即位，按试于廷，比李照乐下一律，故元祐中有范镇乐。杨杰复议其失，卒置不可。徽宗锐意制作，以饰太平，蔡京乃主魏汉津说，请帝指为度，铸帝鼐、景钟。设大晟府，制《大晟乐》，颁之天下，播之教坊。故崇宁以来有魏汉津乐。综此六变，各执异论，徒缴绕其说于律之高下，卒无不易之是非。惟大晟府为制甚备，所作较繁。制设大司乐一员，典乐二员，并为长贰。大乐令一员，协律郎四员。又有制撰官，按月律进词，补徵角二调曲谱，又纠燕乐诸宫调之失正。迄政和间，金祸方亟，乃诏罢大晟府。及靖康之乱，金人取汴，凡大乐轩架、乐舞图及教坊乐器、乐书、乐章、钟鼎皆亡。南渡后，稍事绍复先朝之旧，而无所改作。光、宁之间，士多叹乐典久坠，欲搜讲古制，姜夔乃进《大乐议》，欲正俗乐之失，又制《圣宋铙歌》十四篇。其后朱熹、蔡元定皆著书考论乐理，具有条制，然未见诸实施，徒垂空言而已。略《宋史·乐志》。

自唐代置教坊，诸部乐用之燕飨。宋初循旧制，亦置教坊，凡分四部。法曲、龟兹、鼓笛、云韶。其后平荆南、西川、江南、太原诸国，所得乐工合诸藩臣所贡，及太宗藩邸所有乐工，共三百余人，于是四方执艺之精者皆集。其所奏乐凡十八调，四十大曲：一曰正宫调，其曲三；《梁州》《瀛府》《齐天乐》。二曰中吕宫，其曲二；《万年欢》《剑器》。三曰道调宫，其曲三；《梁州》《薄媚》《大圣乐》。四曰南吕宫，其曲二；《瀛府》《薄媚》。五曰仙吕宫，其曲三；《梁州》《保金枝》《延寿乐》。六曰黄钟宫，其曲三；《梁州》《中和乐》《剑器》。七曰越调，其曲二；《伊州》《石州》。八曰大石调，其曲二；《清平乐》《大明乐》。九曰双调，其曲三；《降圣乐》《新水调》《采莲》。十曰小石调，其曲二；《胡渭州》《嘉庆乐》。十一曰歇指调，其曲三；《伊州》《君臣相遇乐》《庆云乐》。十二曰林钟商，其曲三；《贺皇恩》《泛清波》《胡渭州》。十三曰中吕调，其曲二；《绿腰》《道人欢》。十四曰南吕调，其曲二；《绿腰》《罢金钲》。十五曰仙吕调，其曲二；《绿腰》《彩云归》。十六曰黄钟羽，其曲一；《千春乐》。十七曰般涉调，其曲二；《长寿仙》《满宫春》。十八曰正平调，无大曲，小曲无定数。其不用[1]者

---

[1] 用　底本脱，据《宋史》（P.3349）补。

有十调：一高宫，二高大石，三高般涉，四越角，五商角，六高大石角，七双角，八小石角，九歇指角，十林钟角。法曲部，其曲二。道调宫《望瀛》、小石调《献仙音》。龟兹部，其曲二。皆双调，《宇宙清》《感皇恩》。鼓笛部，无曲。但随诸曲合奏。云韶部，其曲十三。中吕宫《万年欢》、黄钟宫《中和乐》、南吕宫《普天献寿》、正宫《梁州》、林钟商《泛清波》、双调《大定乐》、小石调《喜新春》、越调《胡渭州》、大石调《清平乐》、般涉调《长寿仙》、高平调《罢金钲》、中吕调《绿腰》、仙吕调《彩云归》。太宗洞晓音律，前后亲制大、小曲及因旧曲创新声者，总三百九十。凡制大曲十八，所用宫调十八，与教坊同。其大曲名大抵皆特制者。曲破二十九，所用宫调除教坊所用外，有高宫、大石调、林钟角、越角、小石角、高角、歇指角、大石角、双角、高般涉，则二十八调备用焉。其曲名有特制，有袭旧者。琵琶独弹曲破十五，所用宫调，如凤鸾商、金石角、芙蓉调、兰陵角、孤雁调、玉仙商、龙仙羽、圣德商等，迥异八十四宫调旧名；如应钟调、蕤宾调、正仙吕调、大石调、林钟角、无射宫调、仙吕调等，又与燕乐同名，未可解也。其曲名有特制，有袭旧者。小曲二百七十，所用宫调二十八，与曲破同。其曲名多特制者。因旧曲造新声者五十八，所用宫调二十七，惟缺越角。其曲名皆袭旧。又民间作新声者甚众，而教坊不用。太宗所制曲，乾兴以来通用之。凡新奏十七调，总四十八曲。其急慢诸曲几千数。又法曲、龟兹、鼓笛三部，凡二十四曲。及仁宗亦明音律，每禁中度曲赐教坊，或命教坊使撰进，凡五十四曲，朝廷多用之。

至南宋孝宗始罢教坊，有事则临时点集乐人，先期教习而已。均略《宋史·乐志》。

宋代鼓吹，用之大典。自天圣以来，郊祀躬耕籍田，皇太后恭谢宗庙，悉用正宫《导引》《六州》《十二时》，凡四曲。景祐二年，郊祀减《导引》第二曲，增《奉禋歌》，祫享太庙亦用之；大享明堂，用黄钟宫，增《合宫歌》。凡山陵导引灵驾，章献、章懿皇后用正平调，仁宗用黄钟羽，增《昭陵歌》；神主还宫，用大石调，增《虞神歌》。凡迎奉祖宗御容赴宫观、寺院并神主祔庙，悉用正宫，惟仁宗御容赴景灵宫用道调。熙宁中，亲祠南郊，曲五奏，正宫《导引》《奉禋》《降仙台》；祠明堂曲四奏，黄钟宫《导引》《合宫歌》，皆以《六州》《十二时》。率因事随时定所属宫调，以律和之。元丰中，言者以鼓吹害雅乐，欲调治之，令与正声相得。而杨杰论其器既异，不可混淆，议遂寝。

综观宋乐所用宫调，皆沿唐二十八调之旧。其后通用七宫十二调，亦不外此。曲调亦多袭唐曲，杂用胡声。如《梁州》《伊州》《石州》等，皆胡曲，《绿腰》《新水调》等，皆华声，而用胡乐之节奏。大曲中有催衮者皆胡曲，见姜夔《大乐议》。而队舞中如《婆罗门》《醉胡腾》《异域》《朝天》《射雕》《回鹘》《菩萨蛮》《菩萨献香花》等，皆沿胡俗、胡饰。教坊诸部所用乐器，如琵琶、觱栗、即筚篥。羯鼓、腰鼓等，皆沿胡部。又律调通以管色为主，有所谓中管、倍四头管、倍六头管，见张炎《词源》，头管即觱栗。及所谓羌笛、孤笛、夏笛、鹧鸪、双韵、十四弦、胡卢琴、渤海琴见姜夔《大乐议》。者,皆以胡器为声律之准也,而习用既久,听者考者,率不可辨。故此期夷夏混淆,为第四期。

合观上述,乐府流变约略可睹,而要其升降之序,几与学术风气同其步骤矣。汉以前之学术,不出六艺、诸子,纯乎中国之学也;至东汉时佛法东来,渐渍人心,风气稍变矣。——其时乃当第一期。南北朝学术崇玄,而释氏经论,方多译入,时君并尚,不辨主宾。——其时乃当第二期。隋唐以还,佛典畅通,诸宗并峙,智慧之士,悉趋禅门,经生墨守义疏,少所挥发。——其时乃当第三期。底于宋代,道学探研,时参禅理,文人情志,亦杂禅心。——其时乃当第四期。侥进而论元明以后,词曲以附庸进为大国,则犹心学之发扬也。近世西乐盛行,则随西学欧化以东渐也,迹象昭昭,若合符契。世变纷纶,曷其有极!以事越本编范围,不复备论。

# 辨体第三

乐府命篇，其名不一。明徐师曾《文体明辨》[1]尝列举十二名，谓："自琴曲之外，其放情长言，杂而无方者曰歌；步骤驰骋，疏而不滞者曰行；兼之曰歌行；述事本末，先后有序，以抽其臆者曰引；高下长短，委曲尽情，以道其微者曰曲；吁嗟慨歌，悲忧深思，以呻其郁者曰吟；因其立辞之意曰辞；本其命篇之义曰篇；发歌曰唱；条理曰调；愤而不怒曰怨；感而发言曰叹。又有以诗名者，以弄名者，以章名者，以度名者[2]，以乐名者，以思名者，以愁名者。"诸所释虽似明切，实亦强立界说耳，按诸古辞，未必一一符其义也。夫昔人命篇，每出偶然，声情所趋，无取琐屑。曰歌曰唱，曰行曰引，曰曲曰调，曰吟曰叹，曰辞曰篇，初未尝深致意于彼此之间，必求说以凿之，无乃拘墟！诚欲辨乐府之体，当舍是而别图也。

郭茂倩《乐府诗集》列乐府为十二体：一郊庙歌，二燕射歌，三鼓吹曲，四横吹曲，五相和曲，六清商曲，七舞曲，八

---

[1] 文体明辨　底本作"诗体明辨"，据该著书名改。下文径改，不再出校记。
[2] 以度名者　底本脱，据《文章辨体序说·文体明辨序说》（P.104）补。

琴曲，九杂曲，十近代曲，十一杂歌谣，十二新乐府。吴讷《文章辨体》则列为六体：一郊庙歌，二恺乐歌，三燕飨歌，四琴曲，五相和歌，六清商曲。徐师曾《文体明辨》则列为九体：一祭祀，二王礼，三鼓吹，四乐舞，五琴曲，六相和，七清商，八杂曲，九新曲。按三家所列，各有异同。吴氏所谓恺乐，兼括鼓吹与横吹，然二者来源及用途并异，鼓吹铙歌皆汉乐，横吹则始自西域。黄门鼓吹用之燕飨，横吹则用之军中。不宜混为一也。徐氏所谓鼓吹，兼括黄门鼓吹、骑吹、横吹、短箫铙歌，及宋警严曲。然其所谓王礼者，即在鼓吹之中。皆不若郭氏区燕射、鼓吹、横吹为三之较当。至舞曲之雅舞虽用之郊庙，杂舞虽用之燕飨，然舞曲自应为一体，吴氏不列，亦未当也。

更就郭氏所列十二体商之：自一至八，皆划然不可移。九——杂曲，则或近相和，如《蜨蝶行》《驱车上东门行》《伤歌行》《悲歌行》《前缓声歌》《东飞伯劳歌》《枯鱼过河泣》古辞，张衡作《同声歌》，宋子侯作《董娇娆》，阮瑀作《驾出北郭门行》，辛延年作《羽林郎》，左延年作《秦女休行》等，皆相和之类。至曹植诸作如《齐瑟行》等，与相和四弦曲中《鰕䱇篇》何异？张华、傅玄、陆机、鲍照诸作，皆与相和曲之命题措辞无殊，可并入之。或同清商，如《自君之出矣》《长丁曲》《于阗采花》《饮酒乐》《思公子》《王孙游》《秋夜长》等，皆吴声之类；如《长相思》《西州曲》《荆州乐》《大道曲》《永明乐》《携手曲》《夜夜曲》《春江行》《江皋曲》《桃花曲》《越城曲》《迎客、送客曲》《还台乐》等，皆西曲之类，可并入之。或类横吹，如后魏温子升作《安定侯曲》《敦煌乐》、齐王融作《阳翟新声》、北齐魏收作《永世乐》，及无名氏作《阿那瑰》《舍利弗》《摩多楼子》等，皆梁鼓角横吹之类。或出近代，如《喜春游歌》《锦石捣流黄》，皆隋炀帝作，三台则唐曲。可分别归并各体中。十——近代曲一体，多出隋唐诸部乐，其中虽或为吴声、西曲之遗，如《纪辽东》《十索》《堂堂》《祓禊曲》《穆护砂》《思归乐》《采桑》《塞姑》《回纥》《甘州》《濮阳女》《山鹧鸪》《竹枝》等。然按其时而谓之近代，无不可也。近人或以为此体亦杂曲，可附入杂曲，而不别立，不知其实开词体之先，不似杂曲之真可归并。十一——杂歌谣一体，其中古歌及谣谚，皆诗谶之遗，不必厕于乐府；至其近于吴声、西曲及近代曲者，如《吴人歌》《襄阳童儿歌》《苏小小歌》《中兴歌》《淫豫歌》《巴东三峡歌》《渔父歌》等。各以类从，宜无不可，则此体可删也。十二——新乐府一体，其中属杂题者，或同近代，可附入近代曲中；如长孙无忌作《新曲》，白居易作《小曲新辞》《扶南曲》《横江词》《青楼曲》《朝元引》《湘中弦》《促促曲》《堤上行》《湘江曲》《雀飞多》《平戎辞》《望春辞》《思君恩》《湖中曲》等。或师古意，可附入相和或横吹曲中。如《公子行》《老将行》《洛阳女儿行》《江夏行》《邯郸宫人怨》《吴宫怨》《大梁行》《永嘉行》《征妇怨》《织妇词》《北邙行》《斜路行》《塞上曲》《塞下曲》等。其新题乐府，因事名篇者，则属之此体可也。郭氏谓其辞实乐府，未尝被于声。故后人遂谓其不足当乐府，可不立体。然诗人拟作古题，诸体中皆有之，何独疑于创作邪？

如此区裁，则乐府可列为十体：一郊庙乐，二燕飨乐，三舞乐，四恺乐，五横吹曲，六相和曲，七清商曲，八琴曲，九近代曲，十新题乐府诗。今依次分释之，而互著其相关之点焉。

## 一、郊庙乐

《易》曰："先王作乐崇德，殷荐之上帝，以配祖考。"《礼记》曰："乐施于金石，越于音声，用乎宗庙社稷，事乎山川鬼神。"是王者之乐，以用之郊庙之典为最重也。《周颂》三十一篇，率皆郊庙之乐章，所以象功昭德。按小序之旨，《昊天有成命》郊祀天地，《时迈》告祭柴望，《般》祀四岳河海，《载芟》春祈社稷，《良耜》秋报社稷，《噫嘻》春夏祈，《丰年》秋冬报，《思文》后稷配天，《雝》禘太祖，《天作》祀先王先公，《清庙》祀文王，《我将》祀文王于明堂，《执竞》祀武工，《维清》奏《象舞》，《武》奏《大武》，《桓》讲武类祃，《酌》告成《大武》，《赍》大封于庙。先儒以为《时迈》《武》《酌》《桓》《赍》《般》六篇，即《大武》六成之乐章。两汉以降，代有制作，其所以用于郊庙朝廷，以接人神之欢者，其金石之响，歌舞之容，亦各因其功业治乱之所起，而本其风俗之所由。汉高初命叔孙通创制宗庙乐。大祀，迎神丁庙门，奏《嘉至》以降神。皇帝入庙门，奏《永至》，以为行止之节。干豆上，奏登歌，不以管弦乱人声。登歌再终，下奏《休成》，以美神明既飨。皇帝就酒东厢，坐定，奏《永安》，美礼已成。又命唐山大人作《房中祠乐》，见前。所以乐其所生，示不忘本也。故汉代先有庙乐。及武帝定郊祀之礼，祠太一，祭后土，使司马相如等造《郊祀歌》，以正月上辛用事甘泉圜丘，于是始有郊乐。东汉明帝分乐为四品，而大予乐用之郊庙上陵。时惟东平王苍造《光武庙登歌》一章，至郊祀则同用汉歌。魏武命杜夔修复汉乐，而郊祀不闻制歌。惟王肃私造《宗庙诗颂》十二篇，而不被歌；

王粲曾作《登歌安世诗》，而辞亡。晋武初受命，诏郊庙明堂礼乐权用魏仪，遵周室肇称殷礼之义，使傅玄作《郊祀歌》《天地郊明堂歌》《宗庙歌》。晋室南迁，元、明、成诸帝屡图修复，曹毗、王珣亦增造宗庙歌诗；然至孝武太元之世，郊祀遂不设乐。宋武帝永初元年，庙祀设雅乐，太常郑鲜之等各撰新歌，惟王韶之所撰为合用。文帝元嘉中，南郊始设登歌，使颜延之作辞，大抵依仿晋曲。孝武大明中，使谢庄造《明堂歌》《世祖庙歌》，又使殷淡造《章庙乐舞歌》。明帝又自造《昭太后、宣太后室歌》。南齐承宋，咸用元徽旧式，宗祀朝飨，奏乐俱同，惟增北郊之礼，乃元徽所缺；定太庙登歌用褚渊，余悉用谢超宗所撰《南郊乐歌》《北郊乐歌》《明堂》《夕牲》等歌。武帝永明四年籍田，使江淹作乐歌。明帝建武二年雩祭明堂，使谢朓作乐歌。梁初缘齐旧，武帝多所制作，定郊禋、宗庙及三朝之乐，使沈约作《雅乐歌》，皆以"雅"名篇。又作《南郊、北郊登歌》《明堂登歌》《宗庙登歌》《小庙乐歌》等。陈并用梁乐，惟改太庙七室舞辞。北魏郊庙之典不具，雅乐无可称述。天兴初，邓彦海虽奏上庙乐，而乐章缺焉。北齐武成帝时，定四郊宗庙三朝之乐，始有乐辞，未详作者。北周初，欲复六代之乐，制歌舞以祀五帝、日月星辰、郊庙、九州、社稷、水旱雩禜、四望、四类、山川、宗庙，虽具其文，竟未之行。及武帝天和初，造《山云》之舞以备六代。南北郊、雩坛、太庙、禘祫，俱用六舞。建德二年乐成，于是正定雅音为郊庙乐，命庾信作圜丘、方泽、五帝、宗庙、大袷等歌辞。虽袭六代雅名，实亦杂以胡声也。观颜之推上言"礼崩乐坏，其来自久，今太常雅乐并用胡声，请冯梁国旧事，考寻古典"可知。隋初因周乐，后修梁陈旧乐，诏牛弘、柳顾言、许善心、虞世基、蔡征等创制雅乐歌辞，有《圜丘》《五郊》《感帝》《雩祭》《蜡祭》《朝日》《夕月》《方丘》《神州》《社稷》《先农》《先圣》《先师》《太庙》等歌。唐代礼乐大备，贞观初制"十二和"之乐。《豫和》《顺和》《永和》《肃和》《太和》《舒和》《休和》《正和》《承和》《昭和》《雍和》《寿和》。其后增造非一，随时制名，颇无法度。其祀圜丘、方丘、明堂、五郊、社稷、雩祀、神州、先农、享太庙等乐章，在贞观时者皆褚亮、虞世南、魏征等作。至则天称制，多所改易，歌辞皆自内出。开元中则张说所作，然杂用贞观旧词。自后郊庙乐师歌工，传受多缺，或祭用宴乐，或郊称庙辞。二十五年，太常卿韦绦[1]令韦逌、尚冲、沈元福、陈虔、申怀操等，铨序前后所行乐章为五卷，以付太乐、鼓吹两署，令工人习之，其作辞者多不可知名。五代享国不永，制作未遑，惟梁周有郊祀之乐，汉有十二成乐，周改为十二顺，而汉辞不存。梁、唐、汉、周有宗庙之乐舞而已。宋自建隆以后，诸帝郊祀，俱各别制乐辞。又有祀五方帝、感生帝、享明堂、祀皇地祇、神州地祇、朝日夕月、祈谷、雩祭、祀高禖、九宫贵神、享太庙、禘袷、上徽号、皇后别庙、上册宝、朝谒玉清昭应宫、

---

[1] 绦　底本作"韬"，据《旧唐书》（P.1089）改。

太清宫、景灵宫、封禅、祀汾阴、奉天书、祭九鼎、祀岳镇海渎、大火、大辰、祭社稷、风雨雷师、先农、先蚕、亲耕藉田、蜡祭百神、释奠文宣王、武成王、祚德庙、祭司中司命、五龙等，各有乐章，皆以"安"名，并参以鼓吹。较之前代踵事增华，此为极芜矣。今括郊庙乐为一表如次：

|  | 汉 | 晋 | 宋 | 齐 | 梁 | 陈 | 北齐 | 北周 | 隋 | 唐 | 后梁 | 后汉 | 后周 | 宋 |
|---|---|---|---|---|---|---|---|---|---|---|---|---|---|---|
| 郊祀 | 19 | 5 | 3 | 19 | 4 |  | 21 |  |  | 1 | 14 |  | 10 | 120 |
| 圜丘 |  |  |  |  |  |  |  | 12 | 8 | 19 |  |  |  |  |
| 昊天 |  |  |  |  |  |  |  |  |  | 22 |  |  |  |  |
| 明堂五帝 |  | 5 | 9 | 15 | 5 |  | 16 | 12 | 5 | 44 |  |  |  | 151 |
| 感帝 |  |  |  |  |  |  |  |  | 1 |  |  |  |  | 33 |
| 朝日夕月 |  |  |  |  |  |  |  |  | 2 | 8 |  |  |  | 30 |
| 雩祭 |  |  |  | 8 |  |  |  |  | 1 | 5 |  |  |  | 3 |
| 风雨雷师 |  |  |  |  |  |  |  |  |  | 10 |  |  |  | 29 |
| 大火大辰 |  |  |  |  |  |  |  |  |  |  |  |  |  | 24 |
| 方泽方丘 |  |  |  |  |  |  | 4 | 4 | 8 |  |  |  |  | 37 |
| 社稷祈谷 |  |  |  |  |  |  |  |  | 4 | 8 |  |  |  | 32 |
| 先农 |  |  |  |  |  |  |  |  | 1 | 5 |  |  |  | 43 |
| 先蚕 |  |  |  |  |  |  |  |  |  | 5 |  |  |  | 12 |
| 藉田 |  |  |  | 2 |  |  |  |  |  |  |  |  |  | 11 |
| 封禅 |  |  |  |  |  |  |  |  |  |  |  |  |  | 14 |
| 泰山 |  |  |  |  |  |  |  |  |  | 14 |  |  |  |  |
| 汾阴 |  |  |  |  |  |  |  |  |  | 11 |  |  |  | 10 |
| 社首 |  |  |  |  |  |  |  |  |  | 8 |  |  |  |  |
| 岳镇海渎 |  |  |  |  |  |  |  |  |  |  |  |  |  | 85 |

续表

| | 汉 | 晋 | 宋 | 齐 | 梁 | 陈 | 北齐 | 北周 | 隋 | 唐 | 后梁 | 后汉 | 后周 | 宋 |
|---|---|---|---|---|---|---|---|---|---|---|---|---|---|---|
| 神州 | | | | | | | | | 1 | 5 | | | | 23 |
| 九宫贵神 | | | | | | | | | | 15 | | | | 15 |
| 大享拜洛 | | | | | | | | | | 14 | | | | |
| 蜡祭 | | | | | | | | | 1 | 5 | | | | 60 |
| 高禖 | | | | | | | | | | | | | | 16 |
| 九鼎 | | | | | | | | | | | | | | 12 |
| 司中司命 | | | | | | | | | | | | | | 5 |
| 龙池 | | | | | | | | | | 10 | | | | |
| 五龙 | | | | | | | | | | | | | | 6 |
| 先师 | | | | | | | | | 1 | 7 | | | | 26 |
| 武成王 | | | | | | | | | | 5 | | | | 15 |
| 房中 | 17 | | | | | | | | | | | | | |
| 宗庙祫享 | | 24 | 25 | 21 | 9 | 7 | 18 | 14 | 9 | 69 | 11 | 6 | 14 | 191 |
| 景灵 | | | | | | | | | | | | | | 71 |
| 太清玉清 | | | | | | | | | | 11 | | | | 29 |
| 德明兴圣 | | | | | | | | | | 7 | | | | |
| 皇后皇子 | | | | | | | | | | 63 | | | | 75 |

## 二、燕飨乐

《周礼·大宗伯》："以飨燕之礼，亲四方之宾客。"《大司乐》："王大食，三宥，皆令奏钟鼓。"《礼·王制》："天子食举以乐。"《仪礼·燕礼》及《乡饮酒礼》皆有歌诗之乐。则燕飨之乐，其来尚矣。汉明帝四品乐，其雅颂乐及黄门鼓吹，皆燕射及宴群臣之所用。至章帝，定殿中御饭食举七曲。一《鹿鸣》，二《思齐皇姚》，三《六骐骥》，四《竭肃雍》，五《陟叱根》，六《维天之命》，七《天之历数》。汉太乐有食举十三曲，一《鹿鸣》，二《重来》，三《初造》，四《侠安》，五《归来》，六《远期》，七《有所思》，八《明星》，九《清凉》，十《涉大海》，十一《大置酒》，十二《承元气》，十三《海淡淡》。皆经乱亡缺。魏武得杜夔，传雅乐四曲，皆周《诗》声辞。及太和中，左延年改其声节，惟《鹿鸣》因而未改。后又用延年所改之声改作三篇。一《於赫》，用《鹿鸣》；二《巍巍》，用《驺虞》；三《洋洋》，用《文王》；四《日复》，用《鹿鸣》。晋初，食举亦用《鹿鸣》。至武帝泰始五年，诏造四厢乐歌。荀勖乃除《鹿鸣》旧歌，更作《行礼歌》四篇；傅玄、张华亦各有作，遂有《上寿酒》《食举东西厢歌》《中宫》《宗亲》等歌。宋武帝时，王韶之作《肆夏》四章、《行礼歌》二章、《上寿酒歌》一章、《殿前登歌》三章、《食举歌》十章。梁武帝作三朝，所用雅乐，凡六曲，皆以"雅"名。后魏道武初，正月上日飨群臣，备列宫悬正乐，奏燕赵吴楚之音，五方殊俗之曲，四时飨会亦用之。北齐始定三朝之乐，凡二十一章，皆以"夏"名。北周有《五声调曲》二十四章。隋炀初，诏定殿前乐十四曲。唐有元日、冬至朝会，中宫、东宫朝会乐章，皆以"和"名。贞观中，张文收造燕乐，合隋九部为十部，总名"燕乐"。见前。而太乐旧传有宫商角徵羽《燕乐五调歌辞》各一卷，或云贞观中侍中杨仁恭妾赵方等所铨集，辞多郑卫，皆近代诗人杂诗。至开元中，韦绦又令孙玄成更加整比，为七卷。然歌者久杂胡夷里巷之曲，玄成所集，工人多不能通，相传谓为法曲，以其辞不经，史不载。五代惟晋、周有朝飨乐章。宋代制曲最繁，而其辞多秘。见前。其春秋圣节三大宴、御楼、赐酺等仪节甚重。自建隆、乾德以来，朝会、御楼、肆赦、上尊号册宝、册皇后太子、皇子冠等，仪节乐章均极繁冗；而淳化《乡饮酒乐》六篇，则径效《诗》乐焉。今括历代燕飨乐为一表如次：

| | 汉 | 魏 | 晋 | 宋 | 齐 | 梁 | 北齐 | 北周 | 隋 | 唐 | 后晋 | 后周 | 宋 |
|---|---|---|---|---|---|---|---|---|---|---|---|---|---|
| 元会三朝朝飨 | 20 | 4 | 52 | 5 | 5 | 38 | 10 | 24 | 12 | 按：唐燕乐立坐二部伎，共分十四部乐，其辞极繁今皆失传。 | 7 | 7 | 72 |
| 冬至初岁小会 | | | 1 | | | | | | | | | | |
| 中宫房内 | | | 1 | | | | | | 1 | | | | 15 |
| 宗亲会 | | | 1 | | | | | | | | | | |
| 大射 | | | | | | | | | 1 | | | | |
| 御楼肆赦 | | | | | | | | | | | | | 4 |
| 上尊号册宝 | | | | | | | | | | | | | 190 |
| 册皇后 | | | | | | | | | | | | | 55 |
| 册太子皇子冠 | | | | | | | | | | | | | 15<br>20 |
| 乡饮酒 | | | | | | | | | | | | | 33 |
| 闻喜宴鹿鸣宴 | | | | | | | | | | | | | 11 |

## 三、舞乐

《周礼·大司乐》:"以乐舞教国子,舞《云门》《大卷》《大咸》《大磬》《大夏》《大濩》《大武》。"《乐师》:"教国子小舞。凡舞,有帗舞,析五彩缯。有羽舞,析羽。有皇舞,杂五采羽如凤皇。有旄舞,牦牛尾。有干舞,持盾。有人舞。以手袖为仪。"《通典》云:"乐之在耳者曰声,在目者曰容。声应乎耳,可以听知,容藏于心,难以貌观。故圣人假干戚羽旄以表其容,发扬蹈厉以见其意,声容选和,而后大乐备矣。"然则舞者,乐之容也。舞有雅舞,有杂舞。雅舞者,郊庙朝飨所用;杂舞者,宴会所用也。雅舞若周六代之舞,杂舞则如乐师所教小舞之类是也。自秦而后,六代之乐,惟存《韶》《武》。世以《大韶》属文舞,谓以揖让得天下也;以《大武》属武舞,谓以征诛得天下也。秦改《大武》曰《五行舞》,汉高因而用之;又作《巴渝舞》,亦以为武舞也。高祖又作《武德舞》,改《韶舞》为《文始舞》。文帝作《四时舞》。景帝改《武德》为《昭德舞》,宣帝又改曰《盛德》。光武郊祀明堂舞《云翘》《育命》之舞。明帝为《大武》之舞。皆以乐之节为容,而不别作辞。自东平王苍作《武德舞歌》用于世祖之庙,是为舞曲之始。魏文帝改汉《巴渝舞》曰《昭武》,《武德》曰《武颂》,《五行》复曰《大武》,《文始》复曰《大韶》,《云翘》曰《凤翔》,《育命》曰《灵应》。明帝又作《武始》《咸熙》《章斌》三舞,亦未别有辞也。晋武帝泰始五年,荀勖典知乐事,使郭琼、宋识造《正德》《大豫》之舞，而勖与傅玄、张华又各造舞歌。宋武帝改《正德》曰《前舞》，改《大豫》曰《后舞》。孝武时，又改《前舞》曰《凯容》，《后舞》曰《宣烈》；寻改《正德》曰《宣化》，《大豫》曰《兴和》。南齐亦用《凯容》《宣烈》二舞。梁造《大壮》以为武舞，《大观》以为文舞。陈文帝更为《七德》《九叙》之舞。北魏初，制《云和》《大武》《皇始》三舞，至文帝更为《大成》。北齐二郊用《覆焘舞》，太庙神室用《恢祚》《昭烈》《宣政》《光大》四舞；朝享用文武二舞。北周武帝初造《山云舞》，又定《大夏》《大濩》《正德》《武德》，以备一代之乐，名《云门舞》。隋文诏牛弘等定《文舞》《武舞》。唐更《文舞》曰《治康》，《武舞》曰《凯安》，其后又有《七德》《九功》《上元》三舞。《七德》为武，《九功》为文。五代则梁作《崇德舞》祀昊天，《开平舞》享宗庙。后唐因之。后晋朝会，文曰《昭德》，武曰《成功》。后汉郊庙，文曰《治安》，武曰《振德》；燕飨文曰《观象》，武曰《讲功》。后周郊庙，文曰《政和》，武曰《善胜》；燕飨同后汉。宋代郊庙、朝会文武二舞时有改作，不具述。凡此皆雅舞也。

　　杂舞者，始皆出自方俗，后浸陈于殿庭。盖自周有缦乐、散乐，秦汉因之增广，宴会所奏，率非雅舞。汉魏以后，并以《鞞》《铎》《巾》《拂》四舞用之宴飨。宋武帝大明中，亦以《鞞》《拂》杂舞合之钟石，施于庙堂，朝会用乐则兼奏之。明帝时，又有《西》《伧》《羌》《胡》杂舞。北魏、北齐亦皆参以胡戎伎。自此诸舞弥盛。隋牛弘亦请存四舞，宴会则与杂伎同设，于《西凉》前奏之，而去其所持鞞、拂等。诸舞虽非正乐，然皆前代旧声也。《鞞舞》鞞亦作鼙。未详所起，而汉代已施于燕飨。曹植作《鞞舞歌序》谓"汉灵帝西园鼓吹，有李坚者，能《鞞舞》，遭乱，西随段颎，先帝闻其有技，召之。坚既中废，兼古曲多谬，故改作新歌五篇"云。晋傅玄作歌五篇，《洪业》《天命》《景皇》《大晋》《明君》。并陈于元会。宋明帝自改舞曲歌辞，并诏近臣[1]虞龢并作。至梁谓之《鞞扇舞》，鞞扇上舞作《巴渝弄》，至《鞞舞》竟。似《鞞舞》即《巴渝》，如《公莫》之一名《巾舞》也。然按之汉魏，二篇歌辞各异，《鞞舞》汉曲五篇，《关东有贤女》《章和二年中》《乐久长》《四方皇》《殿前生桂树》，并章帝造。魏曲五篇，《明明魏皇帝》《太和有圣帝》《魏历长》《天生烝民》《为君既不易》，并明帝作，以代汉曲，辞皆亡。曹植五篇，《圣皇》《灵芝》《大魏》《精微》《孟冬》，皆有所当。《巴渝舞》汉曲四篇，《矛渝》《弩渝》《安台》《行辞》。魏王粲改作四篇，以述魏德，乃改渝为俞，取俞美之义。魏文帝改曰《昭武》，晋改曰《宣武》[2]，入雅舞中，至隋而罢之。特二舞可合作耳。《铎舞》盖汉曲，舞者持铎。古辞有《圣人制礼乐》一篇，声辞杂写，不复可辨。魏曰《太和时》，晋曰《云门》，并陈于元会。齐因之。梁周舍改作焉。《巾舞》本名《公莫舞》，旧云出自楚汉鸿门之会，然未可信，古辞亦讹不可解。《拂舞》出自江左，陈于殿庭，盖周《帗舞》之遗。晋辞五篇。《白鸠》《济济》《独漉》《碣石》《淮南王》。宋鲍照又作四篇。齐多删旧曲，而因其曲名。

---

[1] 臣　底本作"世"，据《宋书》（P.552）改。
[2] 武　底本作"舞"，据《晋书》（P.694）改。

梁并用晋辞。此外又有《盘舞》，即《七盘舞》，汉有曲，至晋加以杯，矜手以接杯盘而覆之，故又名《杯盘舞》。其歌首句曰"晋世宁"，又名《晋世宁舞》。至宋改曰《宋世宁》，齐改曰《齐世昌》。唐复谓之《盘舞》。《白纻舞》疑出于吴，晋辞三篇，宋明帝一篇，鲍照四篇，梁武帝二篇，张率九篇。梁武又命沈约作《四时白纻》《夜白纻》，共五篇。唐时声伎最盛，开元中，杂舞有二十余种，如《凉州》《绿腰》《苏合香》《屈柘枝》《团乱旋》《甘州》《回波乐》《兰陵王》《春莺啭》《半社渠》《借席》《乌夜啼》之属，谓之软舞；《大祁》《阿连》《剑器》《胡旋》《胡腾》《阿辽》《柘枝》《黄麞》《拂菻》《大渭州》《达磨支》之属，谓之健舞。又德宗作《中和乐舞》，文宗时有《霓裳羽衣舞》。诸舞辞或不传，凡此皆杂舞也。今括历代舞乐为一表如次：

| | 雅舞 | | | 杂舞 | | | | | | |
|---|---|---|---|---|---|---|---|---|---|---|
| | 文 | 武 | 总 | 鞞 | 铎 | 巾 | 拂 | 白纻 | 杯盘 | 其他 |
| 汉 | 文始四时 | 五行武德昭德盛德巴渝 | 云翘育命 | 关东章和乐久四方殿前 | 圣人制礼乐 | 公莫 | | | | |
| 魏 | 大韶咸熙 | 大武武颂武始昭武俞儿 | 凤翔灵应章斌 | 明明太和魏历天生为君圣皇灵芝大魏精微孟冬 | 太和时 | | 白鸠济济独漉碣石淮南王 | | | |

续表

| | 雅舞 | | | 杂舞 | | | | | | |
|---|---|---|---|---|---|---|---|---|---|---|
| | 文 | 武 | 总 | 鞞 | 铎 | 巾 | 拂 | 白纻 | 杯盘 | 其他 |
| 晋 | 正德宣文羽钥羽铎 | 大豫宣武 | | 洪业天命景皇大晋明君 | 云门 | | | 白纻 | | |
| 宋 | 前舞凯容宣化 | 后舞宣烈兴和 | | | | | 白鸠济济独禄碣石淮南王 | 白纻 | 晋世宁 | 泰始歌舞曲凤皇衔书伎 |
| 齐 | 凯容 | 宣烈 | | 圣王明君 | 云门 | 公莫 | 白鸠 | 白纻 | 宋世宁 | 明王歌凤皇衔书伎 |
| 梁 | 大观 | 大壮 | | 明之君明主曲明君曲 | 云门 | | | 白纻四时白纻 | 齐世昌 | |
| 陈 | 九叙 | 七德 | | | | | | | | |
| 北魏 | 皇始 | 大武 | 云和 | | | | | | | |
| 北齐 | 文舞宣政光大 | 武舞恢祚昭烈 | 覆焘 | | | | | | | |
| 北周 | 大夏正德 | 大濩武德 | 山云 | | | | | | | |
| 隋 | 文舞 | 武舞 | | | | | | 四时白纻 | | |
| 唐 | 治康九功 | 凯安七德 | 上元 | | | | | | | 软舞健舞中和霓裳 |

续表

| | 雅舞 | | | 杂舞 | | | | | | |
|---|---|---|---|---|---|---|---|---|---|---|
| | 文 | 武 | 总 | 鞞 | 铎 | 巾 | 拂 | 白纻 | 杯盘 | 其他 |
| 五代 | 崇德昭德治安观象政和 | 开平成功振德讲功善胜 | | | | | | | | |
| 宋 | 文德发祥等玄德升闻等 | 武力降观等天下大定等 | | | | | | | | |

## 四、恺乐

《周礼·大司乐》:"王师[1]大献，则令奏恺乐。"《大司马》:"师有功，则恺乐献于社。"郑注云:"兵乐口恺，献功之乐也。"《司马法》云:"得意则恺乐、恺歌，以示喜也。"是军礼之有恺乐，尚矣。至若鼓吹铙歌之名，则起于汉。明帝四品乐，黄门鼓吹用之宴群臣，则燕乐也；短箫铙歌用之军中，则恺乐也。崔豹《古今注》云:"短箫铙歌，鼓吹之一章尔，亦以赐有功诸侯。"似铙歌包于鼓吹之中矣。汉别有横吹，亦军中乐，但铙歌汉乐，横吹胡乐，器固不同，源亦有别。且铙歌兼列于殿庭，

---

[1] 师 底本作"司"，据《周礼注疏》(P.791)改。

横吹则惟奏于马上。律以献功之义，则惟铙歌足当恺乐也。汉铙歌有《朱鹭》等二十二曲，今存十八曲，辞或诘屈不可解。《建初录》谓：《务成》《黄爵》《玄云》《远期》四曲，皆骑吹。然观《远如期》辞有"雅乐陈""增寿万年"之语，则未必为马上乐也。魏使缪袭改其十二曲，而十曲并仍旧名。吴亦使韦昭改十二曲，其十曲亦因之。而魏吴歌辞，今惟各存所改十二曲而已。晋武使傅玄作二十二曲，而《玄云》《钓竿》之名不改。宋齐并用汉曲，而宋辞最讹不可读。何承天曾于晋末义熙中私造十五曲，仍其题而变其意，未见施用。梁使沈约作十二。北齐二十曲，皆改古名，而略《黄爵》《钓竿》二曲而不用。北周宣帝革前代鼓吹，制为十五曲。诸辞大抵皆倚旧声，而主述功德受命征战之事。此外晋有凯歌二曲，《命将出征歌》《劳还师歌》皆张华作。隋有《凯乐歌》三曲，《述帝德》《述诸军用命》《述天下太平》。唐有《凯乐歌》四曲，《破阵乐》《应圣期》《贺圣欢》《君臣同庆乐》。皆不沿旧。又唐柳宗元拟《唐铙歌鼓吹曲》十二篇，宋姜夔拟《圣宋铙歌》十四篇，亦不倚旧声，而未见施用者也。余如齐谢朓所作《随王鼓吹曲》十首，《元会》《郊祀》《钧天》《入朝》《出藩》《校猎》《从戎》《送远》《登山》《泛水》。非恺乐之属。宋代鼓吹用之大典，如郊祀、藉田、袷享、山陵导引、迎奉御容、神主祔庙等，则更不类矣。今括历代铙歌之相袭者为一表如次：

|  | 汉 | 魏 | 吴 | 晋 | 宋 | 梁 | 北齐辞亡 | 北周辞亡 |
|---|---|---|---|---|---|---|---|---|
| 1 | 朱鹭 | 楚之平 | 炎精缺 | 灵之祥 | 朱路 | 木纪谢 | 水德谢 | 玄精季 |
| 2 | 思悲翁 | 战荥阳 | 汉之季 | 宣受命 | 思悲公 | 贤首山 | 出山东 | 征陇西 |
| 3 | 艾如张 | 获吕布 | 摅武师 | 征辽东 | 艾如张 | 桐柏山 | 战韩陵 | 迎魏帝 |
| 4 | 上之回 | 克官渡 | 伐乌林 | 宣辅政 |  | 道亡 | 殄关陇 | 平窦泰 |
| 5 | 拥离 | 旧邦 | 秋风 | 时运多难 | 雍离 | 忧威 | 灭山胡 | 复恒农 |
| 6 | 战城南 | 定武功 | 克皖城 | 景龙飞 | 战城南 | 汉东流 | 立武定 | 克沙苑 |
| 7 | 巫山高 | 屠柳城 | 关背德 | 平玉衡 | 巫山高 | 鹤楼峻 | 战芒山 | 战河阴 |
| 8 | 上陵 | 平南荆 | 通荆门 | 文皇统百揆 | 上陵者 | 昏主恣淫慝 | 禽萧明 | 平汉东 |
| 9 | 将进酒 | 平关中 | 章洪德 | 因时运 | 将进酒 | 石首局 | 破侯景 | 取巴蜀 |
| 10 | 有所思 | 应帝期 | 从历数 | 惟庸蜀 | 有所思 | 期运集 | 嗣丕基 | 拔江陵 |
| 11 | 芳树 | 邕熙 | 承天命 | 天序 | 芳树 | 于穆 | 克淮南 | 受魏禅 |
| 12 | 上邪 | 太和 | 玄化 | 大晋承运期 | 上邪上邪 | 惟大梁 | 平瀚海 | 宣重光 |
| 13 | 君马黄 |  |  | 金灵运 | 君马 |  | 定汝颍 | 哲皇出 |
| 14 | 雉子班 |  |  | 于穆我皇 | 雉子游原泽 |  | 圣道洽 | 平东夏 |
| 15 | 圣人出 |  |  | 仲春振旅 |  |  | 受魏禅 | 禽明彻 |
| 16 | 临高台 |  |  | 夏苗田 | 临高台 |  | 服江南 |  |
| 17 | 远如期 |  |  | 仲秋狝田 | 远期晚芝 |  | 刜罚中 |  |
| 18 | 石留 以上存 |  |  | 顺天道 | 石流 |  | 远夷至 |  |
| 19 | 务成 |  |  | 唐尧 |  |  | 嘉瑞臻 |  |
| 20 | 玄云 |  |  | 玄云 |  |  | 成礼乐 |  |
| 21 | 黄爵 |  |  | 伯益 |  |  |  |  |
| 22 | 钓竿 以上亡 |  |  | 钓竿 |  |  |  |  |

## 五、横吹曲

横吹者，军中马上所奏之乐也。北狄诸国皆马上作乐，自汉以来，总归鼓吹署，故世以混于鼓吹。鼓吹自是总名，铙歌亦属之。铙歌器用短箫，声必峻亢，故以为恺乐。实则鼓吹用之朝会、凯歌，而横吹则行军之乐，二者用不同也。旧以《周礼》"以鼖鼓鼓军事"，而黄帝战蚩尤，命吹角为龙鸣以御之，横吹或并鼓角称"鼓角横吹"，故世以二者混为一。郭氏横吹曲辞序称《晋书·乐志》曰"横吹有鼓角"，遂谓"有鼓角者为横吹"，其实《晋志》但谓"胡角者本以应胡笳之声，后渐用之横吹，有双角，即胡乐也。"实则鼓角自古遗，横吹则胡乐，二者器不同也。横吹即今之横笛也，笛一作篴。古以直吹，即马融所赋，今乃误称洞箫，实则洞箫乃骈竹管为之，即王褒所赋，今之所谓执箫也。胡人皆骑，马上乐不便直吹，故横吹生焉。又其度短而声急，故于行军为宜。横吹乐传自西域，张骞初得《摩诃兜勒》一曲，李延年因胡曲更造《新声二十八解》，乘舆以为武乐。按此中国用胡乐之始，是时尚未有铙歌也。后汉以给边，和帝时万人将军得用之。魏晋以来，《二十八解》不复具存，用者惟《黄鹄》《陇头》《出关》《入关》《出塞》《入塞》《折杨柳》《黄覃子》《赤之杨》《望行人》十曲。又有《关山月》《洛阳道》《长安道》《梅花落》《紫骝马》《骢马》《雨雪》《刘生》八曲，后人所加也。世称横吹十五曲，乃于前十曲中去《出关》《入关》《出塞》《入塞》《黄覃子》《赤之杨》六曲，而加后起之《关山月》等八曲及《豪侠行》《古剑行》《洛阳公子行》三曲也。今按诸曲古辞，仅存《出塞》《紫骝马》二曲，余并亡佚，但有效作者耳。此前期之横吹也。又北魏之世，有《簸逻回歌》，其曲多"可汗"之辞，皆燕魏之际鲜卑歌，歌辞虏音，不可晓解。梁有鼓角横吹《企喻》《琅琊王》《巨鹿公主》《紫骝马》《黄淡思》《地驱乐》《雀劳利》《慕容垂》《陇头流水》九篇三十六曲。《古今乐录》谓其二十五曲有歌有声，十一曲有歌。是时乐府胡吹旧曲，有十四曲，其《大白净皇太子》《小白净皇太子》《雍台》《搶台》《胡遵》《利牸女》《单迪历》《鲁爽》《半和企喻》《北敦》《胡度来》诸篇并亡，惟《淳于王》《东平刘生》《捉搦》三篇七曲有辞。又有《隔谷》《地驱乐》《紫骝马》《折杨柳》《幽州马客吟》《折杨柳枝》《慕容家自鲁企由谷》《陇头》《高阳乐人》等九篇二十二曲，总六十五曲。此后期之横吹也。今合此两期之名观之：《陇头》《折杨柳》《紫骝马》，固相同矣；至《陇头》之与《陇头流水》，《刘生》之与《东平刘生》，《折杨柳》之与《折杨柳枝》，不过命题繁简之异，即《黄覃子》之与《黄淡思》，疑亦声之转耳。今前者辞多不可知，而按之后者，其古辞大抵短章，则以意度之，凡横吹皆无长曲，殆其性质使然也。又按郭氏所列杂曲中，如齐王融之《阳翟新声》、《隋志》谓西凉乐曲《阳翟新声》《神白马》之类，皆生于胡戎，非汉魏遗曲。北魏温子升之《安定侯曲》《敦煌乐》、北齐魏收之《永世乐》、北周王褒之《高句丽》、无名氏之《阿那瑰》《舍利弗》《摩多楼子》等，似皆横吹之遗；即乐府杂题中，如《塞上曲》《塞下曲》，殆亦《出塞》《入塞》之变，特古辞亡耳。

隋以后，始以横吹用之卤簿，与鼓吹列为四部，大横吹部凡二十九曲，小横吹部凡十二曲。唐分五部，大横吹部凡二十四曲，小横吹部未详。今括前后横吹曲及郭氏所列杂曲及杂题中类似横吹者并为一表如次：

| 汉横吹 | 梁鼓角横吹 || 杂曲杂题近横吹者 ||
|---|---|---|---|---|
| | 相类者 | 其他 | 相类者 | 其他 |
| 黄鹄 | 陇头 | | | 阳翟新声 |
| 陇头 | 陇头流水 | 企喻 | | 安定侯曲 |
| 出关 | | 琅琊王 | | 敦煌乐 |
| 入关 | | 钜鹿公主 | | 永世乐 |
| 出塞 | | 地驱乐 二 | 塞上曲 | 高句丽 |
| 入塞 | | 雀劳利 | 塞下曲古 | 阿那瑰 |
| 折杨柳 | 折杨柳 | 慕容垂 | 辞均亡 | 舍利弗 |
| 黄覃子 | 折杨柳枝 | 淳于王 | | 摩多楼子以上存 |
| 赤之杨 | 黄淡思 | 捉搦 | | |
| 望行人以上新声二十八解 | | 隔谷 | | |
| | | 幽州马客吟 | | |
| 关山月 | | 慕容家自鲁企由谷 | | |
| 洛阳道 | | 高阳乐人以上存 | | |
| 长安道 | | 大白净皇太子 | | |
| 梅花落 | | 小白净皇太子 | | |
| 紫骝马 | 紫骝马 二 | 雍台 | | |
| 骢马 | | 摛台 | | |
| 雨雪 | | 胡遵 | | |
| 刘生以上后人所加 | 东平刘生以上存 | 利珏女 | | |
| | | 单迪历 | | |
| 豪侠行 | | 鲁爽 | | |
| 古剑行 | | 半和企喻 | | |
| 洛阳公子行以上后人所附 | | 北敦 | | |
| | | 胡度来以上亡 | | |

## 六、相和曲

相和，汉旧曲也，丝竹更相和，执节者歌。本一部，魏明帝分为二，更递夜宿。本十七[1]曲，朱生、宋识、列和等复合之为十三曲。见《宋书·乐志》。志又谓，其先有但歌四曲，出自汉世，无弦节，作伎，最先一人唱，二人和，魏武尤好之。时有宋容华者，清澈好声，善唱此曲，当时特妙。自晋以来不复传，遂绝。其后荀勖又采旧辞施用于世，谓之清商三调歌诗，即沈约所谓"因弦管金石造歌以被之"者也。《唐书·乐志》云："平调、清调、瑟调，皆周《房中曲》之遗声，汉世谓之三调。"又有楚调、侧调。楚调者，汉《房中乐》之遗声。侧调者，生于楚调，与前三调总谓之相和调。《晋书·乐志》云："凡乐章古辞之存者，并汉世街陌讴谣，《江南可采莲》《乌生十五子》《白头吟》之属也。"其后渐被于弦管，即相和诸曲是也。魏晋以来，相承用之。永嘉之乱，中朝旧音散落江左。北魏孝文、宣武用兵淮汉，收其所获南音，谓之清商乐，相和诸曲亦在焉，所谓清商正声相和五调伎也。今按《古今乐录》，侬张永《元嘉正声伎录》及王僧虔《大明三年宴乐伎录》，序相和有四引，十五曲；吟叹有四曲；四弦有一曲；平调有七曲；清调有六曲；瑟调有三十八曲；楚调有五曲。而诸类古曲各有亡缺，张、王所序，皆就当时存者记之耳。又《宋书·乐志》序大曲有十五曲，并列于瑟调。其中多分见于诸调者，

---

[1] 十七 底本误作"七十"，据《宋书·乐志》（P.602）改。下文径改，不再出校记。

惟《满歌行》一曲，诸调不载，故郭茂倩以附于大曲之后。又诸调中各有后人所增之曲，郭氏亦分别附焉。又郭氏所列杂曲及乐府杂题中，类于相和曲者甚多。惟以不见于著录，遂并收于杂曲，或以出于唐人，遂收入乐府杂题。苟审其体制，以类相从，未尝不可附诸相和曲也。今括相和诸调曲为一表如次：[1]

| | 诸调 | 大曲 | 杂曲杂题相似者 |
|---|---|---|---|
| 相和引 | 箜篌引 商引 徵引 羽引 以上见张录 宫引 | | 蜨蝶行　　桂之树行<br>秦女休行　当墙欲高行 |
| 相和曲 | 气出唱 精列 江南 度关山 东光 十五 薤露 蒿里 觐歌 对酒 鸡鸣 乌生 平陵东 东门以上见张录 武陵 鶗鸡 | 罗敷陌上桑 | 当欲游南山行　当事君行<br>驱车上东门行　驾言出北门行<br>出自蓟北门行　君子有所思行<br>伤歌行　　悲歌行 |
| 吟叹曲 | 大雅吟 王明君 楚妃叹 王子乔以上见张录 小雅吟 蜀琴头[1] 楚吟 东武吟 | | 妾薄命　　羽林郎<br>齐瑟行　　升天行<br>苦思行　　五游<br>远游篇　　仙人篇 |
| 四弦曲 | 蜀国四弦以上见张录 张女四弦 李延年四弦 严卯四弦 | | 飞龙篇　　斗鸡篇<br>盘石篇　　驱车篇<br>种葛篇　　秋兰篇<br>西长安行　齐讴行 |
| 平调曲 | 长歌行 短歌行 猛虎行 君子行 燕歌行 从军行 鞠歌行以上见王录 | | 吴趋行　　会吟行<br>北风行　　苦热行<br>春日行　　朗月行<br>明月篇　　堂上歌行 |
| 清调曲 | 苦寒行 豫章行 董逃行 相别狭路间行 塘上行 秋胡行以上见王录 | | 前有一尊酒行　前缓声歌<br>结客少年场行　轻薄篇 |

---

[1] 头　底本作"吟"，据《乐府诗集》(P.424)改。

续表

| | 诸调 | 大曲 | 杂曲杂题相似者 |
|---|---|---|---|
| 瑟调曲 | 善哉行 陇西行 东西门行 却东西门行 顺东门行 饮马行 上留田行 新城安 乐宫行 妇病行 孤子生行 大墙上蒿行 钓竿行 临高台行 长安城西行 武舍之中行 艳歌行 帝王所居行 门有车马客行 墙上难用梢行 日重光行 | 东门东门行 西山折杨柳行 西门西门行 默默折杨柳行 园桃煌煌京洛行 白鹄艳歌何尝行 碣石步出夏门行 何尝艳讴何尝行 置酒野田黄雀行 | 游侠篇 游猎篇 东飞伯劳歌 鸣雁行 空城雀 行路难 古别离 枯鱼过河泣 冉冉孤生竹 昔思君 以上杂曲或即相和之遗 公子行 老将行 孝女行 洛阳女儿行 汀夏行 黄葛篇 祖龙行 邺都引 |
| | 蜀道难行 有所思行 蒲坂行 采梨橘行 白杨行 胡无人行 青龙行 公尤渡河行以上见王录 | 为乐满歌行 夏门步出夏门行 王者布大化棹歌行 洛阳令雁门太守行 | 孟门行 邯郸宫人怨 吴宫怨 来从窦车骑行 汾阴行 大梁行 洛行 永嘉行 征妇怨 织妇词 捣衣曲 北邙行 野田行 斜路行 长安羁旅行 求仙行 节妇吟 楚宫行 白虎行 月漉漉篇 黄头郎 倚瑟行 江南别 以上乐府杂题，固唐人辞，然意效相和，可附其后 |
| 楚调曲 | 泰山吟 梁甫吟 东武琵琶吟 白头吟 怨诗行以上见王录 广陵散 黄老弹飞引 大胡笳鸣 小胡笳鸣 鶡鸡游弦 流楚窈窕 | 白头吟 | |

## 七、清商曲

清商者，清乐之总名，盖九代之遗声，其始皆汉魏以来旧曲，即相和三调是也。晋宋之际，南朝文物，号为最盛，民谣国俗，世有新声，《宋书》所谓"吴歌杂曲，并出江南，晋宋以来，稍有增益"者是也。王僧虔表所谓"今之清商，实由铜雀，魏氏三祖，风流可怀，京洛相高，江左弥重……而情变听改，稍复零落，十数年间，亡者将半"，皆指相和曲而言。即《隋志》所谓高祖平陈所获，听之而善其节奏，曰"此华夏正声也，昔因永嘉，流于江外，我受天明命，今复会同，虽赏逐时迁，而古致犹在"，亦谓相和曲也。郭氏以此二事叙清商曲前，而所列清商曲辞，相和却不在内，故欠明晰。盖相和与吴声、西曲，同属于隋唐清商部；至武后时犹存六十三曲，而《巴渝》《巾》《铎》诸舞曲亦在焉，是清商者又兼包诸舞曲也。今相和诸调曲及诸舞曲，既分列属类，则所余吴声、西曲等，实清商之一部，姑从其类，而命曰清商耳。今按《古今乐录》载吴声歌曲有《命啸》十解、《吴声》十曲、《游曲》六曲，又有《半折》《六变》《八解》等。西曲歌有三十四曲，半为舞曲，半为倚歌。又载《神弦歌》十一曲，盖吴人用以祠神者。近人或以神弦曲附于郊祀之后，不知郊祀关于典礼，神弦自依民俗，不能并合也。《江南弄》《上云乐》各七曲，乃梁武帝由西曲改制者。故郭氏分清商曲为吴声、神弦、西曲、江南弄四类，实亦不外二类也。又《梁雅歌》五篇亦列于后，殊为不类。又郭氏所列杂曲及杂歌谣中，类于吴声、西曲者甚多，亦以不见著录，遂并收于杂曲，或以出于方俗，遂收入杂歌谣辞。苟审其体制，则体近吴声，语属吴地者，即吴声之流，体近西曲，语涉荆襄者，即西曲之流，实亦未妨附诸二者之后也。今括清商曲之四类为一表如次：

| | 诸类 | 杂曲杂歌类似者 |
|---|---|---|
| 吴声 | 子夜歌—四时歌警歌变歌 上柱歌<br>凤将雏歌 上声歌 欢闻歌 欢闻变歌<br>前溪歌 阿子歌 丁督护歌 团扇郎<br>七日夜女歌 长史变歌 黄生曲 黄鹄曲<br>碧玉歌 桃叶歌 长乐佳 欢好曲<br>懊侬歌 华山畿 读曲歌以上旧曲<br>玉树后庭花 堂堂 春江花月夜 黄骊留<br>金钗两鬓垂 临春乐以上陈后主作<br>万岁乐 藏钩乐 七夕相逢乐 舞席同心髻<br>玉女行觞 神仙留客 掷砖续命 断鸡子<br>斗百草 泛龙舟 还旧宫 长乐花<br>十二时以上隋炀帝作 | 自君之出矣 长干曲 饮酒乐<br>思公子 王孙游 沐浴子<br>泽雉 大道曲 永明乐以上杂曲<br>吴人歌 苏小小歌<br>中兴歌以上杂歌 |
| 神弦 | 宿阿曲 道君曲 圣郎曲 娇女诗<br>白石郎曲 青溪小姑曲 湖就姑曲 姑恩曲<br>采莲童曲 明下童曲 同生曲 | |
| 西曲 | 石城乐 乌夜啼 莫愁乐 估客乐<br>襄阳乐 三洲 襄阳蹋铜蹄 采桑度<br>江陵乐 青骢白马 共戏乐 安东平<br>那呵滩 孟珠 翳乐 寿阳乐以上舞曲<br>青阳度 女儿子 来罗 夜黄<br>夜度娘 长松标 双行缠 黄督<br>黄缨 平西乐 攀杨枝 寻阳乐<br>白附鸠 拔蒲 作蚕丝 杨叛儿<br>西乌夜飞 月节折杨柳以上倚歌<br>又孟珠翳乐中亦有倚歌之曲 | 长相思 西洲曲 荆州乐<br>邯郸歌 大垂手 小垂手<br>夜夜曲 春江行 江皋曲<br>桃花曲 映水曲 登楼曲<br>越城曲 迎客曲 送客曲<br>达台乐 浮游花 上林<br>树中草以上杂曲<br>襄阳童儿歌 淫豫歌 巴东三峡歌以上杂歌 |
| 江南上云 | 江南弄 龙笛曲 采莲曲 凤笙曲<br>采菱曲 游女曲 朝云曲以上江南弄<br>凤台曲 桐柏曲 方丈曲 方诸曲<br>玉龟曲 金丹曲 金陵曲以上上云乐 | |

## 八、琴曲

琴曲，雅乐也。《说文》："琴，禁也。"《白虎通》云："琴者，禁止于邪，以正人心者也。"《风俗通》亦云："琴之为言禁也，雅之为言正也，言君子守正以自禁也。"《礼》："君子无故不彻琴瑟。"盖士君子所常御，非必陈设于宗庙乡党，非若钟鼓罗列于簴悬也。颜之推《家训》云："古来名士多所爱好。洎于梁初，衣冠子孙不知琴者，号有所阙。大同以来，斯风顿尽。然而此乐愔愔雅致，有至味哉！今世曲解虽变于古，犹足以畅神情也。"昔人言琴之体制者，语多傅会，如《风俗通》谓："琴长四尺五寸，法四时五行，七弦法七星。"《琴操》谓："琴长三尺六寸六分，象三百六十日，广六寸象六合，前广后狭象尊卑，上圆下方法天地，五弦象五行。"陈旸《乐书》亦谓："琴长三尺六寸六分，当期之日；腹中天地二柱，当心膂之任；古晖十三，其一象闰。"皆杂以象数之说，不足信也。且如《广雅》谓："伏羲造琴，长七尺二寸。"又与上二说长度迥异。盖古尺短，而后则递长，则数不可凭，象更妄索矣。盖自南北朝以降，胡声充溢，雅声渐亡。乐府虽备琴瑟，而实同具文。至隋唐间，惟琴工犹传楚汉旧声及清调《蔡邕》五弄、《楚调》四弄，谓之《九弄》。而时君犹厌闻之，如唐玄宗听鼓琴，而命花奴以羯鼓解秽。故乐府少流传耳。世传《琴操》一书，多荒诞失信，《乐府解题》谓其"纪事好与本传相违"。然舍此则琴曲渊源，殆别无可考。按古琴曲有五曲、九引、十二操，其辞率后人所为，托之古贤者。郭氏所列琴曲歌辞，更多昧于别择，特援子骏"过存"之义，以资观览耳。今括琴曲之近理者为一表如次：

| | 古曲 | 其他 |
|---|---|---|
| 五曲 | 鹿鸣　伐檀　驺虞　鹊巢　白驹 | 白雪歌　湘妃怨　湘夫人<br>昭君怨　胡笳十八拍　三<br>峡流泉　飞龙引<br>乌夜啼引　风入松引<br>秋风引　明月引　绿竹引<br>龙宫撵　飞鸢操　升仙操 |
| 九引 | 列女引　伯妃引　贞女引　思归引<br>霹雳引　走马引　箜篌引　琴引<br>楚引 | |
| 十二操 | 将归操　猗兰操　龟山操　越裳操<br>拘幽操　岐山操　履霜操　朝飞操<br>别鹤操　残形操　水仙操　襄阳操 | |
| 五弄 | 游春　渌水　幽居　坐愁　秋思 | |

## 九、近代曲

近代曲者，隋唐之新曲也。隋初七部乐，炀帝增为九部，至唐又增为十部，总称燕乐。见前。始于武德、贞观，盛于开元、天宝。其著录者十四调，二百二十二曲；又有梨园别教法院歌乐十一曲，云韶乐二十曲。辞多不传。肃、代以降，亦有因造，流衍之极，乃变为词。《碧鸡漫志》云："隋氏取汉以来乐器歌章古调并入清乐，余波至李唐始绝。唐中叶虽有古乐府，而播在声律则鲜矣，士大夫作者不过以诗一体自名耳。盖隋以来，今之所谓曲子者渐兴，至唐稍盛。今则繁声淫奏，殆不可数。古歌变为古乐府，古乐府变为今曲子，其本一也。"《唐书》称：李贺乐府数十篇，云韶诸工皆合之弦管。又称：李益诗名与贺相埒，每一篇成，乐工争以赂来，取之被声歌，以供奉天子。又称：元稹诗往往播乐府。旧史亦称：武元衡工五言诗，好事者传之，往往被于管弦。他如《集异记》载王昌龄、高适、王之涣三人旗亭画壁事，《太真外传》及《松窗杂录》载玄宗召李白赋木芍药事，是可知唐人诗乐几趋一致矣。郭氏序列隋唐新曲若干首，命曰近代曲，其中来源非一。审其体制，有出自胡部者，有出自法部或清商者，宜加厘定，以示流变。又郭氏所列杂曲、杂题及杂歌中，亦有类于近代曲者，可附此中。今括为一表如次：

| 胡部 | 法部或清商 | 杂曲杂题及杂歌 |
|---|---|---|
| 纪辽东　昔昔盐　水调<br>凉州　大和　伊州<br>陆州　簇拍陆州　石州<br>盖罗逢　昆仑子　胡渭州<br>戎浑　战胜乐　征步郎<br>塞姑　水鼓子　婆罗门<br>镇西　回纥　甘州<br>怨回鹘　绿腰　圣明乐<br>热戏乐　达磨支　纥那曲<br>调笑　踏歌 | 破阵乐　金殿乐　大酺乐　千秋乐<br>春莺啭　雨霖铃　抛球乐　太平乐<br>升平乐　宫中乐　火凤辞　天长地久词<br>以上出法部<br>十索　袚禊曲　浣纱女　醉公子<br>相府莲　清平调　如意娘　拜新月<br>望江南　桂华曲以上吴声<br>双带子　穆护砂　思归乐　墙头花<br>采桑　杨下采桑　剑南臣　叹疆场<br>长命女　一片子　濮阳女　山鹧鸪<br>急世乐　何满子　回波乐　渭城曲<br>竹枝　杨柳枝　浪淘沙　潇湘神<br>凤归云　欸乃曲以上出西曲 | 三台<br>上皇三台<br>突厥三台<br>江南三台<br>锦石捣流黄<br>喜春游歌<br>独不见以上杂曲<br>小曲新词　扶南曲<br>横江词　青楼曲<br>朝元引　平蕃曲<br>忆长安曲　九曲词<br>湘中弦　促促曲<br>淮阴行　视刀环歌<br>堤上行　湘江曲<br>平戎辞　望春辞<br>思君恩以上杂题<br>渔父歌以上杂歌 |

## 十、新题乐府

郭茂倩曰："新乐府者，皆唐世之新歌也。以其辞实乐府而未尝被于声，故曰新乐府也。"今按其乐府杂题中所列诸曲，未必无曾被于声者，反之如近代曲中所列，又未必皆被于声，则此界义为未晰也。若夫唐代诗人，固多寓意古题，刺美见事者。至如自立新题，以托讽兴者，则当时必未入乐，可信也。元稹《乐府古题序》云："近代惟诗人杜甫《悲陈陶》《哀江头》《兵车》《丽人》等，凡所歌行，率皆即事名篇，无复依傍。余少时与友人乐天、李公垂绅辈谓是为当，遂不复拟赋古题。"是时李绅作《乐府新题》二十篇，元稹取其病时之尤急者和十五篇；白居易更扩为五十篇。末篇《采诗官》结句谓："欲开蒙蔽远人情，先向歌诗求讽刺。"自序谓："其体顺而肆，可以播于乐章歌曲。"然其先则有元结《系乐府》十二篇，咏前世可称叹事；其后则有皮日休《正乐府》十篇，咏当世可悲可惧事，亦犹白氏之旨也。若温庭筠之《乐府倚曲》三十二篇，则辞尚工丽，锦绣纂组，异乎白氏之所谓"不为义而作"矣。今括诸家新题乐府为一表如次：

| 系乐府 | 新乐府 | 正乐府 | 乐府倚曲 |
|---|---|---|---|
| 思太古<br>陇上叹<br>颂东夷<br>贱士吟<br>欸乃曲<br>贫妇词<br>去乡悲<br>寿翁兴<br>农臣怨<br>谢天龟<br>古遗叹<br>下客谣 | 七德舞　法曲　二王后　海漫漫<br>立部伎　华原磬　上阳白发人　胡旋女<br>新丰折臂翁　太行路　司天台　捕蝗<br>昆明春水满　城盐州　道州民　驯犀<br>五弦弹　蛮子朝　骠国乐　缚戎人<br>骊宫高　百炼镜　青石　两朱阁<br>西凉伎　八骏图　涧底松　牡丹芳<br>红线毯　杜陵叟　缭绫　卖炭翁<br>母别子　阴山道　时世妆　李夫人<br>陵园妾　盐商妇　杏为梁　井底引银瓶<br>官牛　紫毫笔　隋堤柳　草茫茫<br>古冢狐　黑潭龙　天可度　秦吉了<br>鸦九剑　采诗官 | 卒妻悲<br>橡媪叹<br>贪官怨<br>农父谣<br>路臣恨<br>贱贫士<br>颂夷臣<br>惜义鸟<br>消虚器<br>哀陇民 | 汉皇迎春辞<br>夜宴谣　莲浦谣<br>遏水谣　晓仙谣<br>水仙谣　东峰歌<br>罩鱼歌　生祼屏风歌<br>湘宫人歌　太液池歌<br>鸡鸣埭歌　雉场歌<br>东郊行　春野行<br>吴苑行　塞寒行<br>台城晓朝曲<br>走马楼三更曲<br>春晓曲　惜春曲<br>春愁曲　春洲曲<br>晚归曲　湘东宴曲<br>照影曲　舞衣曲<br>故城辞　兰塘辞<br>碌碌辞　昆明池水战辞<br>猎骑辞 |

乐府体制，略如上举。若夫唐宋以后，新体纷起，词曲而外，如转踏、大曲、蕃曲、队舞、宫调、赚词、舞曲、讶鼓、艳段、杂扮、杂剧、连厢等，皆其流变之所极也。其迹象已别详拙著《词曲史》中，兹不赘述。

# 征辞第四

乐府之体，皆昉于《诗》三百篇。《诗》有六义：一曰风，二曰赋，三曰比，四曰兴，五曰雅，六曰颂。风、雅、颂，《诗》之体；赋、比、兴，《诗》之辞也。风、雅、颂皆以赋、比、兴为之，而次赋、比、兴于风之下者，四始以风为先也。《诗大序》曰："是以一国之事系一人之本，谓之风；言天下之事，形四方之风，谓之雅。雅者，正也，言王政之所由废兴也。政有小大，故有小雅焉，有大雅焉。颂者，美盛德之形容，以其成功告于神明者也。"以此例诸后世之乐府，则凡起于民间，被之弦管者，皆风之流也；作于朝廷，施之燕飨者，皆雅之流也；作于庙堂，用之郊祭者，皆颂之流也。雅、颂作于上，而风起于下。雅、颂之用狭，而风之途广。故后世乐府之属雅、颂者，悉关典礼，而篇章可登于史志，其属风者，则汙滥从杂而不可稽，此自然之势也。诗有篇章，篇章有多寡，句有齐言、杂言；乐府有解有遍，句亦有齐杂，此亦自然之理也。

《诗》有摘诗中辞句以命篇者，如《关雎》《鹿鸣》《文王》《清庙》之类，皆是也；有就诗之作意以命篇者，如《雨无正》小序云：雨自上下者也，众多如雨，而非所以为政也。《常武》小序云：有常德以立武事，因以为戒然。《酌》小序云：言能酌先祖之道以养天下也。《赉》小序云：赉，予也，言所以锡予善人也。是也。乐府之摘辞句命篇者，如《练时日》《帝临》均汉郊祀歌。《朱鹭》《思悲翁》均汉鼓吹铙歌。《江南》《乌生》均相和曲。《阿子》《莫愁》均清商曲。之类皆是也；其就作意命篇者，如《宝鼎》《芝房》均汉郊祀歌。《出塞》《入塞》均横吹曲。《陌上桑》《王明君》均相和曲。《泛龙舟》《乌夜啼》均清商曲。之类是也。辞略如下：

  练时日，候有望。焫膋萧，延四方。九重开，灵之斿。垂惠恩，鸿祐休。灵之车，结玄云。驾飞龙，羽旄纷。灵之下，若风马。左苍龙，右白虎。灵之来，神哉沛。先以雨，般裔裔。灵之至，庆阴阴。相放怫，震澹心。灵已坐，五音饬。虞至日，承灵亿。牲茧栗，粢盛香。尊桂酒，宾八乡。灵安留，吟青黄。遍观此，眺瑶堂。众嫭并，绰奇丽。颜如荼，兆逐靡。被华文，厕雾縠。曳阿锡，佩珠玉。侠嘉夜，茝兰芳。澹容与，献嘉觞。（汉《郊祀歌》第一章《练时日》）

  朱鹭，鱼以乌。路訾邪，鹭何食？食茄下。不之食，不以吐，将以问诛者。（汉《铙歌》第一曲《朱鹭》）

  江南可采莲。莲叶何田田！鱼戏莲叶间。鱼戏莲叶东，鱼戏莲叶西。鱼戏莲叶南，鱼戏莲叶北。（相和曲《江南》古辞）

阿子复阿子，念汝好颜容。风流世希有，窈窕无人双。（吴声歌曲《阿子歌》）

景星显见，信星彪列。象载昭庭，日亲以察。参侔开阊，爰推本纪。汾脽出鼎，皇佑元始。五音六律，依韦飨昭。杂变[1]并会，雅声远姚。空桑琴瑟结信成，四兴递代八风生。殷殷钟石羽钥鸣，河龙供鲤醇牺牲。百末旨酒布兰生，泰尊柘浆析朝酲。微感心攸通修名，周流常羊思所并。穰穰复正直往宁，冯蠵切和疏写平。上天布施后土成，穰穰丰年四时荣。（汉《郊祀歌》第十二章《景星》，一名《宝鼎歌》）

候骑出甘泉，奔命入居延。旗作浮云影，阵如明月弦。（横吹曲《出塞》古辞）

日出东南隅，照我秦氏楼。秦氏有好女，自名为罗敷。罗敷喜蚕桑，采桑城南隅。青丝为笼系，桂枝为笼钩。头上倭堕髻，耳中明月珠。缃绮为下裙，紫绮为上襦。行者见罗敷，下担捋髭须。少年见罗敷，脱帽著帩头。耕者忘其犁，锄者忘其锄。来归相怨怒，但坐观罗敷。（一解）使君从南来，五马立踟蹰。使君遣吏往，问是谁家姝。秦氏有好女，自名为罗敷。罗敷年几何？二十尚不足，十五颇有余。使君谢罗敷：宁可共载不？罗敷前置辞：使君一何愚！使君自有妇，罗敷自有夫。（二解）东方千余骑，夫婿

---

[1] 变 底本作"爱"，据《汉书》（P·1063）改。

居上头。何用识夫婿，白马从骊驹。青丝系马尾，黄金络马头。腰中鹿卢剑，可直千万余。十五府小史，二十朝大夫。三十侍中郎，四十专城居。为人洁白晰，鬑鬑颇有须。盈盈公府步，冉冉府中趋。坐中数千人，皆言夫婿殊。（三解）（相和曲《陌上桑》古辞）

舳舻千里泛归舟，言旋旧镇下扬州。借问扬州在何处，淮南江北海西头。六辔聊停御百丈，暂罢开山歌棹讴。讵似江东掌间地，独自称言鉴里游。（清商曲隋炀帝《泛龙舟》）

诗有篇名同而作意异者，如《柏舟》《邶风》《鄘风》各一篇，首句"泛彼柏舟"。《谷风》《邶风》《小雅》各一篇，首句"习习谷风"。《扬之水》《卫风》《唐风》各一篇，首句"扬之水"。《杕杜》《唐风》《小雅》各一篇，首句"有杕之杜"。《无衣》《唐风》起句"岂曰无衣七兮"，《秦风》起句"岂曰无衣"。是也。余如《羔裘》分见《郑风》《桧风》，《甫田》分见《齐风》《小雅》，《黄鸟》分见《秦风》《小雅》，皆起句不同。《白华》，《小雅》有二篇，其一笙诗，无辞，其例稍异。乐府之名同意异者，如《将进酒》铙歌古辞与何承天作不同。《明君篇》晋鼙舞歌与齐鼙舞曲不同。《淮南王》晋拂舞歌与鲍照作不同。《秋夜长》杂曲王融与王勃作不同。之类是也。辞略如下：

将进酒，乘大白。辨加哉，诗审博。放故歌，心所作。同阴气，诗悉索。使禹良工观者苦。（汉《铙歌·将进酒》）

将进酒，庆三朝。备繁礼，荐嘉肴。荣枯换，霜雾交。

缓春带，命朋僚。车等旗，马齐镳。怀温克，乐林濠。士失志，愠情劳。思旨酒，寄游遨。败德人，甘醇醪。耽长夜，惑淫妖。兴屡舞，属哇谣。形偻偻，声号咷。首既濡，志亦荒。性命夭，国家亡。嗟后生，节酣觞。匪酒辜，孰为殃？（宋《铙歌·将进酒》，何承天作）

明君御四海，听鉴尽物情。顾望有谴罚，竭忠身必荣。兰茝出荒野，万里升紫庭。茨草秽堂阶，扫截不得生。能否莫相蒙，百官正其名。恭己慎有为，有为无不成。暗君不白信，群下执异端。正直罹谮润，奸臣夺其权。虽欲尽忠诚，结舌不敢言。结舌亦何惮，尽忠为身患。清流岂不洁，飞尘浊其源。岐路令人迷，未远胜不还。忠臣立君朝，正色不显身。邪正不并存，譬若胡与秦。秦胡有合时，邪正各异津。忠臣遇明君，乾乾惟日新。群目统在纲，众星拱北辰。设令遭暗主，斥退为凡民。虽薄供[1]时用，白茅犹可珍。冰霜昼夜结，兰桂摧为薪。邪臣多端变，用心何委曲。便僻从情指，动随君所欲。偷安乐目前，不问清与浊。积伪罔时主，养交以持禄。言行恒相违，难履甚溪谷。眯死射乾没，觉露则灭族。（晋《鞞舞歌·明君篇》）

明君御四海，总鉴尽人灵。仰成恩已洽，竭忠身必荣。圣泽洞三灵，德教被八乡。草木变柯叶，川岳洞嘉祥。愉

---

[1] 供 底本作"共"，据《乐府诗集》（P.779）改。

乐盛明运，舞蹈升太时。微霜永昌命，轨心长欢怡。（齐《鞞舞曲·明君辞》）

淮南王，自言尊，百尺高楼与天连。后园凿井银作床，金瓶素绠汲寒浆。汲寒浆，饮少年，少年窈窕何能贤？扬声悲歌音绝天，我欲渡河河无梁。愿化双黄鹄，还故乡。还故乡，入故里。徘徊故乡，苦身不已。繁舞寄声无不泰，徘徊桑梓游天外。（晋《拂舞歌·淮南王》古辞）

淮南王，好长生，服食炼气读仙经。琉[1]璃药椀牙作盘，金鼎玉匕合神丹。合神丹，赐紫房。紫房彩女弄明珰，鸾歌凤舞断君肠。朱门九重门九闺，愿逐明月入君怀。入君怀，结君佩，怨君恨君恃君爱。筑城思坚剑思利，同盛同衰莫相弃。（鲍照《淮南王》）

秋夜长，夜长乐未央。舞袖拂花烛，歌声绕凤梁。（王融《秋夜长》）

秋夜长，殊未央。月明白露澄清光，层城绮阁遥相望。遥相望，川无梁。北风受节南雁翔，崇兰委质时菊芳。鸣环曳履出长廊，为君秋夜捣衣裳。纤罗对凤皇，丹绮双鸳鸯，调砧乱杵思自伤。思自伤，征夫万里戍他乡。鹤关音信断，龙门道路长。所在天一方，寒衣徒自香。（王勃《秋夜长》）

---

[1] 琉　底本作"玻"，据《乐府诗集》（P.797）改。

乐府辞者，《诗》之胤嗣也。自汉京以降，传世者无虑数千篇，遵流溯源，莫不以《三百篇》为祖祢。然乐府之辞，有异于后世之诗篇矣。诗篇尚雅，而乐府则兼采于俗；诗篇贵精，而乐府则时杂乎粗。然其俗者正以存其真，其粗者正以见其厚也。今按前篇所述乐府十体，其辞大率可区为三类：一曰祀鬼神，如郊庙及雅舞之一部，颂之遗也。二曰述功德，如燕飨、魏晋以后之恺乐及雅舞之一部，雅之遗也。魏晋以后之《巴渝舞》《鞞舞》《铎舞》《杯盘舞》，亦此类。三曰存旧俗，如诸杂舞、横吹曲、相和曲、清商曲、琴曲、近代曲等，风之遗也。余如事关朝政，意存讽刺，如唐人新题乐府者，则又变雅之遗也。大抵祀鬼神者辞尚典雅，述功德者旨重铺张，其情韵时多枯涩，其意境率近虚矫。惟存旧俗者，则或传故事，或陈民风，见里巷委琐之情，状儿女燕私之态，使读者忧愁怡悦，感触最深者，皆此类也。至若汉魏朴拙，六朝清婉，隋唐丽密，则因时而异也。北方浑厚，南国轻靡，胡夷壮肆，则以地而殊也。苟循此以审味辨色，则乐府辞虽浩繁，不难一览而了晰矣。兹分类籀列，而略举其辞如次：

郊庙之典，始简而继繁，其辞亦先纯而后驳。西汉郊乐惟《郊祀歌》十九章，庙乐惟《安世房中歌》十七章而已。《郊祀歌》作非一人，《汉志》云：多举司马相如等数十人造为诗赋，作《十九章》之歌。用非一时。初有《练时日》，迎神之辞也。《帝临》《青阳》《朱明》《西颢》《玄冥》，祀五方帝之辞也。《惟泰元》，总祀天地之辞也，后为匡衡奏罢更定，作《天地》，后又奏罢更定，作《日出入》。其后元狩三年，马生渥洼水中；太初四年，诛宛王，获宛马，乃先后作《天马》。其后作《天门》。元鼎五年，得鼎汾阴，乃作《景星》。元封二年，芝生甘泉齐房，乃作《齐房》。其后作《后皇》《华爗爗》《五神》。元狩元年，幸雍，获白麟，乃作《朝陇首》。太始五年，幸东海，获赤雁，乃作《象载瑜》。其末《赤蛟》，送神之辞也。其辞率奥衍诘屈，视《子虚》《上林》而过之矣。《安世房中歌》说神灵鉴享之意，辞皆典雅，《清庙》之俦也。各录其可诵者数章：

帝临中坛，四方承宇。绳绳意变，备得其所。清和六合，制数以五。海内安宁，兴文匽武。后土富媪，昭明三光。穆穆优游，嘉服上黄。（汉《郊祀歌》第二章《帝临》）

天地并况，惟予有慕。爰熙紫坛，思求厥路。恭承禋祀，缊豫为纷。黼绣周张，承神至尊。千童罗舞成八佾，合好劾欢虞泰一。九歌毕奏斐然殊，鸣琴竽瑟会轩朱。璆磬金鼓，灵其有喜。百官济济，各敬厥事。盛牲实俎进闻膏，神奄留，临须摇。长离前掞光耀明，寒暑不忒况皇章。展时应律铿玉鸣，函宫吐角激征清。发梁扬羽申以商，造兹新音永久长。声气远条凤鸟翔，神夕奄虞盖孔享。（同上第八章《天地》）

太一况，天马下。沾赤汗，沫流赭。志俶傥，精权奇。籋浮云，晻上驰。体容与，迣万里。今安匹，龙为友。（同上第十章《天马》）

华爗爗，固灵根。神之斿，过天门。车千乘，敦昆仑。

神之出，排玉房。周流杂，拔兰堂。神之行，旌容容。骑沓沓，般纵纵。神之徕[1]，泛翊翊。甘露降，庆云集。神之揄[2]，临坛宇。九疑宾，夔龙舞。神安坐，翔吉时。共翊翊，合所思。神嘉虞，申贰觞。福滂洋，迈延长。沛施佑，汾之阿。扬金光，横泰河。莽若云，增阳波。遍胪欢，腾天歌。（同上第十五章《华爗爗》）

大孝备矣，休德昭清。高张四悬，乐充宫廷。芬树羽林，云景杳冥。金支秀华，庶旄翠旌。七始华始，肃倡和声。神来宴娭，庶几是听。（汉《安世房中歌》第一章）

海内有奸，纷乱东北。诏抚成师，武臣[3]承德。行乐交逆，箫勺群慝。肃为济哉，盖定燕国。（同上第五章）

大海荡荡水所归，高贤愉愉民所怀。大山崔，百卉殖。民何贵，贵有德。（同上第六章）

安其所，乐终产。乐终产，世继绪。飞龙秋，游上天。高贤愉，乐民人。（同上第七章）

晋以后郊庙歌辞，模拟汉歌，典雅有余，韵味则寡矣。甄录数章：

---

[1] 徕　底本作"来"，据《乐府诗集》（P.8）改。下文径改，不再出校记。
[2] 揄　底本作"愉"，据《乐府诗集》（P.8）改。
[3] 臣　底本作"侯"，据《汉书》（P.1047）改。

整泰坛，祀皇神。精气感，百灵宾。蕴朱火，燎芳薪。紫烟游，冠青云。神之体，靡象形。旷无方，幽以清。神之来，亢景照。听无闻，视无兆。神之至，举歆歆。灵爽协，动余心。神之坐，同欢娱。泽云翔，化风舒。嘉乐奏，文中声。八音谐，神是听。咸洁齐，并芬芳。烹牷牲，享玉觞。神悦飨，歆禋祀。佑大晋，降繁祉。祚京邑，行四海。保天年，穷地纪。（晋《天郊飨神歌》，傅玄）

百川如镜，天地爽且明，云冲气举，德盛在素精。木叶初下，洞庭始扬波，夜光彻地，翻霜照悬河。庶类收成，岁功行欲宁，浃地奉渥，罄宇承秋灵。（宋《明堂歌·白帝》，谢庄）

我恭我享，惟孟之春。以孝以敬，立我蒸民。青坛奄霭，翠幔端凝。嘉俎重荐，兼藉再升。设业设簴，展容玉庭。肇禋配祀，克对上灵。（齐《南郊·嘉荐乐》，谢超宗）

盛乐斯举，协征调宫。灵飨庆洽，祉积化融。八变有序，三献已终。坎牲瘗玉，酬德报功。振垂成吕，投壤生风。道无虚致，事由感通。于皇盛烈，比祚华嵩。（梁《雅乐歌·禋雅》，沈约）

岁云献，谷风归。斗东指，雁北飞。电鞭激，雷车遰。虹旌靡，青龙驭。和气洽，具物滋。翻降止[1]，应帝期。（北

---

[1] 止　底本作"祉"，据《乐府诗集》（P.40）改。

齐《五郊·青帝高明乐》)

重阳禋祀大报天,景武封坛肃且圜。孤竹之管云和弦,神光来下风肃然。王城七里通天台,紫微斜照影徘徊。连珠合璧重光来,天策暂转钩陈开。(北周《祀圜丘歌·昭夏》,庾信)

玄英启候,冥陵初起。虹藏于天,雉化于水。严关重闭,星回日穷。黄钟动律,广莫生风。玄樽示本,天产惟质。恩覃外区,福流京室。(隋《五郊歌·羽音》)

肃肃清庙,巍巍圣功。万国来宾,礼仪有容。钟鼓振,金石熙。宣兆祚,武开基。神斯乐兮!理管弦,有来斯和。说功德,吐清歌。神斯乐兮!洋洋玄化,润被九壤。民无不悦,道无不往。礼有仪,乐有式。咏九功,永无极。神斯乐兮!(晋《宗庙四时祠祀歌》,曹毗)

閟宫黝黝,复殿微微。琼除肃照,缸壁彤辉。黼帘神凝。玉堂严馨。圜火夕耀,方水朝清。金枝委树,翠镫竚县。渟波澄宿,华汉浮天。恭事既凤,虔心有慕。仰降皇灵,俯宁休祚。(宋《章庙乐舞歌·昭夏》,殷淡)

大姒嫔周,涂山俪禹。我后嗣徽,重规迭矩。肃肃閟宫,翔翔云舞。有缛德馨,无绝终古。(齐《太庙·穆德凯容乐》,王俭)

猗欤至德,光被黔首。铸镕苍昊,甄陶区有。肃恭三献,对扬万寿。比屋可封,含生无咎。匪徒七百,天长地久。(梁

《宗庙登歌》第五章，沈约）

　　天造草昧，时难纠纷。孰拯斯溺，靡救其焚。大人利见，纬武经文。顾指维极，吐吸风云。开天辟地，峻岳夷海。冥工掩迹，上德不宰。神心有应，龙化无待。义征九服，仁兵告凯。上平下成，靡或不宁。匪王伊帝，偶极崇灵。享亲则孝，洁祀惟诚。礼备乐序，肃赞神明。(北齐《享庙·武德乐昭烈舞》)

　　律在夹钟，服居苍衮。杳杳清思，绵绵长远。就祭于合，班神于本。来庭有序，助祭有章。乐舞六代，宾歌二王。和铃有节，侩革斯锵。齐宫馔玉，郁鬯浮金。洞庭钟鼓，龙门瑟琴。其乐已变，惟神是临。(周《大祫歌·昭夏》，庾信)

　　神道正直，祀事有融。肃雍备礼，庄敬在躬。羞燔已具，奠酹将终。降祥惟永，受福无穷。(隋《太庙·饮福酒歌》)

　　唐代声乐至盛，郊庙乐章独繁。体虽偶变，辞亦无过于昔。武氏称制，祭享之辞，亦复典雅，号为内出，未必信耳。甄录数章：

　　昔在炎运终，中华乱无象。酆郊赤乌见，邙山黑云上。大赉下周车，禁暴开殷网。幽明同协赞，鼎祚齐天壤。(唐《祀圜丘乐·凯安》)

荷恩承顾托，执契恭临抚。庙略靖边荒，天兵耀神武。有截资先化，无为遵旧矩。祯符降苍穹，大业光寰宇。(唐《享昊天乐》第九章，武后)

六钟翕协六变成，八佾徜徉八风生。乐《九韶[1]》兮人神感，美七德兮天地清。(唐《封泰山乐·舒和》，张说)

离位克明，火中宵见。峰云暮起，景风晨扇。木槿初荣，含桃可荐。芬馥百品，铿锵三变。(唐《五郊乐·赤帝肃和》)

龙池跃龙龙已飞，龙德先[2]天天不违。池开天汉分黄道，龙向天门入紫微。邸第楼台多气色，君王凫雁有光辉。为报寰中百川水，来朝上地莫东归。(唐《享龙池乐》第三章，沈佺期)

赤精乱德，四海困穷。黄旗举义，三灵会同。早望春雨，云披大风。溥天来祭，高祖之功。(唐《享太庙乐·大明舞》，张说)

至道生元气，重圆法混成。无为观大象，冲用体常名。仙乐临丹阙，云车出玉京。灵符百代应，瑞节九真迎。宝运开皇极，天临瞰太清。长曲一德庆，永庇万方宁。(唐《太清宫乐章·紫极舞》)

先德谦撝冠昔，严规节素超今。奉国忠诚每竭，承家至孝纯深。追崇惧乖尊意，显号恐玷徽音。既迫王公屡请，

---

[1]韶　底本作"歆"，据《旧唐书》(P.1099)改。
[2]先　底本作"光"，据《旧唐书》(P.1125)改。

方乃俯遂群心。有限无由展敬,奠酹每阙亲斟。大礼虔修典册,苹藻敬荐翘襟。(唐武氏《享先庙乐章》,武后)

燕飨之乐,先有汉明帝黄门鼓吹。曹魏继之,而辞不传,今传者则自晋始。自是历代皆循例有作,辞多夸饰,殊倍立诚之旨。惟北周《五声调曲》,庾信所作,不少名理,气亦遒上。唐代燕乐,史称"辞多不经",或不无佳制存焉,惜无传耳。甄录数章:

既宴既喜,翕是万邦。礼仪卒度,物其有容。晰晰庭燎,喤喤鼓钟,笙磬咏德,万舞象功。八音克谐,俗易化从。其和如乐,庶品时邕。(晋《食举东西厢歌·既宴章》,荀勖)

惟天降命,翼仁佑圣。于穆三皇,载德弥盛。总齐璇玑,光统七政。百揆时序,化若神圣。四海同风兴至仁,济民育物拟陶钧。拟陶钧,垂惠润。皇皇群贤,峨峨英隽。德化宣芬,芳播来胤。播来胤,垂后昆。清庙何穆穆,皇极开四门。皇极辟四门,万机无不综。亹亹翼翼,乐不及荒,饥不遑食。大礼既行乐无极。(晋《正旦大会行礼歌》)

体至和,感阴阳,德无不柔繁休祥。瑞徽璧,应嘉钟。舞灵凤,跃潜龙。景星见,甘露坠。木连理,禾同穗。玄化洽,仁泽敷。极祯瑞,穷灵符。(宋《食举歌》,王韶之)

三朝礼乐和,百福随春酒。玉樽湛而献,聪明作元后。

安乐享延年,无疆臣拜手。(梁《三朝雅乐歌·介雅》,萧子云)

彤庭烂景,丹陛流光。怀黄绾白,鹓鹭成行。文赞百揆,武镇四方。折冲鼓雷电,献替协阴阳。大矣哉!道迈上皇,陋五帝,狭三皇。穷礼物,该乐章。序冠带,垂衣裳。(北齐《元会大飨·食举乐》)

止戈见于绝辔之野,称伐闻于丹水之征。信义俱存乃先忘食,五材并用谁能去兵?虽圣人之大宝曰位,实天地之大德曰生。泾渭同流清浊异能,琴瑟并御雅郑殊声。扰扰烝民声教不一,茫茫禹迹车轨未并。志在四海而尚恭俭,心包宇宙而无骄盈。言而无文行之不远,义而无立勤则有成。恻隐其心训以慈惠,流宥其过哀矜典刑。(周《元正飨会大礼·角调曲》,庾信,角调皆八言)

三光以记物呈形,四时以裁成正位。雷风大山泽之响,寒暑通阴阳之气。武功则六合攸同,文教则二仪经纬。有道则咸浴其德,好生则各繁其类。白日经天中则移,明月横汉满而亏。能亏能缺既无为,虽盈虽满则不匮。开信义以为范围,立道德以为城池。周监二代所损益,郁郁乎文其可知。庖牺之亲临佃渔,神农之躬秉耕稼。汤则救旱而忧勤,禹则正冠而无暇。草上之风无不偃,君子之盱知可化。将欲比德于三皇,未始追踪于五霸。(同前《徵调曲》,庾信,徵调皆七言)

定律零陵玉管，调钟始平铜尺。龙门之下孤桐，泗水之滨鸣石。河灵于是让圭，山精所以奉璧。涤九川而赋税，刊三危而纳锡。北里之禾六穗，江淮之茅三脊。可以玉检封禅，可以金绳探册。终永保于鸿名，足扬光于载籍。（同前《羽调曲》，庾信，羽调皆六言）

皇明驭历，仁深海县。载择良辰，式陈高宴。颙颙卿士，昂昂侯甸。车旗煌爚，衣缨葱蒨。乐正展悬，司宫饰殿。三揖称礼，九宾为传。圆鼎临碑，方壶在面。鹿鸣成曲，嘉鱼入荐。筐篚相辉，献酬交遍。饮和饱德，恩风长扇。（隋《宴群臣登歌》）

恺乐如汉《铙歌》，始作皆民情物状之辞，其述功德者，仅《上之回》《远如期》数章耳。自魏至梁，乃专用以述功德，姜夔所谓"咸叙威武，衄人之军，屠人之国，以得土疆，乃矜厥能"是也，然而生气索矣。宋辞则俱不可解，殆声辞合写之故，惟何承天私作存焉。余如齐《随王鼓吹曲》，谢朓所作，则情味甚隽，然不袭汉歌之旧矣。甄录数章：

上之回，所中益。夏将至，行将北。以承甘泉宫，寒暑德。游石关，望诸国。月支臣，匈奴服。令从百官疾驱驰，千秋万岁乐无极。（汉《铙歌·上之回》）

克绍官渡，由白马。僵尸流血，被原野。贼众如犬羊，王师尚寡。沙塠旁,风飞扬。转战不利,士卒伤。今日不胜,后何望?土山地道,不可当。卒胜大捷,震冀方。屠城破邑,神武遂章。(魏《鼓吹曲·克官渡》,缪袭)

秋风扬沙尘,寒露沾衣裳。角弓持弦急,鸠鸟化为鹰。边垂飞羽檄,寇贼侵界疆。跨马披甲胄,慷慨怀悲伤。辞亲向长路,安知存与亡。穷达固有分,志士思立功。思立功,邀之战场。身逸获高赏,身没有遗封。(吴《鼓吹曲·秋风》,韦昭)

惟庸蜀,僭号天一隅。刘备逆帝命,禅亮承其余。拥众数十万,窥隙乘我虚。驿骑进羽檄,天下不遑居。姜维屡寇边,陇上为荒芜。文皇愍斯民,历世受罪辜。外谟蕃屏臣,内谋众士夫。爪牙应指授,腹心献良图。良图协成文,大兴百万军。雷鼓震地起,猛势陵浮云。遒房畏天诛,面缚造垒门。万里同风教,逆命称妄臣。光建五等,纪纲天人。(晋《鼓吹曲·惟庸蜀》,傅玄)

大竭夜乌自云何来堂吾来声乌奚姑悟姑尊卢圣子黄尊来馆清婴乌白日为随来郭吾徽令吾(宋《鼓吹铙歌·上邪曲》一解)

上陵者,相追攀。被服纤丽,振绮纨。携童幼,升崇峦。南望城阙,郁盘桓。王公第,通衢端。高甍华屋,列朱轩。临潘谷,掇秋兰。士女悠奕,映隰原。指营丘,感牛山。爽鸠既没,景君叹。嗟岁聿,逝不还。志气衰沮,玄鬓班。

野茇宿,坟土干。顾此累累,中心酸。生必死,亦[1]何怨。取乐今日,展情欢。(宋《鼓吹铙歌·上陵者》,何承天)

道亡数极归永元,悠悠兆庶尽含冤。沉河莫极皆无安,赴海谁授矫龙翰。自樊汉,仙波流水清且澜,救此倒悬拯涂炭。誓师刘旅赫灵断,率兹八百驱十乱。登我圣明由多难,长夜杳冥忽云旦。(梁《鼓吹曲·道亡》,沈约)

凝霜冬十月,杀盛凉飙哀。原泽旷千里,腾骑纷往来。平罝望烟合,烈火从风回。殪兽华容浦,张乐荆山台。虞人昔有谕,明明时戒哉。(齐《随王鼓吹》第六《校猎曲》,谢朓)

阪泉轩德,丹浦尧勋。始实以武,终乃以文。嘉乐圣主,大哉为君。出师命将,廓定重氛。书轨既并,干戈是戢。弘风设教,政成民立。礼乐聿兴,衣裳载缉。风云自美,嘉祥爰集。皇皇圣政,穆穆神犹。牢笼虞夏,度越姬刘。日月比曜,天地同休。永清四海,长帝九州。(隋《凯乐歌·述天下太平》)

受律辞元首,相将讨叛臣。咸歌破阵乐,共赏太平人。(唐《凯乐歌·破阵乐》)

雅舞之祀鬼神者,皆庙乐之辅,其述功德者,则燕乐之支

---

[1] 亦 底本作"一",据《乐府诗集》(P.289)改。

也。周六舞及汉舞辞均无传，今传者始东汉《武德舞歌》。自晋《正德》《大豫》二舞后，皆祀鬼神而述功德，亦或兼施于燕飨，其辞旨无殊于郊庙及燕飨乐也。甄录数章：

> 于穆世庙，肃雍显清。俊乂翼翼，秉文之成。越序上帝，骏奔来宁。建立三雍，封禅泰山。章明图识，放唐之文。休矣惟德，罔射协[1]同。本支百世，永保厥功。(东汉《武德舞歌诗》，刘苍)

> 天命有晋，光济万国。穆穆圣皇，文武惟则。在天斯正，在地成德。载韬政刑，载崇礼教。我敷玄化，臻于中道。(晋《正德舞歌》，傅玄)

> 于铄皇晋，配天受命。熙帝之光，世德惟圣。嘉乐大豫，保佑万姓。渊兮不竭，冲而用之。先帝弗违，虔奉天时。(晋《大豫舞歌》，傅玄)

> 于赫景明，天监是临。乐来伊阳，礼作惟阴。歌自德富，舞由功深。庭列宫县，阶罗瑟琴。翻钘繁会，笙磬谐音。箫韶虽古，九成在今。毕志和声，德音孔宜。尤我帝基，协灵配干。仪刑六合，化穆自然。如彼云汉，为章于天。熙熙万类，陶和当[2]年。击辕中韶，永世弗骞。(宋《前舞歌》，王韶之)

---

[1] 协　底本作"博"，据《乐府诗集》(P.755)改。
[2] 当　底本作"侵"，据《乐府诗集》(P.758)改。

皇皇我后，绍业盛明。涤拂除秽，宇宙载清。允执中和，以莅苍生。玄化远被，兆世轨形。何以崇德，乃作九成。妍步恂恂，雅曲芬馨。八风清鼓，应以祥祯。泽浩天下，功霁百灵。（齐《后舞阶步歌》）

高高在上，实爱斯民。眷求圣德，大拯彝伦。率土方燎，如火在薪。慄慄黔首，暮不及晨。朱光启耀，兆发穹旻[1]。我皇郁起，龙跃汉津。言届牧野，电激雷震。阙巩之甲，彭濮之人。或貔或武，漂杵浮轮，我邦虽旧，其命维新。六伐乃止，七德必陈。君临万国，遂抚八鬃。（梁《大壮舞歌》，沈约）

大齐统历，天鉴孔昭。金人降泛，火凤来巢，眇均虞德，干戚降苗。凤沙攻主，归我轩朝。礼符揖让，乐契咸韶。蹈扬惟序，律度时[2]调。（北齐《武舞阶步歌》）

天睠有属，后德惟明。君临万宇，昭事百灵。濯以江汉，树之风声。螯地毕归，穷天皆至。六戎行朔，八蛮请吏。烟云献彩，龟龙表异。缉[3]和礼乐，燮理阴阳。功由舞见，德以歌彰。两仪同大，日月齐光。（隋《文舞歌》）

杂舞始出方俗，浸陈殿庭。《巴渝》本杂舞，自魏王粲改为

---

[1] 旻　底本作"冥"，据《乐府诗集》（P.762）改。
[2] 时　底本作"惟"，据《乐府诗集》（P.763）改。
[3] 缉　底本作"燮"，据《乐府诗集》（P.764）改。

《俞儿舞》，始用以述功德；晋《宣武舞》因之，则杂而入雅矣。厥后魏曹植及明帝作《鞞舞歌》；晋宋齐诸朝因之，皆述功德也。《铎舞》，汉辞声辞合写，不可解；就晋齐诸辞观之，亦述德之类也。《盘舞》汉辞无传，晋太康中始有《晋世宁舞》，遂为杯盘舞。宋、齐因之，悉颂祷语。其后宋有《泰始歌舞曲》，齐有《明王歌》，唐有《九功》《七德》诸舞，皆杂舞之类也。甄录数章：

汉初建国家，匡九州。蛮荆震服，五刃三革休。安不忘备武乐修。宴我宾师，敬用御天，永乐无忧。于孙受百福，常与松乔游。蒸庶德，莫不咸欢柔。（魏《俞儿舞·矛俞新福歌》，王粲）

惟圣皇，德巍巍，光四海。礼乐为形影，文武为表里。乃作巴渝，肆舞士。剑弩齐列，戈矛为之始。进退极鹰鹞，龙战而豹起。如乱不可乱，动作顺其理。离合有统纪。（晋《宣武舞歌·惟圣皇篇·矛俞第一》，傅玄）

孟冬十月，阴气历清。武官诫田，讲旅统兵。元龟袭古，元光着明。蚩尤跸路，风弭雨停。乘舆启行，鸾鸣幽轧。虎贲采骑，飞象珥鹬。钟鼓铿锵，箫管嘈喝。万骑齐镳，千乘等盖。夷山填谷，平林涤薮，张罗万里，尽其飞走。趡趡狡兔，扬白跳翰。猎以青骹，掩以修竿。韩卢宋鹊，呈才骋足。噬不尽绁，牵麋掎鹿。魏氏发机，养基抚弦。都卢寻高，搜索猴援。庆忌孟贲，蹈谷超峦。张目决眦，发怒穿冠。顿熊扼虎，蹴豹搏貙。气有余势，负象而趋。获车既盈，日侧乐终。罢役解徒，大飨离宫。乱曰：圣皇临飞轩，论功校猎徒。死禽积如京，流血成沟渠。明诏大劳赐，太官供有无。走马行酒醴，驱车布肉鱼。鸣鼓举觞爵，击钟醼无余。绝网纵麟麑，弛罦出凤雏。收功在羽校，威灵振鬼区。陛下长欢乐，永世合天符。（魏《鞞舞歌·孟冬篇》，曹植）

昔皇文武邪弥弥舍善谁吾时吾行许帝道衔来治路万邪治路万邪赫赫意皇运道吾治路万邪善道明邪金邪善道明邪金邪帝邪近帝武武邪圣皇八音偶邪尊来圣皇八音及仪邪同邪乌及来义邪善草供国吾咄等邪乌近帝邪武邪近帝邪武邪武邪应节合用武邪尊邪应节合用酒期义邪同邪酒期义邪善草国[1]吾咄等邪乌近帝邪武邪近帝武武邪邪下音足木上为鼓义邪应众义邪乐邪供[2]邪延否已邪乌已礼祥咄等邪乌素女有绝其圣乌乌武邪（《铎舞歌》古辞《圣人制礼乐篇》）

黄云门，唐咸池，虞韶舞，夏夏，殷濩，列代有五。振[3]铎鸣金延大武，清歌发唱形为主，声和八音协律吕。身

---
[1] 国　底本"国"字前衍"供"字，据《乐府诗集》（P.785）删。
[2] 供　底本脱，据《乐府诗集》（P.785）补。
[3] 振　底本脱，据《乐府诗集》（P.785）补。

不虚动,手不徒举,应节合度周其叙。时奏宫角,杂之以徵羽。下厌众目,上从钟鼓。乐以移风,与德礼相辅,安有失其所。(《铎舞歌·云门篇》,傅玄)

晋世宁,四海平,善天安乐永大宁。四海安,天下欢,乐治兴隆舞杯盘。舞杯盘,何翩翩,举坐翻覆寿万年。天与日,终与一,左回右转不相失。筝笛悲,酒舞疲,心中慷慨可健儿。樽酒甘,丝竹清,愿令诸君醉复醒。醉复醒,四合同,四坐欢乐皆言工。丝竹音,可可听,亦舞此盘左右轻。□□□ 原文缺三字,疑叠"左右轻"句。自相当,合坐欢乐人命长。人命长,当结友,千秋万岁皆老寿。(晋《杯盘舞歌》)

明君应乾数,拨乱纽颓基。民庆来苏日,国颂薰风诗。天步或暂艰,列蕃扇迷氓。庙胜敷九伐,神谟洞七德。文教洗昏俗,武谊清祲埏。英勋冠帝则,万寿永齐天。(宋《泰始歌舞辞·明君大雅》,虞龢)

湛露改寒司,交莺变春旭。琼树落晨红,瑶塘水初渌。日霁沙溆明,风动泉华烛。遵渚泛兰舫,乘漪弄清曲。斗酒千金轻,寸阴百年促。何用尽欢娱,王度式如玉。(一曲三解,齐《明王歌辞·渌水曲》,王融)

寿丘唯旧迹,鄑邑乃前基。粤余承累圣,悬弧亦在兹。弱龄逢运改,提剑郁匡时。指麾八荒定,怀柔万国夷。梯山盛入款,驾海亦来思。单于陪武帐,日逐卫文槐。端扆朝四岳，无为任百司。霜节明秋景，轻冰结水湄。芸黄遍原隰，禾颖积京坻。其乐还谯宴，欢此大风诗。(唐《功成庆善乐舞辞》，唐太宗)

杂舞之存民俗者，如晋《拂舞歌》之《白鸠》《济济》《独漉》《淮南王》等篇，及晋宋齐梁以来《白纻舞歌》，辞多咏叹。惟《巾舞》古辞及齐辞并讹异不可解，就其可解之字辨之，亦民俗之属耳。甄录数章：

畅飞畅舞气流芳，追念三五大绮黄。去失有时[1]可行，去来同时此未央。时冉冉，近桑榆，但当饮酒为欢娱。衰老逝，有何期，多忧耿耿内怀思。渊池广，鱼独希，愿得黄浦众所依。恩感人，世无比，悲歌且[2]舞无极已。(晋《拂舞歌·济济篇》)

独漉独漉，水深泥浊。泥浊尚可，水深杀我。雍雍双雁，游戏田畔。我欲射雁，念子狐散。翩翩浮萍，得风摇轻。我心何合？与之同并。空床低帷，谁知无人？夜衣锦绣，谁别伪真？刀鸣削中，倚床无施。父冤不报，欲活何为。猛虎班班，游戏山间。虎欲啮人，不避豪贤。(同上《独漉篇》)

---

[1] 去失有时　底本作"去有失时"，据《晋书》(P.714)改。
[2] 且　底本作"具"，据《晋书》(P.714)改。

双袂齐举鸾凤翔，罗裙飘飖昭仪光。趋步生姿进流芳，鸣弦清歌及三阳。人生世间如电过，乐时每少苦日多。幸及良辰耀春华，齐倡献舞赵女歌。羲和驰景逝[1]不停，春露未晞严霜零。百草凋索花落英，蟋蟀吟牖[2]寒蝉鸣。百年之命忽若倾，早知迅速秉烛行。东造扶桑游紫庭，西至昆仑戏曾城。（晋《白纻舞歌》）

秦筝齐瑟燕赵女，一朝得意心相许。明月如规方袭予[3]，夜长未央歌《白纻》。翡翠群飞飞不息，愿在云间长比翼。佩服瑶草驻容色，舜日尧年欢无极。（梁《四时白纻歌·夜白纻》，沈约）

洛阳城边朝日晖，天渊池前春燕归。含露桃花开未飞，临风杨柳自依依。小苑花红洛水绿，清歌宛转繁弦促。长袖逶迤动珠玉，千年万岁阳春曲。（隋《四时白纻歌·东宫春》，隋炀帝）

吾不见公莫时吾何婴公来婴姥时吾哺声何为茂时为来婴当恩吾明月之土转起吾何婴土来婴转去吾哺声何为土转南来婴当去吾城上羊下食草吾何婴下来吾贪草吾哺声汝何三年针缩何来婴吾亦老吾平平门淫涕下吾何婴何来婴涕下吾哺声昔结吾马客来婴吾当行吾度四州洛四海吾何婴海何

---

[1] 逝　底本作"游"，据《乐府诗集》（P.798）改。
[2] 牖　底本作"啸"，据《乐府诗集》（P.798）改。
[3] 予　底本作"宇"，据《乐府诗集》（P.807）改。

来婴四海吾哺声熿西马头香来婴吾洛道吾治五丈度汲水吾噫邪哺谁当求儿母何意零邪钱健步哺谁当吾求儿母何吾哺声三针一发交时还弩心意何零意弩心遥来婴弩心哺声复相头巾意何零何邪相哺头巾相吾来婴头巾母何何吾复来推排意何零相哺推相来婴推非母何吾复车轮意何零子以邪相哺转轮吾来婴转母何吾使君去时意何零子以邪使君去时使来婴去时母何吾思[1]君去时意何零子以邪思君去时思来婴吾去时母何何吾吾（《巾舞歌》古辞）

横吹汉辞无存，今传者皆拟作也。惟梁《鼓角横吹》诸曲，纵横骀宕，节短音长，多可喜之作，虽属梁乐，实北地之风也。又其健捷激袅之节，施之行军为宜，固异于相和诸曲之啴缓矣。甄录数章：

男儿欲作健，结伴不须多。鹞子经天飞，群雀两向波。
放马大泽中，草好马着膘。牌子铁裲裆，鉎锋鹤尾条。
前行看后行，齐着铁裲裆。前头看后头，齐着铁鉎锋。
男儿可怜虫，出门怀死忧。尸丧狭谷中，白骨无人收。
（梁《鼓角横吹曲·企喻歌》四曲，曲四解。横吹曲解皆短，似此每句即为一解，尚有一句两解者，足见音节促迫。）

---

[1] 思　底本作"使"，据《乐府诗集》（P.787）改。

新买五尺刀,悬着中梁柱。一日三摩挲,剧于十五女。

琅琊复琅琊,琅琊大道王。阳春二三月,单衫绣裲裆。

东山看西水,水流盘石间。公死姥更嫁,孤儿甚可怜。

憎马高缠鬃,遥知身是龙。谁能骑此马,唯有广平公。(同上《琅琊王歌》八曲之四)

官家出游,雷大鼓。细乘犊车,开后户。

车前女子,年十五。手弹琵琶,玉节舞。

钜鹿公主,殷照女。皇帝陛下,万岁主。(同上《巨鹿公主歌》二曲,曲四解)

烧火烧野田,野鸭飞上天。童男娶寡妇,壮女笑杀人。

高高山头树,风吹叶落去。一去数千里,何当还故处。

十五从军征,八十始得归。道逢乡里人,家中有阿谁?

遥看是君家,松柏冢累累。兔从狗窦入,鸡从梁上飞。

中庭生旅谷,井上生旅葵。舂谷持作饭,采葵持作羹。

羹饭一时熟,不知贻阿谁。出门东向看,泪落沾我衣。(同上《紫骝马歌》六曲)

青青黄黄,雀石颜唐。槌杀野牛,押杀野羊。

驱羊入谷,白羊在前。老女不嫁,蹋地唤天。

侧侧力力,念君无极。枕郎左臂,随郎转侧。

摩挲郎须,看郎颜色。郎不念女,不可与力。(同上《地驱乐歌》四曲)

雨雪霏霏,雀劳利。长觜饱满,短觜饥。(同上《雀劳

利歌》一曲,曲四解)

陇头流水,流离西下。念吾一身,飘旷野。

西上陇阪,羊肠九回。山高谷深,不觉脚酸。

手攀,弱枝。足踰,弱泥。(同上《陇头流水歌》三曲,曲四解)

儿在城中弟在外。弓无弦,箭无括。食粮乏尽若为活。救我来!救我来!(同上《隔谷歌》)

东平刘生安东子,树木稀。屋里无人看阿谁?(同上《东平刘生歌》)

粟谷难舂付石臼,弊衣难护付巧妇。男儿千凶饱人手,老女不嫁只生口。

谁家女子能行步,反着袂襌后裙露。天生男女共一处,愿得两个成翁妪。

华阴山头百丈井,下有流水彻骨冷。可怜女子能照影,不见其余见斜领。

黄桑柘屐蒲子履,中央有系两头系。小时怜母大怜婿。何不早嫁论家计?(同上《捉搦歌》四曲)

上马不捉鞭,反折杨柳枝。蹀座吹长笛,愁杀行客儿。

腹中愁不乐,愿作郎马鞭。出入擐郎臂,蹀座郎膝边。

遥看孟津河,杨柳郁婆娑。我是虏家儿,不解汉儿歌。(同上《折杨柳歌》五曲之三)

快马常苦瘦，剿儿常苦贫。黄禾起羸马，有钱始作人。

南山自言高，只与北山齐。女儿自言好，故入郎君怀。

郎著紫袴褶，女著彩著裙。男女共燕游，黄花生后园。（同上《幽州马》《客吟歌》五曲之三）

上马不捉鞭，反拗杨柳枝。下马吹长笛，愁杀行客儿。（与前《折杨柳歌》小异）

门前一株枣，岁岁不知老。阿婆不嫁女，那得孙儿抱？

敕敕何力力，女子临窗织。不闻机杼声，只闻女叹息。（此曲与下首前半略同《木兰诗》）

问女何所思？问女何所忆？阿婆许嫁女，今年无消息。（同上《折杨柳枝歌》四曲）

郎在十重楼，女在九重阁。郎非黄鹄子，那得云中雀？（同上《慕容家自鲁企由谷歌》）

陇头流水，流离山下。念吾一身，飘然旷野。（与前《陇头流水歌》小异）

朝发欣城，暮宿陇头。寒不能语，舌卷入喉。

陇头流水，鸣声幽咽。遥望秦川，心肝断绝。（同上《陇头歌》）

杂曲中类横吹者，皆出北地，节短音长，健捷激袅，亦略相似。惟未列于梁鼓吹耳。甄录数章：

怀春发下蔡,含笑向阳城。耻为飞雉曲,好作鹧鸡鸣。
(王融《阳翟新声》)

封疆在上地,钟鼓自相和。美人当窗舞,妖姬掩扇歌。
(温子升《安定侯曲》)

客从远方来,相随歌且笑。自有敦煌乐,不减安陵调。
(温子升《敦煌乐》)

闻有匈奴主,杂骑起尘埃。列观长平坂,驱马渭桥来。
(《阿那瑰》)

金绳界宝地,珍木荫瑶池。云间妙音奏,天际法蠡吹。
(《舍利弗》)

从戎向边北,远行辞密亲。借问阴山侯,还知塞上人。
(《摩多楼子》)

相和六引古辞无存。其十五曲中,惟《江南》《薤露》《蒿里》《东光》《鸡鸣》《乌生》《平陵东》《陌上桑》为古辞,余则曹魏二帝作也。吟叹四曲中,惟《王子乔》为古辞,余则晋石崇作也。三调诸曲,古辞或存或不存,其见于魏晋乐所奏者,皆为近古,率多就本辞增减字句以就声律而分解以奏之。大抵古辞多朴拙挚厚,《国风》之遗,后人拟作,则或变新意为之,又复展转相拟,别立新题,辞或加工,而气则靡矣。甄录数章:

东光乎,仓梧何不乎。仓梧多腐粟,无益诸军粮。诸

军游荡子，早行多悲伤。(《东光》古辞)

薤上露，何易晞！露晞明朝更复落，人死一去何时归！(《薤露》古辞。《薤》《蒿》二篇，魏乐所奏，皆为改制者。)

蒿里谁家地，聚敛魂魄无贤愚。鬼伯一何相催促，人命不得少踟蹰。(《蒿里》古辞)

鸡鸣高树巅，狗吠深宫中。荡子何所之？天下方太平。刑法非有贷，柔协正乱名。黄金为君门，碧玉为轩闱。堂上有樽酒，作使邯郸倡。刘王碧青甍，后出郭门王。舍后有方池，池中双鸳鸯。鸳鸯七十二，罗列自成行。鸣声何啾啾，闻我殿东厢。兄弟四五人，皆为侍中郎。五日一时来，观者满路旁。黄金络马头，颎颎何煌煌！桃生露井上，李树生桃旁。虫来啮桃根，李树代桃殭。树木身相代，兄弟还相忘。(《鸡鸣》古辞)

乌生八九子，端坐秦氏桂树间。唶我秦氏家，有游遨荡子，工用睢阳强，苏合弹。左手持强弹两丸，出入乌东西。唶我！一丸即发中乌身，乌死魂魄飞扬上天。阿母生乌子，乃在南山岩石间。唶我人民，安知乌子处？蹊径窈窕安从通？白鹿乃在上林西苑中，射工尚复得白鹿脯。唶我黄鹄摩天极高飞，后宫尚复得烹煮之。鲤鱼乃在洛水深渊中，钓钩尚得鲤鱼口。唶我人民生，各各有寿命，死生何须复道前后？(《乌生》古辞)

平陵东，松柏桐，不知何人劫义公。劫义公，在高堂

下，交钱百万两走马。两走马，亦诚难。顾见追吏，心中恻。心中恻，血出漉，归告我家卖黄犊。(《平陵东》古辞)

王子乔，参驾白鹿云中遨。参驾白鹿云中遨，下游来，王子乔。参驾白鹿上至云，戏游遨，上建逋阴广里践近高，结仙宫，过谒三台。(数句难读)东游四海五岳山，过蓬莱紫云台。三王五帝不足令，令我圣明应太平。养民若子事父明，当究天禄永康宁。玉女罗坐，吹笛箫。嗟行圣人游八极，鸣吐衔福翔殿侧。圣主享万年，悲吟皇帝延寿命。(《王子乔》古辞。篇中颂圣及末祝延寿语，乐人所加。)

吾欲上谒从高山，山头危险大难言。遥望五岳端，黄金为阙班璘。但见芝草，叶落纷纷。(一解)百鸟集，来如烟。山兽纷纶麟辟邪，其端鹍鸡声鸣。但见山兽援戏，相拘攀。(二解)小复前行玉堂，未心怀流还。传教出门来，门外人何求？所言欲从圣道，求一得命延。(三解)教敕凡吏受言，采取神药若木端，白兔长跪捣药虾蟆丸。奉上陛下一玉柈，服此药可得神仙。(四解)服尔神药，莫不欢喜。陛下长生老寿。四面肃肃稽首。天神拥护左右。陛下长与天相保守。(五解)(清调曲《董逃行》古辞。此与《王子乔》皆托游仙之意以祝君寿，率乐人所为。)

相逢狭路间，道隘不容车。不知何年少，夹毂问君家。君家诚易知，易知复难忘。黄金为君门，白玉为君堂。堂上置樽酒，作使邯郸倡。中庭生桂树，华灯何煌煌。兄弟两三人,中子为侍郎。五日一来归,道上自生光。黄金络马头,观者盈道旁。入门时左顾,但见双鸳鸯。鸳鸯七十二,罗列自成行。音声何雝雝,鹤鸣东西厢。大妇织绮罗,中妇织流黄。小妇无所为,挟瑟上高堂。丈人且安坐,调丝方未央。(同上《相逢行》古辞。《乐府解题》云:"古词文意与《鸡鸣》同。"后又变为《长安有狭斜行》《三妇艳诗》。)

来日大难,口燥唇干。今日相乐,皆当喜欢。(一解)经历名山,芝草翻翻。仙人王乔,奉药一丸。(二解)自惜袖短,纳手知寒。惭无灵辄,以报赵宣。(三解)月没参横,北斗阑干。亲交在门,饥不及餐。(四解)欢日尚少,戚日苦多。以何忘忧,弥筝酒歌。(五解)淮南八公,要道不烦。参驾六龙,游戏云端。(瑟调曲《善哉行》古辞)

天上何所有?历历种白榆。桂树夹道生,青龙对道隅。凤皇鸣啾啾,一母将九雏。顾视世间人,为乐甚独殊。好妇出迎客,颜色正敷愉。伸腰再拜跪,问客平安不。请客北堂上,坐客毡氍毹。清白各异樽,酒上正华疏。酌酒持与客,客言主人持。却略再拜跪,然后持一杯。谈笑未及竟,左顾敕中厨。促令办麤饭,慎莫使稽留。废礼送客出,盈盈府中趋。送客亦不远,足不过门枢。取妇得如此,齐姜亦不如。健妇持门户,一胜一丈夫。(同上《陇西行》古辞)

妇病连年累岁,传呼丈人前一言。当言未及得言,不知泪下一何翩翩。属累君两三孤子,莫我儿饥且寒。有过慎莫笪笞。行当折摇，思复念之。乱曰：抱时无衣，襦复无里。闭门塞牖，舍孤儿到市。道逢亲交，泣坐不能起。从乞求与孤买饵，对交啼泣，泪不可止。我欲不伤悲，不能已。探怀中钱持授交。入门见孤儿，啼索其母抱。徘徊空舍中，行复尔耳，弃置勿复道。（同上《妇病行》古辞）

孤儿生，孤子遇生，命当独苦。父母在时，乘坚车，驾驷马。父母已去，兄嫂令我行贾。南到九江，东到齐与鲁。腊月来归，不敢自言苦。头多虮虱，面目多尘。大兄言办饭，大嫂言视马。上高堂，行取殿下堂，孤儿泪下如雨。使我朝行汲，暮得水来归。手为错，足下无菲。怆怆履霜，中多蒺藜。拔断蒺藜肠肉中，怆欲悲。泪下渫渫，清涕累累。冬无复襦，夏无单衣。居生不乐，不如早去，下从[1]地下黄泉。春气动，草萌芽。三月蚕桑，六月收瓜。将是瓜车，来到还家。瓜车反复，助我者少，啖瓜者多。愿还我蒂，兄与嫂严，独且急归。当与校计。乱曰：里中一何譊譊！愿欲寄尺书，将与地下父母，兄嫂难与久居。（同上《孤儿行》古辞。上三篇皆琐述民俗，真古辞也。）

飞来双白鹄，乃从西北来。十十五五，罗列成行。（一解）妻卒被病，行不能相随。五里一反顾，六里一徘徊。（二解）吾欲衔汝去，口噤不能开。吾欲负汝去，毛羽何摧颓。（三

---

[1] 下从　底本脱，据《乐府诗集》（P.567）补。

解）乐哉新相知，忧来生别离。踌躇顾群侣，泪下不自知。（四解）念与君离别，气结不能言。各各重自爱，远道归还难。妾当守空房，闭门下重关。若生当相见，亡者会黄泉。今日乐相乐，延年万岁期。（念与下为趋）（同上《艳歌何尝行》四解。末二句乐人所加。）

相和曲就本辞增减以就声律者，多属乐人所为，其辞每流于冗漫。甄录数章：

对酒当歌，人生几何！譬如朝露，去日苦多。（一解）慨当以慷，忧思难忘。以何解愁，唯有杜康。（二解）青青子衿，悠悠我心。但为君故，沈吟至今。（三解）明明如月，何时可辍？忧从中来，不可断绝。（四解）呦呦鹿鸣，食野之苹。我有嘉宾，鼓瑟吹笙。（五解）山不厌高，水不厌深。周公吐哺，天下归心。（六解）（平调曲[1]《短歌行》二首六解，魏武帝本辞较多数句。）

北上太行山，艰哉何巍巍！人行山，艰哉何巍巍！羊肠坂诘屈，车轮为之摧。（一解）树木何萧瑟，北风声正悲。何萧瑟，北风声正悲。熊罴对我蹲，虎豹夹道啼。（二解）溪谷少人民，雪落何霏霏！少人民，雪落何霏霏！延颈长

---

[1] 平调曲　底本作"四弦曲"。按：《短歌行》为平调七曲之一，据改。

叹息，远行多所怀。（三解）我心何怫郁，思欲一东归。何怫郁，思欲一东归。水深桥梁绝，中道正徘徊。（四解）迷惑失径路，瞑无所宿栖。失径路，瞑无所宿栖。行行日以远，人马同时饥。（五解）担囊行取薪，斧冰持作糜。担囊行取薪，斧冰持作糜。悲彼东山诗，悠悠使我哀。（六解）（清调曲[1]《苦寒行》二首六解。魏文帝本辞每解中无叠句。）

出西门，步念之。今日不作乐，当待何时？（一解）夫为乐，为乐当及时。何能坐愁怫郁，当复待来兹！（二解）饮醇酒，炙肥牛。请呼心所欢，可用解愁忧。（三解）人生不满百，常怀千岁忧。昼短而夜长，何不秉烛游！（四解）自非仙人王子乔，计会寿命难与期！自非仙人王子乔，计会寿命难与期！（五解）人寿非金石，年命安可期？贪财爱惜费，但为后世嗤。（瑟调曲《西门行》六解，古诗本辞较此为简。）

皑如山上雪，皎若云间月。闻君有两意，故来相决绝。（一解）平生共城中，何尝斗酒会？今日斗酒会，明旦沟水头。蹀躞御沟上，沟水东西流。（二解）郭东亦有樵，郭西亦有樵。两樵相推与，无亲为谁骄？（三解）凄凄重凄凄，嫁娶亦不啼。愿得一心人，白头不相离。（四解）竹竿何袅袅！鱼尾何簁簁！男儿欲相知，何用钱刀为？跂如马噉

---

[1] 清调曲　底本作"平调曲"。按：《苦寒行》为清调六曲之一，据改。

萁，川上高士嬉。今日相对乐，延年万岁期。（五解）（楚调曲《白头吟》二首五解，本辞相传卓文君作，改作后语殊冗杂，末尤无理。）

魏晋乐所奏相和曲，出魏氏三祖所作者，意多夸饰。如《度关山》《薤露》《蒿里》《陌上桑》《对酒》《善哉行》《苦寒行》《棹歌行》等。或托神仙，如《气出唱》《精列》《秋胡行》等。殊少生气。惟时有抒感慨者，尚可观耳。如《短歌行》《燕歌行》《塘上行》《步出夏门行》《却东西门行》《艳歌何尝行》《煌煌京洛行》等。其他拟作，在魏则曹植、王粲为工；晋则陆机为工，傅玄为拙；南北朝则鲍照、谢灵运、萧子显、沈约、江淹、张正见、庾信、王褒等，均可观；唐则李白、张籍、李贺为胜。大抵各随其时代风格以为转移，不必尽播丝管也。辞繁不具录。

相和曲中诸题，多由旧曲展转相拟别生新题。如由《薤露》生《惟汉行》，曹植作。由《陌上桑》生《日出东南隅行》，陆机作。由《长歌行》生《鰕䱇篇》，曹植作。由《从军行》生《苦哉远征人》，鲍溶作。由《苦寒行》生《吁嗟篇》，曹植作。由《相逢行》《长安有狭斜行》生《三妇艳》，刘铄等作。由《塘上行》生《蒲生行浮萍篇》，曹植作。由《善哉行》生《日苦短》，曹植作。由《陇西行》生《步出夏门行》，魏武帝、明帝作。由《西门行》《东门行》生《却东西门行》魏武帝作。《顺东西门行》，陆机作。由《野田黄雀行》生《置酒高殿上》，张正见作。由《艳歌何尝行》生《飞来双白鹄》，吴迈远作。由《门有车马客行》生《墙上难用趋行》，傅玄作。由《怨诗行》生《明月照高楼》，梁武帝作。辞繁不具录。

杂曲及杂题中类于相和曲者，体制情韵均相同。惟杂题诸曲出自唐人，格律稍近耳。各甄录数章：

> 昭昭素明月，辉光烛我床。忧人不能寐，耿耿夜何长！微风吹闺闼，罗帷自飘扬。揽衣曳长带，屣履下高堂。东西安所之？徘徊以彷徨。春鸟翻南飞，翩翩独翱翔。悲声命俦匹，哀鸣伤我肠。感物怀所思，泣涕忽沾裳。伫立吐高吟，舒愤诉穹苍。（杂曲《伤歌行》古辞）

> 悲歌可以当泣，远望可以当归。思念故乡，郁郁累累。欲归家无人，欲渡河无船。心思不能言，肠中车轮转。（同上《悲歌》古辞）

> 水中之马必有陆地之船，但有意气，不能自前。心非木石，荆根株数，得覆盖天，当复思。东流之水必有西上之鱼，不在大小，但有朝于复来。长笛续短笛，欲今皇帝陛下三千万[1]。（同上《前缓声歌》古辞。末祝寿语同相和曲，余亦相类。）

> 东飞伯劳西飞燕，黄姑织女时相见。谁家儿女对门居，开颜发艳照里间。南窗北牖桂月光，罗帷绮帐脂粉香。女

---

[1] 三千万　底本"三千万"下衍"岁"字，据《乐府诗集》（P.945）删。

儿年几十五六，窈窕无双颜如玉。三春已暮花从风，空留可怜谁与同。（同上《东飞伯劳歌》古辞）

始出上西门，遥望秦氏庐。秦氏有好女，自名为女休。休年十四五，为宗行报雠。左执白杨刃，右据宛鲁矛。雠家便东南，仆[1]僵秦女休。女休西上山，上山四五里。关吏呵问女休，女休前置辞：平生为燕王妇，于今为诏狱囚。平生衣参差，当今无领襦。明知杀人当死，兄言快快，弟言无道忧。女休坚辞：为宗报雠死不疑。杀人都市中，徼我都巷西。丞卿罗，东向坐，女休凄凄曳梏前。两徒夹我持刀，刀五尺余。刀未下，朣胧击鼓赦书下。（同上左延年《秦女休行》）

昔有霍家奴，姓冯名子都。依倚将军势，调笑酒家胡。胡姬年十五，春日独当垆。长裙连理带，广袖合欢襦。头上蓝田玉，耳后大秦珠。两鬟何窈窕，一世良所无。一鬟五百万，两鬟千万余。不意金吾子，娉婷过我庐。银鞍何煜爚，翠盖空踟蹰。就我求清酒，丝绳提玉壶。就我求珍肴，金盘脍鲤鱼。贻我青铜镜，结我红罗裾。不惜红罗裂，何论轻贱躯。男儿爱后妇，女子重前夫。人生有新故，贵贱不相踰。多谢金吾子，私爱徒区区。（同上辛延年《羽林郎》。上两篇述故事略同相和曲《陌上桑》。）

---

[1] 仆　底本脱，据《乐府诗集》（P.886）补。

龙欲升天须浮云，人之仕进待中人。众口可以铄金，谗言三至，慈母不亲。愤愤俗间，不辨伪真。愿欲披心自说陈，君门以九重，道远河无津。（同上曹植《当墙欲高行》）

种葛南山下，葛藟自成阴。与君初婚时，结发恩义深。欢爱在枕席，宿昔同衣衾。窃慕棠棣篇，好乐和瑟琴。行年将晚暮，佳人怀异心。恩纪旷不接，我情遂抑沈。出门当何顾？徘徊步北林。下有交颈兽，仰见双栖禽。攀枝长叹息，泪下沾罗襟。良马知我悲，延颈待我吟。昔为同池鱼，今为商与参。往古皆欢遇，我独困于今。弃置委天命，悠悠安可任。（同上曹植《种葛篇》）

命驾登北山，延伫望城郭。廛里一何盛，街巷纷漠漠。甲第崇高闼，洞房结阿阁。曲池何湛湛，清川带华薄。邃宇列绮窗，兰室接罗幕。淑貌色斯升，哀音承颜作。人生盛行迈，容华随年落。善哉膏粱士，营生奥且博。宴安消灵根，酖毒不可恪。无以肉食资，取笑葵与藿。（同上陆机《君子有所思行》）

中庭五株桃，一株先作花。阳春妖冶二三月，从风簸荡落西家。西家思妇见悲惋，零泪沾衣抚心叹。初我送君出户时，何言淹留节回换。床席生尘明镜垢，纤腰瘦削蓬发乱。人生不得恒称意，惆怅徙倚至夜半。

刬檗染黄丝，黄丝历乱不可治。我昔与君始相值，尔时自谓可君意。结带与我言，死生好恶不相置。今日见我

颜色衰,意中索寞与先异。还君金钗瑇瑁簪,不忍见之益愁思。(同上鲍照《行路难》十九首之二)

轻薄儿,白如玉,紫陌春风缠马足。双镫悬金缕鹘飞,长衫刺雪生犀束。绿槐夹道阴初成,珊瑚几节敌流星。红肌拂拂酒光狞,当街背拉金吾行。朝游冬冬鼓声发,暮游冬冬鼓声绝。入门不肯自升堂,美人扶踏金阶月。(乐府杂题顾况《公子行》)

黑云兵气射天裂,壮士朝眠梦冤结。祖龙一夜死沙丘,胡亥空随鲍鱼辙。腐肉偷生二千里,伪书先赐扶苏死。墓接骊山土未干,瑞光已向芒砀起。陈胜城中鼓三下,秦家天地如崩瓦。龙蛇撩乱入咸阳,少帝空随汉家马。(同上韦楚老《祖龙行》)

君不见吴王宫阁临江起,不卷珠帘见江水。晓气晴来双阙间,潮声夜落千门里。句践城中非旧春,姑苏台下起黄尘。只今惟有西江月,曾照吴王宫里人。(同上卫万《吴宫怨》)

夫是田中郎,妾是田中女。当年嫁得君,为君秉机杼。筋力日已疲,不息窗下机。如何织纨素,自着蓝缕衣。官家榜村路,更索栽桑树。(同上孟郊《织妇词》)

世间娶容非娶妇,中庭牡丹胜松树。九衢大道人不行,走马奔车逐斜路。斜路行熟直路荒,东西岂是横太行。南楼弹弦北户舞,行人到此多彷徨。头白如丝面如茧,亦学

少年行不返。纵令自解思故乡，轮折蹄穿[1]白日晚。谁将古曲换斜音，回取行人斜路心。（同上王建《斜路行》）

章华宫中九月时，桂花半落红橘垂。江头骑火照辇道，君王夜从云梦归。霓旌凤盖到双阙，台上重重歌吹发。千门万户开相当，烛笼左右列成行。下辇更衣入洞房，洞房侍女尽焚香。玉阶罗幕微有霜，齐言此夕乐未央。玉酒湛湛盈华觞，丝竹次第鸣中堂。巴姬起舞向君王，回身垂手结明珰。愿君千年万年寿，朝出射麋夜饮酒。（同上张籍《楚宫行》）

月漉漉，波咽玉。莎青桂花繁，芙蓉别江木。粉态夹罗寒，雁羽铺烟湿。谁能看石帆，乘船镜中入。秋白鲜红死，水香莲子齐。挽菱隔歌袖，绿刺冒银泥。（同上李贺《月漉漉篇》）

清商曲中，吴声、西曲皆南讴，多男女情思之辞，其风气之靡曼使然也。《子夜》《读曲》诸歌，《石城》《襄阳》诸乐，冶丽缠绵，比于郑卫桑濮之音，以视梁横吹，迥不侔矣。殆所谓"好滥""趋数"者欤！至篇中时假同声之字以为谲语双关，颇近纤巧，然有别于文人之工丽也。甄录数章：

---

[1] 轮折蹄穿　底本作"轮蹄折穿"，据《乐府诗集》（P.1324）改。

落日出门前，瞻瞩见子度。冶容多姿鬓，芳香已盈路。
　　芳是香所为，冶容不敢当。天不夺人愿，故使侬见郎。
　　宿昔不梳头，丝发披两肩。婉伸郎膝上，何处不可怜！
　　始欲识郎时，两心望如一。理丝入残机，何悟不成匹！
　　今夕已欢别，合会在何时？明灯照空局，悠然未有期[1]。
　　高山种芙蓉，复经黄檗坞。果得一莲时，流离婴辛苦。
　　郎为旁人取，负侬非一事。摛门不安横，无复相关意。
　　感欢初殷勤，叹子后辽落。打金侧瑇瑁，外艳里怀薄。
　　擥裙未结带，约眉出前窗。罗裳易飘扬，小开骂春风。
　　夜长不得眠，明月何灼灼。想闻散唤声，虚应空中诺。（吴声《子夜歌》四十二首之十）

　　侬本是萧草，持作兰桂名。芬芳顿交盛，感郎为上声。
　　褌裆与郎着，反绣持贮里。汗污莫溅浣，持许相存在。（同上《上声歌》八首之二）

　　忧思出门倚，逢郎前溪度。莫作流水心，引新都舍故。
　　黄葛结蒙茏，生在洛溪边。花落逐水去，何当顺流还，还亦不复鲜。
　　黄葛生烂熳，谁能断葛根。宁断娇儿乳，不断郎殷勤。（同上《前溪歌》七首之三）

　　阿子复阿子，念汝[2]好颜容。风流世希有，窈窕无人双。（同

---

[1] 期　底本作"棋"，据《乐府诗集》（P.642）改。
[2] 汝　底本作"我"，据《乐府诗集》（P.658）改。

上《阿子歌》三首之一）

　　黄生无诚信，冥强将侬期。通夕出门望，至晓竟不来。

　　崔子信桑条，馁去都馁还。为欢复摧折，命生丝发间。（同上《黄生曲》三首之二）

　　碧玉破瓜时，相为情颠倒。感郎不羞郎，回身就郎抱。（同上《碧玉歌》二首之一）

　　江陵去扬州，三千三百里。已行一千三，所有二千在。

　　我有一所欢，安在深阁里。桐树不结花，何由得梧子。

　　月落天欲曙，能得几时眠。凄凄下床去，侬病不能言。

　　山头草，欢少。四面风，趣使侬颠倒。（同上《懊侬歌》十四首之四）

　　华山畿，君既为侬死，独生为谁施？欢若见怜时，棺木为侬开。

　　夜相思，投壶不停箭，忆欢作娇时。

　　懊恼不堪止，上床解要绳，自经屏风里。

　　别后常相思，顿书千丈阙，题碑无罢时。

　　相送劳劳渚，长江不应满，是侬泪成许。（同上《华山畿》二十五首之五）

　　思欢久，不爱独枝莲，只爱同心藕。

　　婆拖何处归，道逢播掿郎。口朱脱去尽，花钗复低昂。

　　怜欢敢唤名，念欢不呼字。连唤欢复欢，两誓不相弃。

　　白门前，乌帽白帽来。白帽郎，是侬良，不知乌帽郎是谁。

自从别郎后，卧宿头不举。飞龙落药店，骨出只为汝。

诈我不出门，冥就他侬宿。鹿转方相头，丁倒欺人目。

空中人，住在高墙深阁里。书信了不通，故使风往尔。

一夕就郎宿，通夜语不息。黄檗万里路，道苦真无极。（同上《读曲歌》八十九首之八）

左亦不佯佯，右亦不翼翼。仙人在郎旁，玉女在郎侧。酒无沙糖味，为他通颜色。（同上《神弦歌·圣郎曲》）

开门白水，侧近桥梁。小姑所居，独处无郎。（同上《青溪小姑曲》）

生长石城下，开窗对城楼。城中诸少年，出入见侬投。

闻欢远行去，相送方山亭。风吹黄檗藩，恶闻苦离声。（西曲《石城乐》五首之二）

可怜乌臼鸟，强言知天曙。无故三更啼，欢子冒暗去。

远望千里烟，隐当在欢家。欲飞无两翅，当奈独思何。（同上《乌夜啼》八首之二）

莫愁在何处？莫愁石城西。艇子打两桨，催送莫愁来。

闻欢在扬州，相送楚山头。探手抱腰看，江水断不流。（同上《莫愁乐》二首）

朝发襄阳城，暮至大堤宿。大堤诸女儿，花艳惊郎目。

扬州蒲锻环，百钱两三丛。不能买将还，空手揽抱侬。（同上《襄阳乐》九首之二）

蚕生春三月，春桑正含绿。女儿采春桑，歌吹当春[1]曲。

语欢稍养蚕，一头养百堰。奈当黑瘦尽，桑叶常不周。（同上《采桑度》七首之二）

青骢白马紫丝缰，可怜石桥恨柏梁。

系马可怜着长松，游戏徘徊五湖中。

问君可怜六萌车，迎取窈窕西曲娘。（同上《青骢白马》八曲之三）

凄凄烈烈，北风为雪。船道不通，步道断绝。

吴中细布，阔幅长度。我有一端，与郎作袴。

微物虽轻，拙手所作。余有三丈，为郎别厝。

制为轻巾，以奉故人。不持作好，与郎拭尘。

东平刘生，复感人情。与郎相知，当解千龄。（同上《安东平》五曲）

巴东三峡猿鸣悲，夜鸣三声泪沾衣。

我欲上蜀蜀水难，蹋蹀珂头腰环环。（同上《女儿子》二曲）

湖中百种鸟，半雌半是雄。鸳鸯逐野鸭，恐畏不成双。（同上《夜黄》一曲）

朱丝系腕绳，真如白雪凝。非但我言好，众情共所称。

新罗绣行缠，足趺如春妍。他人不言好，独我知可怜。

---

[1] 春　底本作"初"，据《乐府诗集》（P.709）改。

（同上《双行缠》二曲）

  日从东方出，团团鸡子黄。夫归恩情重，怜欢故在旁。
  暂请半日给，徙倚娘店前。目作宴瞋饱，腹作宛恼饥。
（同上《西乌夜飞》五曲之二）

  美人绵眇在云堂，雕金镂竹眠玉床，婉爱寥亮绕红梁。绕红梁，流月台。驻狂风，郁徘徊。（《江南弄》梁武帝《龙笛曲》）

  阳台氤氲多异色，巫山高高上无极，云来云去长不息。长不息，梦来游极万世，度千秋。（同上沈约《朝云曲》）

  凤台上，两悠悠。云之际，神光朝天极。华盖遏延州，羽衣昱耀，春吹去复留。（《上云乐》梁武帝《凤台曲》）

杂曲及杂歌中类于吴声、西曲者，体制情韵亦相同。更各审其题及作者，约略区之。甄录数章：

  逆浪故相邀，菱舟不怕摇。妾家扬子住，便弄广陵潮。（杂曲《长十曲》古辞）

  春尽风飒飒，兰凋木修修。王孙久为客，思君徒自忧。（同上王融《思公子》）

  迢递楼雉悬，参差台观杂。城阙自相望，云霞纷飒沓。（同上宗夬《荆州乐》）

  丝管列，舞席陈，含声未奏待嘉宾。罗丝管，舒舞席，

敛袖嘿唇迎上客。(同上徐勉《迎客曲》)

我乘油壁车,郎乘青骢马。何处结同心,西陵松柏下。(杂歌《苏小小歌》古辞)

白日照前窗,玲珑绮罗中。美人掩轻扇,含思歌春风。(同上鲍照《中兴歌》十首之一)

滟滪大如马,瞿塘不可下。

滟滪大如牛,瞿塘不可流。(同上《滟滪歌》二首)

巴东三峡巫峡长,猿鸣三声泪沾裳。

巴东三峡猿鸣悲,猿鸣三声泪沾衣。(同上《巴东三峡歌》二首)

古琴曲不必有辞,盖以声写心,意在言外也。自后人揣古人之意,别制为辞,而与古离矣。今所传上古圣贤之作,多不足信。其后人出以咏叹者,又非琴之本曲,是此类之辞,几无可录矣。无已,姑就其传之可疑较少者,甄录数章:

奕奕天门开,大魏应期运。青盖巡九州,在东西人怨。士为知己死,女为悦者玩。恩义苟潜畅,他人岂能乱。(阮瑀《琴歌》)

昔闻孟津河,千里作一曲。此水本自清,是谁乱使浊。

北园有枣树,布叶垂重阴。外虽多棘荆,内实有赤心。(赵整《琴歌》二首)

阿得脂,阿得脂,博劳旧父是仇绥。尾长翼短不能飞,远徙种人留鲜卑。一旦缓急语阿谁？(同上)

龙宫月明光参差,精卫衔石东飞[1]时。鲛人织绡采藕丝,翻江倒汉倾吴蜀。汉女江妃杳相续,龙王宫中水不足。(顾况《龙宫操》)

苔衣牛,花露滴,月入西林荡东壁。扣商占角两三声,洞户溪窗一冥寂。独去沧洲无四邻,身婴世网此何身。关情命曲寄惆怅,久别江南山里人。(顾况《幽居弄》)

近代曲者,古乐之变也。其迹之显者,在文字声律之演进,由拗而入谐;其隐者,则乐曲调律之渊源,用夷以变夏。盖古无四声之目,而字读之长短抗坠,自然而分。至齐梁间,谢朓、王融、周颙、沈约辈,诗文皆用宫商,以平上去入为四声,世称"永明体"。见《南齐书·陆厥传》。沈约复撰《四声谱》,创为四声八病之说,以为在昔词人,累千载而不寤,而彼独穷其妙旨。所谓"宫羽相变,低昂舛节,前有浮声,后须切响,一简之内,音韵尽殊,两句之中,轻重悉异",见《宋书·谢灵运传论》。流风所播,作者竞兴。故梁陈以降,诗体　变。隋唐则益加丽密,浸成唐代之律体诗,面目声情,遂大异于古。至九部十部之乐,本大半为胡声。详前。作曲者,或按调而制新辞,或援辞以入

---

[1] 飞　底本作"归",据《乐府诗集》(P.879)改。

旧调。辞短而声促者，则尽于一章；如《昆仑子》《穆护砂》《戎浑》《破阵乐》等。意冗而调繁者，则叠为多遍。如《水调歌》《凉州歌》《太和》《伊州歌》等。今检近代诸曲，多属五六七言之律绝诗；由是而杂和声歌之，复并和声作实字，长短其句以就曲拍，而晚唐北宋之令引近慢诸词迤逦出矣。故近代曲一类，处于承先启后之关键，而实为乐府之重心，不可忽视者也。甄录数章：

垂柳覆金堤，蘼芜叶复齐。水溢芙蓉沼，花飞桃李溪。采桑秦氏女，织锦窦家妻。关山别荡子，风月守空闺。恒敛千金笑，长垂双玉啼。盘龙随镜隐，彩凤逐帷低。飞魂同夜鹊，倦寝[1]忆晨鸡。暗牖悬蛛网，空梁落燕泥。前年过代北，今岁忆辽西。一去无消息，那能惜马蹄。(薛道衡《昔昔盐》(赵嘏复衍此为《昔昔盐》二十首。))

普书杜绝白狼西，桃李无颜黄鸟啼。寒雁春深归去尽，出门肠断草萋萋。(《盖罗缝》二首之一)

秋来四面足风沙，塞外征人暂别家。千里不辞行路远，时光早晚到天涯。(《破阵乐》)

雕弓白羽猎初回，薄夜牛羊复下来。梦水河边秋草合，黑山峰外阵云开。(《水鼓子》)

天边物色更无春，只有羊群与马群。谁家营里吹羌笛，

---

[1] 寝  底本作"寖"，据《乐府诗集》(P.1109)改。

哀怨教人不忍闻。(《镇西》二首之一)

回乐峰前沙似雪,受降城外月如霜。不知何处吹芦管,一夜征人尽望乡。(《婆罗门》)

杨柳青青江水平,闻郎江上唱歌声。东边日出西边雨,道是无情还有情。(刘禹锡《竹枝》二之一)

一树春风万万枝,嫩于金色软于丝。永丰西角荒园里,尽日无人属阿谁。(白居易《杨柳枝》)

九曲黄河万里沙,浪淘风簸自天涯。如今直上银河去,同到牵牛织女家。(刘禹锡《浪淘沙》九首之一)

饮啄蓬山最上头,和烟飞下禁城秋。曾将弄玉归云去,金翻斜开十二楼。(滕潜《凤归云》二首之一)

千里枫林烟雨深,无朝无暮有猿吟。停桡静听曲中意,好是云山韶濩音。(元结《欸乃曲》五首之一)

## 以上七言

玉管朝朝弄,清歌口口新。折花当驿路,寄与陇头人。(《穆护砂》)

风劲角弓鸣,将军猎渭城。草枯鹰眼疾,雪尽马蹄轻。(《戎浑》)(截王维诗半首)

云送关西雨[1]，风传渭北秋。孤灯然客梦，塞杵捣乡愁。（《长命女》）

夜闻邻妇泣，切切有余哀。即问缘何事，征人战未回。（《相府莲》）

泪滴珠难尽，容残玉易销。傥随明月去，莫道梦魂遥。（《大酺乐》）

湘江斑竹枝，锦翼鹧鸪飞。处处湘阴合，郎从何处归？（李益《鹧鸪词》）

佳人靓晚妆，清唱动兰房。影入含风扇，声飞照日梁。娇嚬眉际敛，逸韵口中香。自有横陈分，应怜秋夜长。（李百药《火凤辞》二首之一）

春早见花枝，朝朝恨发迟。及看花落后，却忆未开时。幸有抛球乐，一杯君莫辞。（刘禹锡《抛球乐》二首之一）

以上五言

昨日卢梅塞口，整见诸人镇守。都护三年不归，折尽江边杨柳。（《塞姑》）

少年胆气凌云，共许骁雄出群。匹马城南挑战，单刀蓟北从军。一鼓鲜卑送款，五饵单于解纷。誓欲成名报国，

---

[1] 雨　底本作"女"，据《乐府诗集》（P.1129）改。

羞将开口论动。(张说《破阵乐》二首之一)

**以上六言**

自从君去远巡边,终日罗帏独自眠。看花情转切,揽镜泪如泉。一自离君后,啼多双脸穿。何时狂虏灭,免得更留连。(《石州》)

曾闻瀚海使难通,幽闺少妇罢裁缝。缅想边庭征战苦,谁能对镜冶愁容? 久戍人将老,须臾变作白头翁。(《回纥》)

湘水流,湘水流,九疑云物至今愁。君问二妃何处所,零陵香草露中秋。(刘禹锡《潇湘神》二首之一)

江南好,风景旧曾谙。日出江花红胜火,春来江水绿如蓝,能不忆江南!(白居易《忆江南》三首之一)

胡马,胡马,远放燕支山下。跑沙跑雪独嘶,东望西望路迷。迷路,迷路,边草无穷日暮。(韦应物《宫中调笑》二首之一)

**以上长短句。**后人即以此为词调。

汉家宫里柳如丝,上苑桃花连碧池。圣寿已传千岁酒,天文更赏百僚诗。(第一)

朔风吹叶雁门秋,万里烟尘昏戍楼。征马长思青海北,

胡笳夜听陇山头。(第二)

开箧泪沾襦,见君前日书。夜台空寂寞,犹见紫云车。(第三)

三秋陌上早霜飞,羽猎平田浅草齐。锦背苍鹰初出按,五花骢马喂来肥。(排遍第一)

鸳鸯殿里笙歌起,翡翠楼前出舞人。唤上紫微三五夕,圣明方寿一千春。(第二)(《凉州歌》五叠)

以上叠遍

杂曲、杂题及杂歌中类于近代曲者,体制时代均同,归诸近代曲为允。甄录数章:

禁苑百花新,佳期游上春。轻身赵皇后,歌曲李夫人。(杂曲隋炀帝《喜春游歌》二首之一)

青草湖边草色,飞猿岭上猿声。万里三湘客到,有风有雨人行。(同上王建《江南三台》四首之一)

白马金鞍从武皇,旌旗十万宿长杨。楼头小妇鸣筝坐,遥见飞尘入建章。(乐府杂题王昌龄《青楼曲》二首之一)

湘水无潮秋水阔,湘中月落行人发。送人发,送人归,白苹茫茫鹧鸪飞。(同上张籍《湘江曲》)

西塞山前白鹭飞,桃花流水鳜鱼肥。青箬笠,绿蓑衣,

斜风细雨不须归。（杂歌谣张志和《渔父歌》五首之一）

新题乐府之特质，在即事名篇，以托讽兴，盖得《小雅》怨悱之旨。至若元结之《补乐歌》，皮日休之《补九夏歌》，驰心追古，类于束晳之《补亡》；温李诸篇，镂彩摛文，近乎《国风》之好色。形态固殊，而一本温柔敦厚之教，皆诗乐之羽翼也。唐人开风气之先者为杜甫，其《悲陈陶》《悲青坂》《哀江头》《哀王孙》《兵车行》等，皆自出机杼，语重心长，元稹所谓"无复依傍"。而闻风兴起者，至白氏以浅显之笔，托深婉之情，又辟辞人新径矣。甄录数章：

孟冬十郡良家子，血作陈陶泽中水。野旷天清无战声，四万义军同日死。群胡归来血洗箭，仍唱胡歌饮都市。都人回面向北啼，日夜更望官军至。（乐府杂题杜甫《悲陈陶》）

少陵野老吞声哭，春日潜行曲江曲。江头宫殿锁千门，细柳新蒲为谁绿！忆昔霓旌下南苑，苑中万物生颜色。昭阳殿里第一人，同辇随君侍君侧。辇前才人带弓箭，白马嚼啮黄金勒。翻身向天仰射云，一箭正坠双飞翼。明眸皓齿今何在？血污游魂归不得。清渭东流剑阁深，去住彼此无消息。人生有情泪沾臆，江水江花岂终极！黄昏胡骑尘满城，欲往城南望城北。（同上杜甫《哀江头》）

吾闻黄帝鼓清角，弭伏熊罴舞玄鹤。舜持干羽苗革心，尧用咸池凤巢阁。大夏濩武皆象功，功多已讶玄功薄。汉祖过沛亦有歌，秦王破阵非无作。作之宗庙见艰难，作之军旅传糟粕。明皇度曲多新态，宛转侵淫[1]易沉着。赤日桃李取花名，霓裳羽衣号天落。雅弄虽云已变乱，夷音未得相参错。自从胡骑起烟尘，毛毳腥膻满咸洛。女为胡妇学胡妆，伎进胡音务胡乐。火凤声沉多咽绝，春莺啭罢长萧索。胡音胡骑与胡妆，五[2]十年来竞纷泊。（新题乐府元稹《法曲》）

天宝欲末胡欲乱，胡人献女能胡旋。旋得明王不觉迷，妖胡奄到长生殿。胡旋之义世莫知，胡旋之容我能传。蓬断霜根羊角疾，竿戴朱盘火轮炫。骊珠迸珥逐飞星，虹晕轻巾掣流电。潜鲸暗翕笪波海，回风乱舞当空霰。万过其谁辨终始，四座安能分背面。才人观者相为言，承奉君恩在圆变，是非好恶随君口，南北东西逐君眄。柔软依身着佩带，徘徊绕指同环钏。佞臣闻此心计回，荧惑君心君眼眩。君言似曲屈为钩，君言好直舒为箭。巧随清影触处行，妙学春莺百般啭。倾天侧地用君力，抑塞周旋恐君见。翠华南幸万里桥，玄宗始悟坤维转。寄言旋目与旋心，有国有家当共谴。（同上元稹《胡旋女》）

海漫漫，其下无底旁无边。云涛烟浪最深处，人传中

---

[1] 淫　底本作"摇"，据《乐府诗集》（P.1352）改。
[2] 五　底本脱，据《乐府诗集》（P.1352）补。

有三神山。山上多生不死药,服之羽化为天仙。秦皇汉武信此语,方士年年采药去。蓬莱今古但闻名,烟水茫茫无觅处。海漫漫,风浩浩,眼穿不见蓬莱岛。不见蓬莱不敢归,童男丱女舟中老。徐福文成多诳诞,上元太一虚祈祷。君看骊山顶上茂陵头,毕竟悲风吹蔓草。何况玄元圣祖五千言,不言药,不言仙,不言白日升青天。(同上白居易《海漫漫》)

上阳人,红颜暗老白发新。绿衣监使守宫门,一闭上阳多少春。玄宗末岁初选入,入时十六今六十。同时采择百余人,零落年深残此身。忆昔吞悲别亲族,扶入车中不教哭。皆云入内便承恩,脸似芙蓉胸似玉。未容君王得见面,已被杨妃遥侧目。妒令潜配上阳宫,一生遂向空房宿。秋夜长,夜长无寐天不明。耿耿残灯背壁影,萧萧暗雨打窗声。春日迟,日迟独坐天难暮。宫莺百啭愁厌闻,梁燕双栖老休妒。莺归燕去长悄然,春往秋来不记年。唯向深宫望明月,东西四五百回圆。今日宫中年最老,大家遥赐尚书号。小头鞋履窄衣裳,青黛点眉眉细长。外人不见见应笑,天宝末年时世妆。上阳人,苦最多。少亦苦,老亦苦,少苦老苦两如何?君不见昔时吕向美人赋,又不见今日上阳白发歌!(同上白居易《上阳白发人》)

红线毯,择茧缲丝清水煮,拣丝练线红蓝染。染为红线红于蓝,织作披香殿上毯。披香殿广十丈余,红线织成可殿铺。彩丝茸茸香拂拂，线软花虚不胜物。美人踏上歌舞来，罗袜绣鞋随步没。太原毯涩毳缕硬，蜀都褥薄锦花冷。不如此毯温且柔，年年十月来宣州。宣城太守加样织，自谓为臣能竭力。百夫同担进宫中，线厚丝多卷不得。宣城太守知不知？一丈毯，千两丝。地不知寒人要暖，少夺人衣作地衣！（同上白居易《红线毯》）

草茫茫，土苍苍。苍苍茫茫在何处，骊山脚下秦皇墓。墓中下锢三重泉，当时自以为深固。下流水银象江海，上缀珠光作乌兔。别为天地于其间，拟将富贵随身去。一朝盗掘坟陵破，龙椁神堂三月火。可怜宝玉归人间，暂借泉中买身祸。奢者狼藉俭者安，一凶一吉在眼前。凭君回首向南望，汉文葬在霸陵原。（同上白居易《草茫茫》）

援车登陇坂，穷高遂停驾。延望戎狄乡，巡回复悲咤。滋移有情教，草木犹可化。圣贤礼让风，何不遍西夏？父子忍猜害，君臣敢欺诈。所适令若斯，悠悠欲安舍[1]。（新乐府元结《系乐府》第二篇《陇上叹》）

谁知苦贫夫，家有愁怨妻。请君听其词，能不为酸嘶！所怜抱中儿，不如山下麑。空念庭前地，化为人吏蹊。出门望山泽，回顾心复迷。何时见府主，长跪向之啼。（同上第六篇《贫妇词》）

---

[1] 悠悠欲安舍　底本作"悠悠安可舍"，据《乐府诗集》（P.1339）改。

秋深橡子熟，散落榛芜岗。伛伛黄发媪，拾之践晨霜。移时始盈掬，尽日方满筐。几曝复几蒸，用作三冬粮。山前有熟稻，紫穗袭人香。细获又精舂，粒粒如玉珰。持之纳于官，私室无仓箱。如何一石余，只作五斗量。狡吏不畏刑，贪官不避赃。农时作私债，农毕归官仓。自冬及于春，橡实诳饥肠。吾闻田成子，诈仁犹自王。吁嗟逢橡媪，不觉泪沾裳！（新乐府皮日休《正乐府》第二篇《橡媪叹》）

夷臣本学外，仍善唐文字。吾人本尚舍，何况夷臣事。所以不学者，反为夷臣戏。所以尸禄人，反为夷臣忌。吁嗟华风衰，何尝不[1]由是！（同上第七篇《颂夷臣》）

细云蟠蟠牙比鱼，孔雀翅尾蛟龙须。章宫旧样博山炉，楚娇捧笑开芙蕖。八盘茧绵小分炷，兽焰微红隔云母。白天月泽寒未冰，金虎含秋向东吐。玉佩珂光铜照昏，帘波日暮冲斜门。西来欲上茂陵树，柏梁已失栽桃魂。露庭月井大红气，轻衫薄细当君意。蜀殿琼人伴夜深，金銮不问残灯事。何当巧吹君怀度，襟灰为土填清露。（乐府杂题李商隐《烧香曲》）

蔷薇泣幽素，翠带花钱小。娇郎痴若云，抱日西帘晓。枕是龙宫石，割得秋波色。玉簟失柔肤，但见蒙罗碧。忆得前年春，未语含悲辛。归来已不见，锦瑟长于人。今日

---

[1] 不　底本脱，据《乐府诗集》（P.1404）补。

涧底松，明日山头檗。愁到天池翻，相看不相识。(同上李商隐《房中曲》)

芳蹊密影成花洞，柳结浓烟香蒂重。蟾蜍碾玉挂明弓，捍拨装金打仙凤。宝枕垂云选春梦，钿合碧寒龙脑冻。阿侯系锦觅周郎，凭仗东风好相送。(同上河内诗李贺《春怀引》)

嫩蝶怜芳抱新蕊，泣露枝枝滴天泪。粉窗香咽颓晓云，锦堆花蜜藏春睡。恋屏孔雀摇金尾，莺舌分明呼婢子。冰洞寒龙半匣水，一只商鸾逐烟起。(同上李贺《静女春曙曲》)

玉妃唤月归海宫，月色澹白涵春空。银河欲转星靥靥，雪浪叠山埋早红。宫花有露如新泪，小苑苒苒入寒翠。绮阁空传唱漏声，网轩未辨凌云字。遥遥珠帐连湘烟，鹤扇如霜金骨仙。碧箫曲尽彩霞动，下视九州皆悄然。秦王女骑红尾凤，半空回首晨鸡弄。雾盖狂尘亿兆家，世人犹作牵情梦。(乐府倚曲温庭筠《晓仙谣》)

南朝天子射雉时，银河耿耿星参差。铜壶漏断梦初觉，宝马尘高人未知。鱼跃莲东荡宫沼，濛濛御柳悬栖鸟。红妆万户镜中春，碧树一声天下晓。盘踞势穷三百年，朱方杀气成愁烟。彗星拂地浪连海，战鼓渡江尘涨天。绣龙画雉填宫井，野火风驱烧九鼎。殿巢江燕砌生蒿，十二金人霜炯炯。芊绵平绿台城基，暖色春空荒古陂。宁知《玉树后庭曲》，留待野棠如雪枝！(同上温庭筠《鸡鸣埭歌》)

家临长信往来道，乳燕双双拂烟草。油壁车轻金犊肥，流苏帐晓春鸡早。笼中娇鸟暖犹睡，帘外落花闲不扫。夭桃一树近前池，似惜红颜镜中老。（同上温庭筠《春晓曲》）

塘水汪汪㲉唼喋，忆上江南木兰楫。绣颈金须荡倒光，团团皱绿鸡头叶。露凝荷卷珠净圆，紫菱刺短浮根鲜。小姑归晚红妆浅，镜里芙蓉照水鲜。东沟潏潏劳回首，欲寄一杯琼液酒。知道无郎却有情，长教月照相思柳。（同上温庭筠《兰塘辞》）

统观上列诸辞，缘情体物，尽绮靡浏亮之能；刻羽引商，极噍杀啴谐之变。庄敬则庙廊钟吕，武健则关塞铙鞞，敖曹则绮席筝琶，幽咽则小窗儿女。岂徒文字？直绘声情。后世风与时迁，艺随代进。虽宋词元曲，体有万殊，而依永和声，理无二致，要必探风人之旨趣，义本"无邪"；推大乐之同和，效归"合爱"。庶几百物皆化，而民治可行，固非第寄风月之怀，纵耳目之好已也。

## 斠律第五

乐教古居六艺,乃学者所通习。自秦火以还,《乐经》不复。汉京诸儒,刻意张皇,而所得弥复破碎。先秦旧籍言律者,今仅存《周官·大宗伯·大司乐》章、《国语》伶州鸠语、《管子·地员篇》、《吕氏春秋·仲夏纪·古乐篇》及《季夏纪·音律篇》而已。《戴记》杂出汉儒,言礼而略于乐。惟河间献王与毛生等共采《周官》及诸子言乐事者以作《乐记》,由王定传之王禹,成帝时献二十四卷记。见《汉书·艺文志》。刘向所校《乐记》二十三篇著于《别录》,而马融断取十一篇以入《戴记》,其存者惟《乐本》《乐论》《乐礼》《乐施》《乐言》《乐象》《乐情》《魏文侯》《宾牟贾》《乐化》《师乙》诸篇,皆属乐之理论;而至要之《奏乐》《乐器》《说律》等之属于器数者,则惟存其目于向录中耳。《月令》出于《吕氏》,马融亦以入于《戴记》,其于乐律语焉不详。惟《淮南》自谓"观天地之象,通古今之事",于《天文训》中著律数及上生下生之法,导源《管》《吕》,而较《管》《吕》为详。于是《史记·律书》因之,京房《律准》推之,《汉书·律历志》、郑玄《周礼注》、《续汉书·律历志》,下及南北朝以次，言乐律者无不本之矣。然而知音者不能言律，言律者未必知音。古人立说，纷纭缴绕，卒难董理，使后学者兴望洋之叹。遂不得不以歌奏之事，托之工伎优伶。又值开通西域以来，胡乐流衍，南北对峙之终，南并于北。故隋唐燕乐九部，舍清商外，皆为胡声。学者于此几不辨今古是非，惟袭谬承讹，缘饰讦就，以付于不可知之数。是以经时愈久，古乐益沉，非朝夕之故也。后代言乐律之书较为周悉者，则有宋蔡元定之《律吕新书》、明郑世子载堉之《律吕精义》、清康熙御定之《律吕正义》、胡彦升之《乐律表微》、江永之《律吕阐微》，至宋陈旸《乐书》及明韩邦奇《苑洛志乐》，皆有一部言律者，而不免踳驳。《四库提要》谓陈书中辨二变四清二条实为纰缪，韩书不免于好奇。其尤博备者，则有近世凌廷堪之《燕乐考原》及陈澧之《声律通考》。凌氏于唐宋俗乐，征引群籍，颇得条贯；陈氏则更上究古乐，详论律器宫调，号为通洽。然于古经垂义犹有未析，子史著数犹有未核，而今古流变之迹犹有未尽也。蒙幼承庭训，获闻绪论，谓：自来言乐律者皆有所蔽，其蔽不通，无以明古乐之体，即无以达今乐之用。欲通其蔽，必凭耳以决音，验器以求数，而后旁稽经史诸子及专著以论列其是非，洞究其本末，然后乐之体用咸备。尝著《乐音小识》一书，畅发其旨，于古说分别从违，于音数悉求征实，语多创获，殊异向壁。今揭其纲领，用理曩说，庶几得所折衷。

乐为天地自然之声，皆人心所固有。故瞽瞍无目，亦可习之而调，奏之而协，虽不知律吕名义，尺度长短，铢两轻重，无害也。自儒者不习其事，不审其音，附会经传，牵合杂事，繁称博引，遂使诵其说者惊叹而信之，而乐之理愈晦矣。昔人论乐，嚣说甚多，约举如次：

一、缇室三重，葭灰候气。此嚣说也。岁有旱潦，时有燥湿，地有厚薄。同一岁也，而地异焉；同一地也，而时异焉。如其说以求之必不应，昔人谓有应者，诬也。候气之法，始见司马彪《续汉书·律历志》，谓："为室三重，户闭，涂衅必周，密布缇缦。室中以木为案，每律各一，内庳外高，从其方位，加律其上，以葭莩灰抑其内端，案历而候之，气至者灰动。其为气所动者其[1]灰散，人及风所动者其灰聚。"相传其法出于京房。《隋书》载后齐信都芳能以管候气，仰观云色，尝与人对语，即指天曰："孟春之气至矣。"人往验管，而灰飞果应。又称，毛爽等候节气，"依古于三重密室之内，以木为案，十有二具，每取律吕之管，随十二辰置于案上，而以土埋之地中，实葭莩之灰，以轻缇素覆律吕。每地气至，与律冥符，则飞灰冲素，散出户外"。二者所述又各异同。蔡元定《律吕新书》亦主候气之说，元刘瑾《律吕成书》更推衍之，近人著书犹有力张其说者，实皆荒渺也。

二、以五声配五行。此嚣说也。音本有七，如以五声配五行，则二变之音置于何地？况宫商无定位，随调转移，岂五行无定质，金可为木，木可为水乎？至古以君臣民事物配宫商角徵羽，亦不过取自尊而卑，自大而小之义，非谓宫止属君，商

---

[1] 其　底本脱，据《后汉书》(P.3016)补。

止属臣也。五行之说，本中国古术数家所创，言乐者亦缘饰之。如唐赵慎言《论郊庙用乐表》谓："《周礼》三大祭均无商调。商，金声也。周家木德，金能克木，作者去之。今皇唐土王，即殊周室，其三祭并请加商调，去角调。"清惠士奇《礼说》解三大祭无商，"非无商也，商不为均也。宫君，商臣，以商为均，君臣易位，故商不为君"。均属附会。至明倪复《钟律通考》谓："宫属君，周加变宫，因诛纣也。徵属事，周加变徵，示革商之旧政也。"尤为杜撰。

三、附会河洛爻辰斗建以论乐。此巵说也。河洛之说，导自术数家，宋儒咀嚼唾余，强附于《易》，已属荒渺。浅人步趋户径，异端钩撑虚无，于《易》学且无当，何有于乐？至以乾坤六爻，强附阳九阴六，更堪齿冷！无论乐有七音，无当六爻之数；即以六律六吕之阴阳论之，亦不过谓高下同声，更唱迭和。此在《周礼》之六律六同则然，于《月令》之六律六间无当也。说详后。则以爻辰论律吕，宁非牵强？至斗建之一气转旋，与六律六间之各自旋宫，尤为无关。爻辰斗建之说，均见《史记·律书》及《汉书·律历志》，后人多附会其说。至江永《律吕阐微》，亦多牵涉河洛先天纳音六合之举；其至宫逐羽音，亦谓出于《图》《书》。陈澧斥为"此讲学家习气，自以为讲乐理，而实无施于乐"，《四库提要》谓"后夔典乐之日，实无是文"，皆有识。

四、牵合音韵学家四声、阴阳平上去入。五音，喉牙舌齿唇。以配五声。此巵说也。字无论平仄，无论阻位，皆可宫可商，可角、徵、羽，以字配音，惟所用耳。乐家虽有时审辨字音，分别宫商，按之弦管，然非可胶泥，以为某字定配某音也。至音韵学者借宫商等字以表音阻，实同符号，与乐无涉。沈约、徐景安分平声为上下以配五音，司马光、刘鉴以喉舌唇齿牙配五音，皆同为符号。元余载《韶舞九成乐补歌图》，即牵合之。

　　为音乐之学者，凡物必究其实，否则宫商错乱，丝竹失和。举凡著之编简，设之朝庙者，皆徒为目谋，不为耳谋也。夫器之成音，必有实理；音之成律，必有实数；异器同音，异数同和，必有实际。知音者可耳决而神解，不知音者可倚数以考声。蔡邕《月令章句》曰：古之为钟律者，以耳齐其声。后人不能，则假数以正其度，度数正则音亦正矣。以度量者可以文载口传，与众共知，然不如耳决之明也。语甚通达。

古之神瞽，知音之高下相次，其位有七，而被之于乐，常用其五。由声制器，斟酌损益，以求合乎音而止，固未能悉察其数也。故古经传但著律名，不言律数。盖人目力所察，止尽分厘，若在毫忽，不能实指矣。律音用竹，竹径两端有大小，截为律管，虽择其较匀称者，而差在毫忽，不能辨也。用七管虽择同径者，而彼此毫忽之差，亦不能辨也。管径略差毫忽虽不能辨，然积径成面，积面成体，所差又不止于分厘，所成之音即不尽协。是管之成音虽有实数，而尺寸短长反无定度，故不言也。不言其数而惟决之于耳，音协而律定，不言数而数在其中矣。自《管子·地员篇》谓三分益以一，三分去其乘，始略著宫商之数。《管子》言黄钟小素之首以成宫，乃主丝音。《吕氏春秋·季夏纪·音律篇》谓三分益一上生，三分去一下生，始略著律吕之数。《吕纪》言断竹两节间，长三寸九分而吹之，以为黄钟之宫，乃主管音。用其法而推之，所得非正数；即其数而考之，所成非正音。此《史》《汉》以来所由纷纠也。夫五声二变，乐之音也。古之宫商角变徵徵羽变宫，今之上尺工凡六五一，同此物也。朱载堉以俗乐上尺工等字配宫商角等字，由是凌氏《燕乐考原》从之，其论遂定。五帝不相沿乐，乐之调也，而乐之五声二变未尝改也。秦火所焚，乐之谱也，而乐之五声二变未尝绝也。盖乐本人心，苟非心所固有之音，必不能被管弦而协歌咏。工伎所习，皆递受于师，上推三古，未尝一日绝传也。所谓绝传者，正以文人学士缴绕其说，反使七音不得其实。而若辈不读书稽古，不通算术，虽能审音，而未足以胜文人学士之妄说耳。

七音宫商角变徵徵羽变宫，此一定之次也。其音由下而高，变徵在徵前一音，变宫在宫前一音；宫商角三音相联，乃间一变徵；徵羽二音相联，乃间一变宫；上推下推，均各有宫商等七音，其次亦犹是也。人声过高过下，皆不能歌；乐声过高过下，皆不中听。故古乐恒取适中之音制以为律。而一八十五，高下同音，二九十六，高下同音，古今中外未有易也。古雅乐用五声而退二变，故古经传但言五声，而二变之音仍在也。陈旸谓"二变者，五声之骈枝"，真不知乐之言。《淮南子》称二变为和缪，宋燕乐称二变为闰变，退其次于五声之后，特以用者居先耳。究之七音之次，未尝因之而改也。江永论唐燕乐"宫逐羽音"，谓"羽转为宫，而宫当商，商当角，角当徵，徵当羽"。盖误以五音匀排五位，又以为羽声四字移于宫声上字之位，则四字为宫，四上尺工合为宫商角徵羽，则直不知置二变于何地矣。陈澧驳之甚晰。五声必得二变而后可以旋宫。旋宫者，如以宫为商，则商为角，角为变徵，变徵为徵，徵为羽，羽为变宫，变宫复为宫。由是旋转周流不穷，调以是而繁变，即古人所谓移宫换羽也。凌廷堪主五声二变还相为宫，而陈澧驳之，谓其囿于俗乐，盖主十二管还相为宫耳。其是非后论。

《周礼·大司乐》："大师掌六律、六同，以合阴阳之声。阳声：黄钟、大蔟、姑洗、蕤宾、夷则、无射；阴声：大吕、应钟、南吕、函钟、小吕、夹钟。皆文之以五声——宫商角徵羽，皆播之以八音——金石土革丝竹匏木。"此十二律也。而《大司乐》述六代之乐则曰："乃奏黄钟，歌大吕，舞《云门》，以祀天神；乃奏太蔟，歌应钟，舞《咸池》，以祀地示；乃奏姑洗，歌南吕，舞《大磬》，以祀四望；乃奏蕤宾，歌函钟，舞《大夏》，以祭山川；乃奏夷则，歌小吕，舞《大濩》，以享先妣；乃奏无射，歌夹钟，舞《大武》，以享先祖。凡六乐者，文之以五声，播之以八音。"据此，则六律、六同，高下同声，歌阴奏阳，悉相谐协，其义固甚明也。六律自具五声。六同者，音同于六律，亦具五声，故曰"皆文之以五声"也。不言六吕而言六同者，正以其声同于六律也。然而六律、六同，皆各为六声，阴阳之间，若无一律，则不能旋宫。此律为何？则"圜钟"是已。《周礼》述三大祭之乐，首曰"圜钟为宫"，则"圜钟"固为一律明矣。不幸郑注有"圜钟，夹钟也"一语，由是"圜钟"一律，沉沦千载！试思《周礼》一律一名，并无一称，如函钟即是林钟，而《周礼》不别见林钟；小吕即是仲吕，而《周礼》不别见仲吕。

况上文既曰"乃奏无射，歌夹钟"，与大师阴声所称一名矣，何至复变名曰"圜钟"？惟"圜钟"之名仅一见，无对待之声，故不列于律吕耳。盖"圜钟"者，黄帝制律之初管也，其声为中声，无高下之别，居阴阳之间，上合六律为七音，下合六同为七音，实贯穿律吕，周遍二重，而妙于旋转之用者也。故可名之曰"中律"。陈澧于《周礼》奏六代之乐一节，略而不称，于郑注圜钟即夹钟之解，亦不置疑。

兹将《周礼》所奏六代之乐，表解如次：

| | | | | | | | |
|---|---|---|---|---|---|---|---|
| 云门乐 | 奏 | 黄钟 | 宫 | 高下同声 | 歌 | 大吕 | 宫 | 即黄钟之阴声，与《月令》异 |
| | | 太蔟 | 商 | | | 应钟 | 商 | |
| | | 姑洗 | 角 | 今乐为一字调 | | 南吕 | 角 | |
| | | 蕤宾 | 变徵 | 避之 | | 函钟 | 变徵 | 避之 |
| | | 夷则 | 徵 | | | 小吕 | 徵 | |
| | | 无射 | 羽 | | | 夹钟 | 羽 | |
| | | 圜钟 | 变宫 | 不用 | | 圜钟 | 变宫 | 不用 |
| 咸池乐 | 奏 | 黄钟 | 变宫 | 不用 | 歌 | 大吕 | 变宫 | |
| | | 太蔟 | 宫 | 高下同声 | | 应钟 | 宫 | 即太蔟之阴声，与《月令》异 |
| | | 姑洗 | 商 | | | 南吕 | 商 | |
| | | 蕤宾 | 角 | 今乐为上字调 | | 函钟 | 角 | |
| | | 夷则 | 变徵 | 避之 | | 小吕 | 变徵 | 避之 |
| | | 无射 | 徵 | | | 夹钟 | 徵 | |
| | | 圜钟 | 羽 | | | 圜钟 | 羽 | |

续表

| | | | | | | | |
|---|---|---|---|---|---|---|---|
| 大磬乐 | 奏 | 黄钟 | 羽 | | 歌 | 大吕 | 羽 | |
| | | 太蔟 | 变宫 | 不用 | | 应钟 | 变宫 | 不用 |
| | | 姑洗 | 宫 | 高下同声 | | 南吕 | 宫 | 即姑洗之阴声，与《月令》异 |
| | | 蕤宾 | 商 | | | 函钟 | 商 | |
| | | 夷则 | 角 | 今乐为尺字调 | | 小吕 | 角 | |
| | | 无射 | 变徵 | 避之 | | 夹钟 | 变徵 | 避之 |
| | | 圜钟 | 徵 | | | 圜钟 | 徵 | |
| 大夏乐 | 奏 | 黄钟 | 徵 | | 歌 | 大吕 | 徵 | |
| | | 太蔟 | 羽 | | | 应钟 | 羽 | |
| | | 姑洗 | 变宫 | 不用 | | 南钟 | 变宫 | 不用 |
| | | 蕤宾 | 宫 | 高下同声 | | 函钟 | 宫 | 即蕤宾之阴声，非《月令》之林钟 |
| | | 夷则 | 商 | | | 小吕 | 商 | |
| | | 无射 | 角 | 今乐为工字调 | | 夹钟 | 角 | |
| | | 圜钟 | 变徵 | 避之 | | 圜钟 | 变徵 | 避之 |
| 大濩乐 | 奏 | 黄钟 | 变徵 | 避之 | 歌 | 大吕 | 变徵 | 避之 |
| | | 太蔟 | 徵 | | | 应钟 | 徵 | |
| | | 姑洗 | 羽 | | | 南吕 | 羽 | |
| | | 蕤宾 | 变宫 | 不用 | | 函钟 | 变宫 | 不用 |
| | | 夷则 | 宫 | 高下同声 | | 小吕 | 宫 | 即夷则之阴声，非《月令》之仲吕 |
| | | 无射 | 商 | | | 夹钟 | 商 | |
| | | 圜钟 | 角 | 今乐为凡字调 | | 圜钟 | 角 | |

续表

|  |  | 黄钟 | 角 | 今乐为六字调 |  | 大吕 | 角 |  |
|---|---|---|---|---|---|---|---|---|
| 大武乐 |  | 太蔟 | 变徵 | 避之 |  | 应钟 | 变徵 | 避之 |
|  |  | 姑洗 | 徵 |  |  | 南吕 | 徵 |  |
|  |  | 蕤宾 | 羽 |  |  | 函钟 | 羽 |  |
|  |  | 夷则 | 变宫 | 不用 |  | 小吕 | 变宫 | 不用 |
|  | 奏 | 无射 | 宫 | 高下同声 | 歌 | 夹钟 | 宫 | 即无射之阴声，与《月令》异 |
|  |  | 圜钟 | 商 |  |  | 圜钟 | 商 |  |

上六代之乐，代各一均，六均之调皆备。惟圜钟一调，六代皆未尝用，惟冬至一奏于圜丘耳。其理后说。《云门》所用为黄钟一均，蕤宾为变徵，虽有其钟而不用；圜钟为变宫，亦在避而不用之列。更考伏生《尚书大传·咎繇谟传》曰："维五祀，奏钟石，论人声，乃及鸟兽咸变于前。故更箸四时，推六律六吕，询丨有二变，而道宏广。"又曰："六律者何？黄钟、蕤宾、无射、太蔟、夷则、姑洗是也。故天子左五钟，右五钟。天子将出，则撞黄钟，右五钟皆应……然后太师奏登车，告出也。入则撞蕤宾，左五钟皆应……然后少师奏登堂就席，告入也。"郑注云："入律为阳，六吕为阴，凡律曰十二，各一钟。天子宫昌，黄钟、蕤宾在南北，其余则在东西。"然伏传明云左右五钟，又止言律不言吕，安从更有十二钟？盖臆说耳。按伏传所谓左右五钟者，各备宫商角徵羽五音。出撞黄钟者，撞黄钟一均之五钟，非止谓黄钟一钟也。入撞蕤宾者，撞蕤宾一均之五钟，非止谓蕤宾一钟也。此二均之钟，皆备于六

律之内，不假圜钟而成调，黄帝以下通用者，此二调耳。唐虞以后，不相沿乐，各尚一宫，而天子出入犹沿旧制。盖取其声备于六律之中，不假中律而成调，且六律亦不假六吕而成调也。

《记》曰："古之君子必佩玉，右徵角，左宫羽。"盖右属蕤宾均，左属黄钟均也。义与此相通。兹以图表之：

| 左 | 右 |
|---|---|
| 黄钟宫 | 无射角 |
| 太蔟商 | 夷则商 |
| 姑洗角 | 蕤宾宫 |
| 夷则徵 | 太蔟羽 |
| 无射羽 | 黄钟徵 |
| 天子出 | 天子入 |
| 右宫至羽，自内而外。黄钟宫不用蕤宾者，蕤为变徵也。而圜钟为变宫，适在不用之列。 | 左徵至角，自外而内。蕤宾宫不用姑洗者，姑为变宫也。而圜钟为变徵，适在不用之列。 |

中律之见于《周礼》者为圜钟，其见于《吕纪》者则为舍[1]少。《吕纪·古乐篇》曰："昔黄帝令伶伦作为律。伶伦自大夏之西，乃至阮隃之阴，取竹于嶰溪之谷。以生空窍厚钧者，断两节间，其长三寸九分，而吹之以为黄钟之宫，吹曰舍少。次制十二筒，以至阮隃之下，听凤皇之鸣，以别十二律。其雄鸣为六，雌鸣亦六，以比黄钟之宫适合。黄钟之宫，皆可以生之。故曰：黄钟之宫，律吕之本。"按此文之义，明黄钟之宫一管，实作于十二律之先，故称"律吕之本"耳。今更详解之：

黄钟之管长九寸，半黄钟之管应长四寸五分，《吕纪》二寸九分之数，盖字讹也。江氏《律吕阐微》及戴震《考工记图》皆以三寸九分为四寸五分之讹。盖古文四字积画而成作亖，故误为三；古文五寸作乂，故误为九。陈澧《声律通考》则据《律吕正义》之说，以为三寸九分之管为半太蔟合黄钟，又谓太蔟长四寸，音比黄钟微低，再短一分则恰与黄钟合，谓是确解。实未解"黄钟之宫"本义而强附其说者。丝声倍半相应，竹声倍半不相应，倍之则上一音，半之则下一音也。黄钟为宫音，则半黄钟当为变宫。于是本此管而倍之，则得黄钟宫，以之定大吕；浊宫。倍黄钟则得应钟，浊商。以之定太蔟；商。倍太蔟则得南吕，浊角。以之定姑洗；角。倍姑洗则得林钟，浊变徵。以之定蕤宾；变徵。倍蕤宾则得仲吕，浊徵。以之定夷则；徵。倍夷则则得夹钟，浊羽。以之定无射；羽。倍无射则复得半大吕，变宫。亦即周礼之圜钟矣。如是而十二律

---

[1] 舍　底本作"含"，据《吕氏春秋集释》（P.122）改。下文径改，不再出校记。

皆生于黄钟之宫，故曰"律吕之本"也。至圜钟何以称为黄钟之宫？则以乐主金奏，以商音名调，故《国语》曰"太蔟金奏"，谓黄钟一均之调为太蔟商调也。太蔟为商音，则黄钟为太蔟之宫，转高一调为黄钟商调，以黄钟为商音，则圜钟即为黄钟之宫矣。自来言乐者解黄钟之宫，皆欠分析。

黄钟之宫亦见于《月令》。《月令》：孟春之月，律中太蔟；仲春之月，律中夹钟；季春之月，律中姑洗；孟夏之月，律中仲吕；仲夏之月，律中蕤宾；季夏之月，律吕林钟；中央土，律中黄钟之宫；郑注云：黄钟之宫最长也。大误。孟秋之月，律中夷则；仲秋之月，律中南吕；季秋之月，律中无射；孟冬之月，律中应钟；仲冬之月，律中黄钟；季冬之月，律中大吕。此十三律，其次与《周礼》异。《月令》阴阳相间：阳律六——子黄钟，寅太蔟，辰姑洗，午蕤宾，申夷则，戌无射，仍为顺行；阴律六——丑夹吕，卯夹钟，巳仲吕，未林钟，酉南吕，亥应钟，则逆行也。黄钟之宫虽次季夏后，孟秋前，而名之曰"中央土"，盖亦列于阴阳之间也。然《月令》六吕间乎六律之间，声次既异《周礼》，若同六律混用以为旋宫，则阴阳淆乱，而黄钟之宫一律无复位置。推其本始，盖袭六间之旧，而《周礼》六同之用遂废矣。

六间之作，不悉始于何时。以《国语》考之，则景王之前已有之。但其六间皆为半音，即二分之一音。居上下适中之位，而与六律不相混通。《国语》伶州鸠曰：古之神瞽，考中声而量之以制，度律均钟，纪之以三，平之以六，成于十二。夫六，中之色也，故名之曰黄钟，二曰太蔟，三曰姑洗，四曰蕤宾，五曰夷则，六曰无射。为之六间，以扬沉伏，而黜散越也。元间大吕，二间夹钟，三间仲吕，四间林钟，五间南吕，六间应钟。律吕不易，无奸物也。按此文与《月令》十三律相为表里，其次亦同。所谓中声者，即《月令》中央土——黄钟之宫也。纪之以三者，中声，倍声，半声也。平之以六者，由中声以求得六声也。成于十二者，六律之间，设为间位之六律也。六间非六律之阴，各别为调，不与黄钟等六声相应和。如仅奏黄钟诸调，则六间之声沉伏而不见，既作六间，则沉伏者扬矣。又如黄钟诸调中杂用六间，则散越而不成调。惟其各别为调，则散越者黜矣。故又曰"律吕不易，无奸物也"。若如《管子》《吕纪》三分损益上生下生之法以推之，则其黄钟均以黄、太、姑、林、南为宫、商、角、徵、羽，是五声中含三律二吕；大吕均以大、夹、仲、夷、无为宫、商、角、徵、羽，是五声中含二律三吕矣。"律吕不易"之谓何？且师旷以六律正五音，是六律中固具五音矣。若杂六间而旋宫，则是五音不能备得十六律，而无调不赖乎吕矣。《周礼》阴阳之声，果何别乎？后儒求其解而不得，又误解《礼运》"五声六律十二管还相为宫"之言，遂推其每律各为一宫，每宫各有五调，十二律合六十调。不知"十二管还相为宫"者，正以六律六同阴阳各具五声，而中缩以圜钟，故有二重之音耳。若如六间为六律之半音，则歌阴奏阳，不至怪戾不止，尚足云和声乎？

《周礼·大司乐》述三大祭之乐曰："凡乐，圜钟为宫，黄钟为角，太蔟为徵，姑洗为羽……冬日至，于地上之圜丘奏之。若乐六变，则天神皆降，可得而礼矣。凡乐函钟为宫，太蔟为角，姑洗为徵，南吕为羽……夏日至，于泽中之方丘奏之。若乐八变则地示皆出，可得而礼矣。凡乐，黄钟为宫，大吕为角，太蔟为徵，应钟为羽……于宗庙之中奏之。若乐九变，则人鬼可得而礼矣。"昔人于此多不得其解，郑注既误解圜钟为夹钟，又以圜钟、函钟、夹钟为三宫，则角徵羽所用之律多不合。又谓"此乐无商者，祭尚柔，商坚刚也"，皆强为之说。《魏志》载长孙稚、祖莹表谓："《周礼》布置不得相生之次，两均异宫，并无商声，同用一徵，五音不具，则声岂成文？"《隋志》载牛宏等议谓："《周礼》四声非直无商，又律管乖次，以其为乐，无克谐之理。"惟陈澧援《唐志》圜丘、汾阴、太庙三祭乐三成二成一成之法，知其各为一调，惜又据后世十二律旋宫而失《周礼》之义。或强为之说，或自致其疑，皆由其先误解十二律之性质位次，遂并其所以为变为成之说，亦无从索解矣。

今据《周礼》十三律列表解之：

|  | 圜丘 | | | | 方丘 | | | | 宗庙 | | | |
|---|---|---|---|---|---|---|---|---|---|---|---|---|
| 大吕 | 商 | 角 | 变徵 | 变徵 | 徵 | 商 | 角 | 变徵 | 宫 | 商 | 变徵 | 徵 |
| 应钟 | 角 | 变徵 | 徵 | 徵 | 羽 | 角 | 变徵 | 徵 | 商 | 变徵 | 徵 | 羽 |
| 南吕 | 变徵 | 徵 | 羽 | 羽 | 变宫 | 变徵 | 徵 | 羽 | 角 | 徵 | 羽 | 变宫 |

续表

|  | 圜丘 | | | | 方丘 | | | | 宗庙 | | | |
|---|---|---|---|---|---|---|---|---|---|---|---|---|
| 函钟 | 徵 | 羽 | 变宫 | 变宫 | 宫 | 徵 | 羽 | 变宫 | 变徵 | 羽 | 变宫 | 宫 |
| 小吕 | 羽 | 变宫 | 宫 | 宫 | 商 | 羽 | 变宫 | 宫 | 徵 | 变宫 | 宫 | 商 |
| 夹钟 | 变宫 | 宫 | 商 | 商 | 角 | 变宫 | 宫 | 商 | 羽 | 宫 | 商 | 角 |
| 圜钟 | 宫 | 商 | 角 | 角 | 变徵 | 宫 | 商 | 角 | 变宫 | 商 | 角 | 变徵 |
| 黄钟 | 商 | 角 | 变徵 | 变徵 | 徵 | 商 | 角 | 变徵 | 宫 | 角 | 变徵 | 徵 |
| 太簇 | 角 | 变徵 | 徵 | 徵 | 羽 | 角 | 变徵 | 徵 | 商 | 变徵 | 徵 | 羽 |
| 姑洗 | 变徵 | 徵 | 羽 | 羽 | 变宫 | 变徵 | 徵 | 羽 | 角 | 徵 | 羽 | 变宫 |
| 蕤宾 | 徵 | 羽 | 变宫 | 变宫 | 宫 | 徵 | 羽 | 变宫 | 变徵 | 羽 | 变宫 | 宫 |
| 夷则 | 羽 | 变宫 | 宫 | 宫 | 商 | 羽 | 变宫 | 宫 | 徵 | 变宫 | 宫 | 商 |
| 无射 | 变宫 | 宫 | 商 | 商 | 角 | 变宫 | 宫 | 商 | 羽 | 宫 | 商 | 角 |
| 宫调 | 圜钟宫 | 夹钟角 | 夷则徵 | 夷则羽 | 函钟宫 | 圜钟角 | 夹钟徵 | 小吕羽 | 黄钟宫 | 夹钟角 | 夷则徵 | 函钟羽 |
| 变数 | 二变 | 二变 | 一变 | 一变 | 二变 | 二变 | 二变 | 二变 | 三变 | 二变 | 二变 | 二变 |
| 成数 | 一成 | 一成 | 合一成，因同夷则均 | 一成 | 一成 | 一成 | 一成 | 一成 | 一成 | 一成 | 一成 | 一成 |

上表[1],圜丘三成,皆后者较前低一均;方丘宗庙各四成,其后三成,亦皆后者较前低一均。秩序井然,可征《周礼》用律之谨严矣。

陈氏据后世十二律旋宫,则多取律之清声,为调高亢,大非祭祀所宜。且唐宋人燕乐十六管用四清声,亦但至夹清为止。况宫悬又不同后世管律,安得有如许清声之钟? 则其说亦强耳。试更摘其所列表观之:

| 黄 | 大 | 太 | 夹 | 姑 | 仲 | 蕤 | 林 | 夷 | 南 | 无 | 应 |   | 宗庙奏之 |
| 宫 |   | 商 |   | 角 |   |   | 徵 | 羽 |   |   |   |   |   |
| 角 |   |   |   | 徵 |   | 羽 |   |   | 宫 |   | 商 |   | 圜丘奏之 |
| 大 | 太 | 夹 | 姑 | 仲 | 蕤 | 林 | 夷 | 南 | 无 | 应 | 黄半 |   | 宗庙奏之 |
| 角 |   |   |   | 徵 |   | 羽 |   |   | 宫 |   | 商 |   |   |
| 太 | 夹 | 姑 | 仲 | 蕤 | 林 | 夷 | 南 | 无 | 应 | 黄半 | 大半 |   | 方丘奏之 |
| 角 |   |   |   | 徵 |   | 羽 |   |   | 宫 |   | 商 |   |   |
| 徵 |   | 羽 |   |   | 宫 |   | 商 |   | 角 |   |   |   | 圜丘宗庙奏之 |
| 夹 | 姑 | 仲 | 蕤 | 林 | 夷 | 南 | 无 | 应 | 黄半 | 大半 | 太半 |   | 圜丘奏之 |
| 宫 |   | 商 |   | 角 |   |   | 徵 | 羽 |   |   |   |   |   |
| 姑 | 仲 | 蕤 | 林 | 夷 | 南 | 无 | 应 | 黄半 | 大半 | 太半 | 夹半 |   | 方丘奏之 |
| 徵 |   | 羽 |   |   | 宫 |   | 商 |   | 角 |   |   |   |   |
| 羽 |   |   | 宫 |   | 商 |   | 角 |   |   | 徵 |   |   | 圜丘奏之 |

---

[1] 上表 底本作"右表",据此次整理版式改。下文径改,不再出校记。

续表

| 林 | 夷 | 南 | 无 | 应 | 黄半 | 大半 | 太半 | 夹半 | 姑半 | 仲半 | 蕤半 | 方丘奏之 |
|---|---|---|---|---|---|---|---|---|---|---|---|---|
| 宫 |  | 商 |  | 角 |  |  | 徵 |  |  | 羽 |  |  |
| 南 | 无 | 应 | 黄半 | 大半 | 太半 | 夹半 | 姑半 | 仲半 | 蕤半 | 林半 | 夷半 | （清声过半，调已太高。） |
| 羽 |  |  | 宫 |  | 商 |  | 角 |  |  | 徵 |  | 方丘奏之 |
| 应 | 黄半 | 大半 | 太半 | 夹半 | 姑半 | 仲半 | 蕤半 | 林半 | 夷半 | 南半 | 无半 | （比一本律，更为噍杀。） |
| 羽 |  |  | 宫 |  | 商 |  | 角 |  |  | 徵 |  | 宗庙奏之 |

律吕之谬法，肇于《管子》，而导于《吕纪》；其谬数，著于《淮南》，而详于《史记》。今分理之。《管子·地员篇》云：

> 凡将起五音，凡首，先主一而三之。四开以合九九，以是生黄钟小素之首以成宫。三分而益之以一，为百有八，为徵。不无有犹言有，有占通又。三分而去其乘，乘犹剩。适足，以是生商。有有即又，下同。三分而复于其所，以是成羽。有三分而去其乘，适足，以是成角。

按：《管子》一书，后人多疑其不出于夷吾，盖周末言治术者所附益。此文乃引当时论丝音宫商之说，非论管音之说也。管音半之，则下一音，是半管中含六音也；丝音半之，仍得本音，是半丝中含七音也。琴音自七徽至焦尾，徽位有八，《管子》此法所得之数与之相近。故后世琴家多用其说，然犹未得音之实际，况施于律管乎？苟用其律以制管，则所得之音与正音迥隔；用其律以制钟磬箫笛，则听者骇怪矣。兹即其所得之数次第列之而观，其距数忽增忽减，而非递减递增，可以知其误矣。

| | | | |
|---|---|---|---|
| 徵 | 一〇八· | 距羽 | 一二 |
| 羽 | 九六· | 距变宫 | 一〇·六六六不尽 |
| 变宫 | 八五·三三三不尽 | 距宫 | 四·三三三不尽 |
| 宫 | 八一· | 距商 | 九· |
| 商 | 七二· | 距角 | 八· |
| 角 | 六四· | 距变徵 | 七·一一一不尽 |
| 变徵 | 五六·八八八不尽 | 距徵 | 一·一一一不尽 |
| 上徵 | 五四· | 距羽 | 六· |
| 上羽 | 四八· | 距变宫 | 五·三三三不尽 |
| 半变宫 | 四二·六六六不尽 | 距宫 | 二·一六六不尽 |
| 半宫 | 四〇·五 | 距商 | 四·五 |

再就《管子》三分损益法推得十二律丝音分数如下：

黄钟宫长九寸　　　　八一·三分益一下生林钟
林钟徵折半长六寸　　一〇八·三分去一上生太蔟
太蔟商长八寸　　　　七二·三分益一下生南吕
南吕羽折半长五寸三分三三零　九六·三分去一上生姑洗

| | |
|---|---|
| 姑洗角长七寸一分一一零 | 六四·三分益一下生应钟 |
| 应钟变宫折半长四寸七分四零 | 八五·三三三不尽三分去一上生蕤宾 |
| 蕤宾变徵长六寸三分二零 | 五六·八八八不尽三分益一下生大吕 |
| 大吕长八寸四分一十零 | 七五·八四八六六六不尽三分去一上生夷则 |
| 夷则长五寸八分一八零 | 五〇·五六五四六六六不尽三分益一下生夹钟 |
| 夹钟长七寸四分九一零 | 六七·四二〇六二二不尽三分去一上生无射 |
| 无射长四寸九分九四零 | 四四·九四七〇一四六六六不尽三分益一下生仲吕 |
| 仲吕长六寸六分五八零 | 五九·九二九四四一九二八八八不尽三分去一上生非黄 |
| 非黄长四寸四分三九零 | 三九·九五二九六一二八五九二五九二四有奇新近黄钟之半倍之，仍非黄钟，下有非林、非太等音，不录 |

律家自仲吕以下或云不生，或竟以为生黄钟。然自夷则宫

以下五音不全在十二律中。夷则宫无角，以非黄为角；夹钟宫无羽、角，以非黄为羽，非林为角；无射宫无商、羽、角，以非黄为商，非林为羽，非太为角；至仲吕宫则无徵、商、角、羽，以非黄为徵，非林为商，非太为羽，非南为角。是十二调中已有四律出乎十二律之外，而夷、夹、无、仲四宫，仍借正黄、正林、正太、正南为徵、商、羽、角。虽有旋宫之名，而无旋宫之实。揆之《礼运》"五音六律十二管还相为宫"之语，大相剌谬矣。且如《大武》以无射为宫，见前表。果用三分损益之法，则宫无射而徵仲吕，惟此二音在十二律之内，而商、角、羽三音，必用非黄、非林、非太，音不得其正，尚何"尽美"之足云乎？

《吕氏春秋·季夏纪·音律篇》云：

> 黄钟生林钟，林钟生太蔟，太蔟生南吕，南吕生姑洗，姑洗生应钟，应钟生蕤宾，蕤宾生大吕，大吕生夷则，夷则生夹钟，夹钟生无射，无射生仲吕。三分所生，益之一分以上生。三分所生，去其一分以下生。黄钟、大吕、太蔟、夹钟、姑洗、仲吕、蕤宾为上，林钟、夷则、南吕、无射、应钟为下。

按：吕氏此说，与《古乐篇》舍少及六雄六雌十三律之说不合。所生之数，上七下五，配合不均。如其法以制管，不能成调，且较《管子》五音之法尤谬。盖彼小素丝音，半弦中具七音，用三分损益法求之，所得尚与正音相近。至《吕纪》此篇用三分损益法制管，半管中止具六音，更失之远矣。吕氏之书，乃众门客凑合而成。此篇与《古乐篇》非出一手，故不相合，而不韦亦莫能辨耳。

《淮南鸿烈解·天文训》云：

> 以三参物，三三如九，故黄钟之律九寸而宫音调。因而九之，九九八十一，故黄钟之数[1]立焉……律之数六，分为雌雄……十二各以三成，故置一而十一，三之，为积分十七万七千一百四十七，黄钟大数立焉。凡十二律：黄钟为宫，太蔟为商，姑洗为角，林钟为徵，南吕为羽……黄钟位子，其数八十一，主十一月，下生林钟。林钟之数五十四，主六月，上生太蔟。太蔟之数七十二，主正月，下生南吕。南吕之数四十八，主八月，上生姑洗。姑洗之数六十四，主三月，下生应钟。应钟之数四十三，原文四十二，陈澧据《宋书·律志》作四十二，因谓四十二为误。焘按三分去一法，六十四三分为二十一又三分之一，应得四十二又三分之二，故应作四十三之整数。主十月，上生蕤宾。蕤宾之数五十七，主五月，上生大吕。大吕之数七十六，主十二月；下生夷则。夷则之数五十一，主

---

[1] 数　底本作"音"，据《淮南子集释》(P.245)改。

七月，上生夹钟。夹钟之数六十八，主二月，下生无射。无射之数四十五，主九月，上生仲吕。仲吕之数六十，主四月，极不生。按自应钟以下律皆有奇零，见前表，此举成数耳。宫生徵，徵生商，商生羽，羽生角。角为原文作"生"，应作"为"。姑洗，姑洗生应钟，比于正音，故为和；应钟生蕤宾，不比正音，故为缪。

按：《淮南》所谓黄钟大数，为《史》《汉》律书、律志所祖，其于黄钟之长径体面积，俱无所当，盖虚立其数以相眩惑耳。云"置一而十一三之"者，谓以一为本，十一次以三乘之也。一三如三，三三如九，三九二十七，历乘至十一次，适得十七万七千一百四十七之数，故实为虚数也。至其论十二律所主及次序，乃用《国语》及《月令》六间之说，而仍以三分损益之法推其数而去奇零也。又其后更以十二律分统二十四气，云"日冬至，音比林钟，浸以浊，日夏至，音比黄钟，浸以清"。即沿《吕纪》上七下五之误。又因仲吕既不生，则无徵商羽角之用，故再自仲吕而下，用三分损益法添设四十八律。自黄钟至南吕六十律，京房受自焦延寿，率皆盘空之谈。律名详见司马彪《续汉志》，并谓"其术施行于史官，候部用之"，可见无施于乐。而竟复不合，弥益其疏。即再推衍为三百六十律，如钱乐之、沈重、祖孝孙等所增。终何济乎？陈澧知焦、京六十律之虚妄，而力赞三分损益法，谓所差甚微，可以不计。实亦苟简之论。

《史纪·律书》述律数云：

九九八十一以为宫　　三分去一五十四以为徵
三分益一七十二以为商

三分去一四十八以为羽　三分益一六十四以为角

黄钟长八寸七分一宫　　大吕长七寸五分三之一
太蔟长七寸七分二角

夹钟长六寸一分三分一　姑洗长六寸七分四羽
仲吕长五寸九分三分二徵

蕤宾长五寸六分三分一　林钟长五寸七分四角
夷则长五寸四分三分二商

南吕长四寸七分八徵　　无射长四寸四分三分二
应钟长四寸二分三分二羽

按：《史记》八书，以《律书》为最芜，盖后人不知乐律者强为附益羼杂而成者也。篇首言六律为万事根本，其于兵械为尤重云云，尚似律家之虚文。其下论历代用兵等事，与律何涉？次篇言七正二十八舍以及日躔八风干支星名等，皆由天文历象牵合乐律之名，与《淮南·天文训》相出入，实皆无当于律。至其述律数前五条，仍是《管子》旧法。后十二条述律管，则纰谬层出矣。一曰数谬。诸律既用三分损益法推算，则应如前表所得之数；乃按其所得无一相合，何也？陈澧据索隐谓黄钟长八寸七分一，七分盖误，因订为十分一，意谓十分寸之一即一分，犹云八寸一分。然其下各律固有直称分者，此何不云八寸一分乎？又据程易田《通艺录》将各律一一订正，然程氏亦以己意强为增改耳。《史记》文字他篇均无如是之讹脱，何独《律书》如是乎？二曰音谬。黄钟为宫，当以太蔟为商，何云角？当以姑洗为角，何云羽？当以林钟为徵，何又云角？当以南吕为羽，何云徵？且与前五条所列又不相合，何也？至十二律中有书五音字者，有不书者又属于何音？程易田亦谓不知其义。若夫所列之度，是丝音，抑是管音，亦未明说。如是管音，又不得舍径积而但言其长度矣。其后又有生钟分之术，乃本《淮南》"置一而十一三之"之法，于所得分数之下再加奇零，此奇零之数与上整分数不相涉。《淮南》之法，已为虚数，此更虚而妄矣。

《汉书·律历志》论律，三分损益，同乎《淮南》，十二律应十二月，同乎《吕纪》。而以黄、林、太为三统，特创一说以立异，则本之刘歆。《汉书·律历志》云：汉兴，北平侯张苍首律历事。孝武时，乐官考正。至元始中，王莽秉政，欲耀名誉，征天下通知钟律者百余人，使羲和刘歆等典领条奏，言之最详。大致以黄钟为天统，林钟为地统，太蔟为人统，而参以阳九、阴六、十二辰等嚣说。谓："黄钟子为天正，林钟未之冲丑为地正，此殊牵强，不曰大吕丑为地正，而必举当丑之冲者言之，盖以大吕之数多奇零耳。究之六寸者实不成徵。太蔟寅为人正……三统相通，故黄钟、林钟、太蔟律长皆全寸而亡余分。"又谓度起于黄钟之长，量起于黄钟之龠，衡起于黄钟之重。实皆无当于乐也。

《续汉书·律历志》叙京房受学焦延寿六十律相生之法，自黄钟终于中吕十二律，中吕上生执始，执始下生去灭，上下相生，终于南吕六十律，以六十律分期之日。名繁不举。又叙房作"律准"以定数，准之状如瑟，长丈而十三弦，隐间九尺，以应黄钟之律九寸，中央一弦下有尽分寸，以为六十律清浊之节。语虽繁而无当丁用。《魏书·乐志》载陈仲儒语，谓："房准九尺之内为一十七万七千一百四十七分，虽复离朱之明，犹不能芴而分之。"盖深讥之。其后章帝元和中，使太史丞弘试十二律，其二中，其四不中，其六不知何律，其准法遂绝。良以支离虚法，一旦实施，其弊立见耳。

夫数不空立，必见于音；音不空存，必托于器。上列诸说，皆离器而言音，离音而言数也[1]。《管子》"小素"主丝，《吕纪》"断竹"主管，似以器为验矣；然丝有紧慢，管有大小，未尝著也。《汉志》谓以子谷秬黍中者千有二百实其龠为黄钟律之实，郑玄《礼记》注乃定凡律空围九分，蔡邕《月令章句》更定黄钟之管长九寸，孔径三分，围九分，似渐进于精密矣。然秬黍大小未必尽中，达奚震、牛弘等已议之，《隋书 律历志》周宣帝时，达奚震、牛弘等议曰："时有水旱之差，地有肥瘠之异，取黍大小，未必皆得中。"且所算之积乃方分，而黍则圆长，其在管中横斜无定，尤无可算之理故。自宋丁度、蔡元定，迄清凌廷堪、陈澧，皆不之信。至围径之数，以

---

[1] 离器而言音，离音而言数　底本作"器言离而言，亡音而离数"，据上文文意并下文"本器验音，即音求数"云云酌改。

径一围三为率，乃属最疏，本疏率以求两端大小不匀之竹管，安从得标准之音？则凡一切所陈之数，皆无实际，可断言矣。

先著《乐音小识》，推本《周礼》之六律、六同施于六代之乐者，而知其阴阳二重之音相和。又证以《周礼》三大祭之乐有圜钟一钟，而知其为周遍二重之枢绾。更证以《吕纪》舍少、《国语》中声、《月令》黄钟之宫，而知十二律吕之外，更有此一律，以为旋宫之用。因更审《国语》《月令》之六间与《周礼》之六同，名同而实异，而知秦汉以后言律者迷罔之由。于是断古乐为七音旋宫，而明《管》《吕》《淮南》《史》《汉》之谬法谬数，皆无当乐音之实。诸说皆略见上述。举凡昔人所忽而不察，疑而不言者，皆穷究而悉剖之，遂使古乐律昭若发蒙焉。然使言音而不言器，无以得音之真；言器而不言数，无以得器之准。于是本器验音，即音求数，而使数见于音，音托于器，然后论乐不同于谈玄矣。

曷云乎本器验音也？试先就管音察之，凡管之为音，半之则下一音，半之半又下一音，如本管为合，半之则为凡，半之半则为清工。即此三音之不同，而上穷其倍，下究其半，皆至八而复还本音，是管之半含音有六，而长则其度递加，短则其度递减，可知也。既知管之半含六音，则律之所以为六，又可知也。试再就弦音察之。凡弦之为音，半之则同音，半之半亦同音，如本弦为合，半之则为六，半之半则为清六。即此三音之相应，而上穷其倍，下究其半，亦皆至八而复还本音，是弦之半含音有七，而长亦其度递加，短亦其度递减，可知也。既知弦之半含七音，则音之所以为七，又可知也。管弦之所以为音者虽不同，而至八复还本音则无以异，是管弦之器虽异而同具七音，则音之必限于七，不得强增为八，强减为六，可断言矣。

曷云乎即音求数也？先本上述原理以求管音，半管中含六音，而其度长递加，短递减。则知半管中应有六不均距，更下半之半中亦应有六不均距。自一而下，每距递减。七得一之半，八得二之半，九得三之半，十得四之半，十一得五之半，十二得六之半，至十三复得七之半。递减者，第一距为至长，二短于一，三短于二，递至十二，距为极短。各距皆不均之数，故当以差分法推之，斯为密合。爰立一法，以求六不均距之真数。其法略如八线表之各弧度求正切线比例。但八线表之正切数，皆自弧度生，弧度圆形之均，其正切各距，前后皆骤长，中间长太缓，如以弧制律，不合正音。今惟以自一度至四十五度弧之弦，即八边形之一边。分作六均点，每点自象限心作六割线，引至外切线之上，即得六不均之真度。以此作六律管，即以首律截半作黄钟之宫，而七律管之实音实数得矣。今更以图明之：

乐府通论

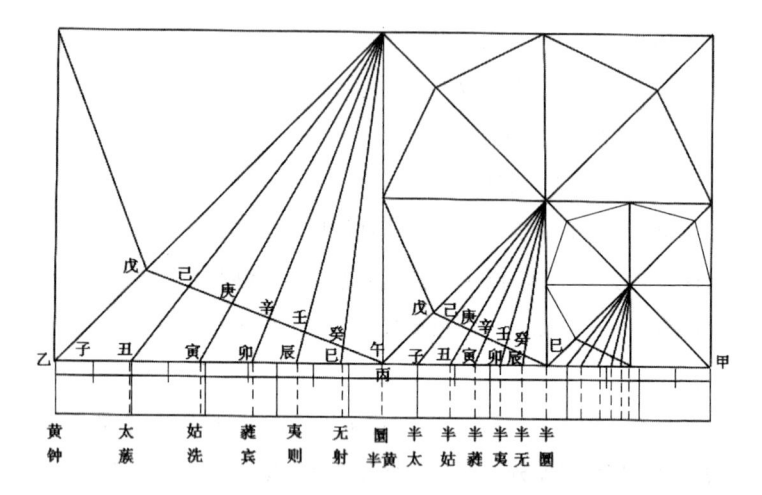

如图：先作横线如甲乙，长周尺九寸，未审管径之先，则积不定，本不必限何尺。但按律管度数言，应用周尺。据《隋志》，以晋前尺即周尺，今有拓本见阮氏《钟鼎款识》，合今市尺六寸七分弱，英尺八寸又四分寸之三。为黄钟管之度。折中得丙点，距乙四寸五分，为半黄钟之度，其中应含黄、太、姑、蕤、夷、无六律。准乙丙之长，于丙上作垂线如丁丙，长四寸五分。成丁丙乙正角形。次作丁乙斜线，即于此线上准丁丙之长，作戊点。亦长四寸五分。自戊至丙作线，即九寸径八边形之一边。九寸径八边之一，密率为三寸四四四一〇五八七有奇。遂将戊丙线均为六分，作己、庚、辛、壬、癸五点，各自丁作线引至横线，即甲乙。得丑、寅、卯、辰、巳五点，则六不均距得矣。于是甲丑为太蔟管之长，甲寅为姑洗管之长，甲卯为蕤宾管之长，甲辰为夷则管之长，甲巳为无射管之长，甲午为半黄钟之长，则六律之度得矣。如更用前法，测得子、丑、寅、卯、辰、巳各半律，其各距度皆得。子丑至午之半，惟每半管皆下一音，是其异耳。兹列六不均距之数如次：

第一距子丑　九分八一九二
第二距丑寅　八分七四七七
第三距寅卯　七分七九三四
第四距卯辰　六分九四三二
第五距辰巳　六分一八五七
第六距巳午　五分五一〇八

六距递减得七律管，每管空径三分三八五一三四七有奇。其数如次：
下列诸小数在忽以下从略。

黄钟管长九寸正　　　　减第一距成——
太蔟管长八寸〇一八〇八　减第二距成——
姑洗管长七寸一分四三三一　减第三距成——
蕤宾管长六寸三分六三九七　减第四距成——
夷则管长五寸六分六九六五　减第五距成——
无射管长五寸〇五一〇八　减第六距成——
半黄管长四寸五分以下清音皆负律，其音太高，不适于歌奏，不备制。

更本上法以求六同之阴吕，亦可得其数如次：

倍无射之长得音同于半黄而为圜钟 —— 管长一尺〇一分〇二一六

倍圜钟之长得音同于黄钟而为大吕 —— 管长二尺〇二分〇四三二

倍黄钟之长得音同于太蔟而为应钟 —— 管长一尺八寸

倍太蔟之长得音同于姑洗而为南吕 —— 管长一尺六寸〇三六一六

倍姑洗之长得音同于蕤宾而为函钟 —— 管长一尺四寸二分八六六二

倍蕤宾之长得音同于夷则而为小吕 —— 管长一尺二寸七分二七九四

倍夷则之长得音同于无射而为夹钟 —— 管长一尺一寸三分三九三〇

虽然，六吕之管较六律长短相悬太长，则不易吹，则六吕之音，岂非徒存虚说乎？意者，古人于此必有变通之法焉，此可推理而知之也。夫管由气之积而成音，管有长短，气积有多寡，成音因有高下。倍管之所以倍长者，倍其积也。故管无论长短，得其同积者即可得其同音，倍积则上一音，半积则下一音。今寻其善法，使大吕之长略同黄钟而积倍圜钟，应钟之长略同太蔟而积倍黄钟，南吕之长略同姑洗而积倍太蔟，函钟之长略同蕤宾而积倍姑洗，小吕之长略同夷则而积倍蕤宾，夹钟之长略同无射而积倍夷则，则其音亦可相等。其法在使管之空径大于律管，如律管径为三分三厘八毫五丝有奇，按算术以推各吕管径，则为五分〇七毫一丝有奇，再减余积余长。而长略相当，则切用而饰观矣。原著尚有制律吕管详法及各管径面体积详数，又对《国语》中声、六律、六间及《月令》十二律，亦用此法求得管序管积，不备述。

再本上述原理以求弦音，半弦中含七音，而其度长亦递加，短亦递减。则知半弦中应有七不均距，更下半之半中亦应有七不均距。各距皆不均之数，亦当以差分法推之。其法仍同上述以均距求不均距之法，但易六为七耳。设将一弦分作百分，如此弦之散音为宫，则第一步由百分至五十分间，分为七不均距，得商、角、变徵、徵、羽、变宫、宫七音；第二步由五十分至二十五分间，如法分之，得七清音与上同；第三步由二十五分至十二分半间，所得更清音亦同。琴弦第七徽即当五十分，第四徽即当二十五分，第一徽即当十二分半。兹列七不均之数如次：

|  | （第一步） | （第二步） | （第三步） |
| --- | --- | --- | --- |
| 第一距 | 九分四二七 | 四分七一三五 | 二分三五六七五 |
| 第二距 | 八分五四三 | 四分二七一五 | 二分一三五七五 |
| 第三距 | 七分七二九 | 三分八六四五 | 一分九三二二五 |
| 第四距 | 七分〇〇二 | 三分五〇一〇 | 一分七五〇五〇 |
| 第五距 | 六分三五九 | 三分一七九五 | 一分五八九七五 |

第六距　　五分七三七　　二分八六八五　　一分四三四二五
第七距　　五分二〇三　　二分六〇一五　　一分三〇〇七五
　　　　　合五十分　　　合二十五分　　　合十二分半

**七距递减得七音，其数如次**：此据假定全弦为宫音所得音，余以次例推。

　　　　（第一步）　　（第二步）　　（第三步）
　　宫　一百分正　　　　五十分正　　　　二十五分正
　　商　九十分〇五七三　四十五分二八六五　二十二分六四三二五
　　角　八十二分〇三〇　四十一分〇一五〇　二十分〇五〇七五〇
　　变徵　七十四分三〇一　三十七分一五·五　一十八分五七五二五
　　徵　六十七分二九九　三十三分六四九五　一十六分八二四七五
　　羽　六十分〇九四〇　三十分〇四七〇〇　一十五分二三五〇〇
　　变宫　五十五分二〇三　二十七分六〇一五　一十三分八〇〇七五

管之成音以空积，尺寸定则一成不变，故可以律吕宫商名之。弦则以紧慢成音而屡变者也,然亦有不变者,则律吕之序,宫商之次也。以紧慢定全弦之散音,各弦内各位所得之音,悉与散音相次而不凌越也。丝所以得音之故,因手指弹弦振动而成弯曲之形,动荡往来,触激空气以成音。紧之则动速,速则动数多,故高;慢之则动迟,迟则动数少,故下。弦细则动速,速则动数多,故高;弦巨则动迟,迟则动数少,故下。紧慢可以力称,巨细可以系定。细心求之,毫发无爽也。试用一琴验之,按上述百分差分之数计其系数,以制七音之弦,自岳山搭于焦尾,更以砝码垂于弦之一端,递加其重以验其音,必可得各音之准。可知七音之理,实本天然,无可移易者矣。原著尚有弦音应合位次,弦音定音详法及论弦音器,不备述。

上所述,皆中国古乐之真律真度也。乃自汉以还,《乐经》绝绪,《周礼·大司乐》之义不明于世。律之次既乱于六间之分,律之数复乱于三分损益之法,故展转推求,徒劳无益。其守在乐府者,率师徒授受,以音为主,不与儒者相谋。是以乐说自乱,而乐音固未漓也。《续汉志》谓京房六十律之术施行于史官,候部用之,可证。观于魏晋间所用列和之笛,七孔声均而名以尺寸,长者四尺二寸,次三尺二寸,三尺九寸,皆以其尺寸名。可知乐人固未解儒者律吕之名,更无从知其度数之法。而荀勖议其"俗而不典",乃依十二律自制十二笛。典则典矣,其于乐音之正,未必遂得密合也。故南北朝以降,仍有待于梁隋之更张。《宋书·律历志》:晋泰始十年,荀勖、张华出御府铜竹律二十五具。部太乐郎刘秀等校试,其三具,与杜夔、左延年律法同。其二十二具，视其铭题尺寸，是笛律也。问协律中郎将列和，辞：昔魏明帝时，令和承受笛声，以作此律。歌声浊者，用长笛长律，歌声清者，用短笛短律。凡弦歌调张清浊之制，不依笛尺寸名之，则不可知也。勖等奏：如和对辞，笛之长短，无所象，则率意而作，不由曲度。考以正律，皆不相应，吹其声均，多不谐合。又辞：先师传笛，别其清浊，直以长短，工人裁制，旧不依律。是为作笛无法。而知写笛造律，又令琴瑟歌咏，从之为正，非所以稽古先哲，垂宪于后者也。（中略）又问和：若不知律吕之义，作乐音均高下清浊之调，当以何名？和辞：每合乐时，随歌者声之清浊，用笛有长短。假令声浊者用三尺二笛，因名曰此三尺二调也。声清者用二尺九笛，因名曰此二尺九调也。汉魏相传，施行皆然。（中略）虽汉魏用之，俗而不典。谨依典记，以五声十二律还相为宫之法，制十二笛象，记注图侧，如别，省图[1]，不如视笛之了，故复重作蕤宾伏孔笛。云云。

列和之笛固不依律，而汉魏以来实见施行。荀勖十二笛皆用三分损益法以为之度，每笛各具正声、下徵、清角三调，皆四倍其角声之律之长，惟蕤宾、林钟二笛八倍其角声之律。又以其多用半律，致有孔位过密不容并指者，乃别于其下作孔；又以其长者孔位过疏，三指分按不及者，亦但取手指能按处，别于其下作附孔。是假借之音固多矣。况用丝音三分损益法以定管音，管又上大下小，故别创上度下度之法。然诸孔既不能谨依尺度，而成音复多假借，则所谓应律者，号则冠冕，而得音之实，安见愈于列和？陈澧详考其制，自截竹仿造十二笛，自谓"使

---

[1] 图　底本作"笛"，据《宋书》（P.215）改。

西晋之音复存于今日"，而亦知其数为大略而非极密，谓笛体长短及四角八角不必拘泥，详见《声律通考》卷三。则所以推许之者固已薄矣。然则勖之笛又何当于乐邪？凌廷堪谓勖笛当时不能用，后世不可行，而陈氏据《隋志》曾载黄钟一笛，谓其制至隋犹用之，以证凌说之非。不思《隋志》乃五代史志编第入《隋书》者，非隋一代之志也。

自五胡之乱，雅乐散亡。由是南朝兼杂胡声，北朝广收夷乐，声器纷陈，而古乐律全变矣。详见前明流第二。《北史·万宝常传》云：

> 父大通，从梁将王琳归于齐，后复谋还江南，事泄伏诛。由是宝常被配为乐户，因妙达[1]钟律，大为时人所赏。然历周洎隋，俱不得调。开皇初，沛国公郑译等定乐，每召与议。宝常奉诏造诸乐器，其声率下郑译调二律。并撰《乐谱》六十四卷，具论八音旋相为宫之法，改弦移柱之变，为八十四调。时人以《周礼》有旋宫之义，自汉魏已来知音者皆不能通，见宝常特创其事，皆哂之。

又《隋书·音乐志》云：

> 郑译云：周武帝时，有龟兹人曰苏祇婆，善胡琵琶。听

---

[1] 因妙达　底本"因"下衍一"而"字，据《北史》（P.2982）删。

其所奏,一均之中,间有七声。因而问之,答云:"父在西域,称为知音,代相传习,调有七种。"以其七调,勘校七声,冥若合符。一曰"娑陁力"华言平声,即宫声也。二曰"鸡识",华言长声,即商声也。商原作南宫,凌廷堪谓当为商声之讹,据正。三曰"沙识",华言质直声,即角声也。四曰"沙侯加滥",华言应声,即变徵声也。五曰"沙腊",华言应和声,即徵声也。六曰"般赡",华言五声,即羽声也。七曰"俟利箑",华言斛牛声,即变宫声也。译因习而弹之,始得七声之正。然其就此七调,又有五旦之名,旦作七调。以华言译之,旦者则谓均也。其声亦应黄钟、太蔟、林钟、南吕、姑洗五均,已外七律,更无调声。译遂因其所捻琵琶,弦柱相饮为均,推演其声,更立七均。合成十二,以应十二律。律有七音,音立一调,故成七调十二律,合八十四调,旋转相交,尽皆和合。娑陁力,《唐会要》作沙陁,《乐书》《宋史》《辽史》作娑陁力,娑为娑之讹。鸡识,《乐书》作乞食,《宋史》作稽识。沙识,《乐书》作涉折。沙腊,《乐书》作婆腊,盖即娑腊之讹。般赡,《唐会要》《乐书》作般涉。俟利箑,《乐书》作阿诡。

合观二事,可知万宝常与郑译同时皆有八十四调之推演。而宝常在北齐为乐户,所本固为胡音;译又受苏祇婆胡琵琶七调五旦之法,牵附汉以来儒者所传十二律为之,以求相合,此乐律之一大变也。苏祇婆为西域人,其七调五旦之声当导源于印度。然其以五旦御七声，仅得三十五调；郑译则增立七均以足十二律，共十二均，均各七调，故有八十四调。《朱子语类》谓："南北之乱，中华雅乐中绝。隋文帝时，郑译得之于苏祇婆，苏祇婆乃自西域传来。"《旧五代史·乐志》载张昭等所云梁武帝造四通十二笛，又引古五正二变之音，旋宫得八十四调，经侯景之乱而绝云云，唐以前史未载，不知何据。陈澧遂谓译法不出于苏祇婆，而为中国古法，并谓胡乐止七声而无十二律。不思译固因苏祇婆之琵琶弦柱而正七声，然后推演而更立之，安得谓不从彼出？即十二律有以合于古名，亦但为汉以后纠纷讹乱之余，而非周代律吕之旧，至声之所准固在胡琵琶而无疑矣。荀勖十二笛亦十二律为十二均，然取音按三分损益之法，当与译不同也。

兹括十二均七音八十四调为表如次：

| 均＼音 | 宫 | 商 | 角 | 变徵 | 徵 | 羽 | 变宫 |
|---|---|---|---|---|---|---|---|
| 黄钟 | 黄（正） | 太（正） | 姑（正） | 蕤（正） | 林（正） | 南（正） | 应（正） |
| 大吕 | 大（正） | 夹（正） | 仲（正） | 林（正） | 夷（正） | 无（正） | 黄（清） |
| 太蔟 | 太（正） | 姑（正） | 蕤（正） | 夷（正） | 南（正） | 应（正） | 大（清） |
| 夹钟 | 夹（正） | 仲（正） | 林（正） | 南（正） | 无（正） | 黄（清） | 太（清） |
| 姑洗 | 姑（正） | 蕤（正） | 夷（正） | 无（正） | 应（正） | 大（清） | 夹（清） |
| 仲吕 | 仲（正） | 林（正） | 南（正） | 应（正） | 黄（清） | 太（清） | 姑（清） |
| 蕤宾 | 蕤（正） | 夷（正） | 无（正） | 黄（清） | 大（清） | 夹（清） | 仲（清） |
| 林钟 | 林（正） | 南（正） | 应（正） | 大（清） | 太（清） | 姑（清） | 蕤（清） |
| 夷则 | 夷（正） | 无（正） | 黄（清） | 太（清） | 夹（清） | 仲（清） | 林（清） |
| 南吕 | 南（正） | 应（正） | 大（清） | 夹（清） | 姑（清） | 蕤（清） | 夷（清） |

续表

| 音\均 | 宫 | 商 | 角 | 变徵 | 徵 | 羽 | 变宫 |
|---|---|---|---|---|---|---|---|
| 无射 | 无（正） | 黄（清） | 太（清） | 姑（清） | 仲（清） | 林（清） | 南（清） |
| 应钟 | 应（正） | 大（清） | 夹（清） | 仲（清） | 蕤（清） | 夷（清） | 无（清） |

凡乐云某均者，皆以某律为宫，如黄钟均以黄钟为宫，大吕均以大吕为宫，余类推。凡乐云某宫某调者，皆先定其均，然后视其曲所用之末音蔡元定《律吕新书》谓之毕曲，姜夔《歌曲序》谓之住字，沈括《补笔谈》谓之杀声，张炎《词源》谓之结声。而定，如黄钟均之毕曲在宫音者名黄钟宫，在商音者名黄钟商，在宫为某宫，在余六音为某调。余类推。陈氏所列均调表皆以为某均七调者，率某律递变为七音，如黄钟均则黄钟为宫、为商、为角等等。信如其说，则均之高下无定，而其宫调易淆，何云应律？按《唐书·礼乐志》载：祖孝孙以十二月旋相为六十声、八十四调，一宫、二商、三角、四变徵、五徵、六羽、七变宫，其声繇浊至清为一均。凡十二宫调，皆正宫也。正宫声之下，无复浊音，故五音以宫为尊。十二商调，调有下声一，谓宫也。十二角调，调有下声二，宫、商也。十二徵调，调有下声三，宫、商、角也。十二羽调，调有下声四，宫、商、角、徵也。十二变徵调，居角音之后，正徵之前。十二变宫调，在羽音之后，清宫之前。雅乐成调，无出七声。据此文以勘陈氏之说，不免违舛，而宋

以后称宫调法皆与此同。陈氏以为郑译之称均异于宋仁宗《乐髓》、张炎《词源》，盖未细察。

唐雅乐为祖孝孙作，以十二律各顺其月，旋相为宫，制《十二和》之乐，合三十二曲，八十四调。《旧唐书·音乐志》载其宫调节次甚详。即用郑译调法，而又缘饰《周礼》律名，自来误以圜钟为夹钟，然唐乐兼有圜钟、夹钟，有函钟，又有林钟，然有中吕，无小吕。甚见其芜杂失据。虽典礼施用，而实同具文，不为当世所尚。其时尚者，则为俗乐二十八调，皆自苏祇婆胡琵琶来也。《新唐书·礼乐志》云：

> 凡所谓俗乐者，二十有八调：正宫、高宫、中吕宫、道调宫、南吕宫、仙吕宫、黄钟宫为七宫；越调、大食调、高大食调、双调、小食调、歇指调、林钟商为七商；大食角、高大食角、双角、小石角、歇指角、林钟角、越角为七角；中吕调、正平调、高平调、仙吕调、黄钟羽、般涉调、高般涉为七羽。皆徒浊至清，迭更其声，下则益浊，上则益清，慢者过节，急者流荡。其后声器浸殊，或有宫调之名，或以倍四为度，有与律吕同名，而声不近雅者。其宫调乃应夹钟之律，燕设用之。

此与段安节《乐府杂录》所载略同，而次序微异，录如下：

平声羽七调——第一运中吕调　第二运正平调　第三运高平调　第四运仙吕调　第五运黄钟调　第六运般涉调　第七运高般涉调

上声角七调——第一运越角调　第二运大石角调　第三运高大石角调　第四运双角调　第五运小石角调亦名正角调　第六运歇指角调　第七运林钟角调

去声宫七调——第一运正宫　第二运高宫　第三运中吕宫　第四运道宫　第五运南吕宫　第六运仙吕宫　第七运黄钟宫

入声商七调——第一运越调　第二运大石调　第三运高大石调　第四运双调　第五运小石调　第六运歇指调第七运林钟商调

上平声调为徵声　商角同用　宫逐羽音

琵琶四弦，每弦十五柱，并散音得十六声。此唐琵琶之数，若今琵琶止十五声。盖唐宋燕乐皆以琵琶为主器，而燕乐用十二律并四清声也。第一弦司七宫调，散音为宫，凡七均之宫调皆归之。即宫调之毕曲，下同。第二弦司七商调，散音为商，凡七均之商调皆归之。第三弦司七角调，散音为角，凡七均之角调皆归之。角乃黄钟均之角，为仲吕均之变宫，故《宋史·乐志》云"以变宫为角"。第四弦司七羽调，散音为羽，凡七均之羽调皆归之。得音如下图：

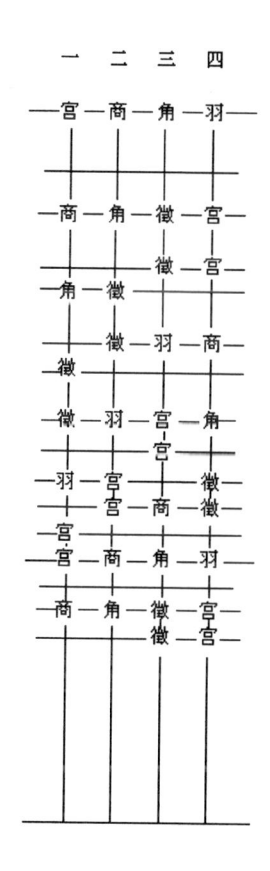

斠律第五

| 一 | 二 | 三 | 四 |
|---|---|---|---|
| 宮 | 商 | 角 | 羽 |
| 商 | 角 | 徵 | 宮 |
|  |  | 徵 | 宮 |
| 角 | 徵 |  |  |
|  | 徵 | 羽 | 商 |
| 徵 |  |  |  |
|  | 徵 | 羽 | 宮 | 角 |
|  |  | 宮 |  |
| 羽 | 宮 |  | 徵 |
|  | 宮 | 商 | 徵 |
| 宮 |  |  |  |
| 宮 | 商 | 角 | 羽 |
|  | 商 | 角 | 徵 | 宮 |
|  |  | 徵 | 宮 |

四声二十八调为燕乐之标准音。惟以琵琶止四弦,故无徵调,而燕乐亦无徵调曲也。诸调既至复杂,考者异说又繁,兹为表解如下:

| 唐雅乐律 | 太蔟 | 夹钟 | 姑洗 | 仲吕 | 蕤宾 | 林钟 | 夷则 | 南吕 | 无射 | 应钟 | 黄钟清 | 大吕清 | |
|---|---|---|---|---|---|---|---|---|---|---|---|---|---|
| 一弦宫声 | 黄<br>宫合 | 大<br>下四 | 太<br>商四 | 夹<br>下一 | 姑<br>角一 | 仲<br>上 | 蕤<br>变徵勾 | 林<br>徵尺 | 夷<br>下工 | 南<br>羽工 | 无<br>下凡 | 应<br>变宫凡 | |
|  | 第一运正宫即黄钟宫 | 第二运高宫即大吕宫 |  | 第三运中吕宫即夹钟宫 |  | 第四运道宫即仲吕宫 |  | 第五运南吕宫即林钟宫 | 第六运仙吕宫即夷则宫 |  | 第七运黄钟宫即无射宫 |  | |
| 二弦商声 | 太<br>商四 | 夹<br>下一 | 姑<br>角一 | 仲<br>上 | 蕤<br>变徵勾 | 林<br>徵尺 | 夷<br>下工 | 南<br>羽工 | 无<br>下凡 | 应<br>变宫凡 | 黄清<br>宫六 | 大清<br>下五 | 以下四声均略 |
|  | 第二运大石调即黄钟商 | 第三运高大石即大吕商 |  | 第四运双调即夹钟商 |  | 第五运小石调即仲吕商 |  | 第六运歇指调即林钟商 | 第七运林钟商即夷则商 |  | 第一运越调即无射商 |  | |
| 三弦角声 | 姑<br>角一 | 仲<br>上 | 蕤<br>变徵勾 | 林<br>徵尺 | 夷<br>下工 | 南<br>羽工 | 无<br>下凡 | 应<br>变宫凡 | 黄清<br>宫六 | 大清<br>下五 | 太清<br>商五 | 夹清<br>下一 | |
|  | 第五运小石角即仲吕变宫 | 第六运歇指角即林钟变宫 |  | 第七运林钟角即夷则变宫 |  | 第一运越角即无射变宫 |  | 第二运大石角即黄钟变宫 | 第三运高大石角即大吕变宫 |  | 第四运变角即夹钟变宫 |  | |

续表

| 唐雅乐律 | 太蔟 | 夹钟 | 姑洗 | 仲吕 | 蕤宾 | 林钟 | 夷则 | 南吕 | 无射 | 应钟 | 黄钟清 | 大吕清 | |
|---|---|---|---|---|---|---|---|---|---|---|---|---|---|
| 四弦羽声 | 南 | 无 | 应 | 黄清 | 大清 | 太清 | 夹清 | 姑清 | 仲清 | 蕤清 | 林清 | 夷清 | |
| | 羽工 | 下凡 | 变宫凡 | 宫六 | 下五 | 太清 商五 | 下一 | 角一 | 上 | 变徵勾 | 徵尺 | 下工 | |
| | 第六运般涉调即黄钟羽 | 第七运高般涉调即大吕羽 | | 第一运中吕调细夹钟羽 | 第二运正平调即仲吕羽 | | 第三运高平调即林钟羽 | 第四运仙吕调即夷则羽 | | 第五运黄钟调即无射羽 | | | |

按上表有二例当知者：一，唐燕乐较雅乐高二律，故燕乐黄钟实当雅乐之太蔟，而雅乐黄钟则当燕乐之无射。二，乐律本以黄钟为宫，而唐宋燕乐则用仲吕均，故第一弦黄钟之音宫上旋为徵合，第二弦太蔟之音商尺旋为羽四，第三弦姑洗之音角工旋为变宫一，第四弦南吕之音羽五旋为角上。《宋史·乐志》所谓"变宫为角"，乃指明燕乐所用为仲吕均，不仅为角声一弦言，惟角声诸调，皆归于变宫耳。知此二例，则二十八调之次序及各调之所以取音，皆可冰释无扞格矣。前人言二十八调者，如胡彦升《乐律表微》，则谓其"繁复舛错而不可用"；江慎修《律吕阐微》，则谓"燕乐以管为主"，皆昧于真相者也。惟凌廷堪《燕乐考原》，则据《辽史·乐志》"四旦二十八调不用黍律以琵琶弦协之"一语，而悟其七

宫一均。即琵琶第一弦，七商即第二弦，七角即第三弦，七羽即第四弦，真可谓得要者。其后则陈澧《声律通考》，整理众说，列表详释，极见用心。惟其间有三蔽，不可不辨。一则误谓"凡每弦之第一声皆为本弦之黄钟"也。陈氏既知一弦之第一声为黄钟，二弦之第一声为太簇，三弦之第一声为姑洗，四弦之第一声为南吕矣；然又据沈括《补笔谈》所载各调用声，而断为第一声皆名黄钟。按《补笔谈》载用声多衍误错脱，不尽足凭，陈氏亦多勘正之，则不能据为偏证而乱宫调之序也。凌氏以第三弦第一声为应钟，固误矣；陈氏谓仍称黄钟，亦未为得。至凌氏谓第二弦第一声为太簇，第四弦第一声为南吕，则未尝误也。观表自明。二则误谓"第一运必起于第一声"也。七宫首正宫，固无异议。如七商则《宋志》所载蔡元定《燕乐书》首大食调，大食调毕曲当太簇，故曰皆生于太簇。七角则《唐志》《燕乐书》《辽志》皆首大食角，大食角毕曲当应钟，故曰皆生于应钟。七羽则《燕乐书》首般涉调，般涉调毕曲当南吕，故曰皆生于南吕。是可知第一运非必起于第一声矣。观表自明。三则曲解"商角同用，宫逐羽音"二语也。《乐府杂录》此二语最难索解，或强解者，皆无是处。如江慎修《律吕阐微》、郑文焯《词源斠律》。陈氏独以为今琵琶之调弦法"合上尺六"或"上尺合上"，即唐人遗法。然琵琶之所以为主器者，在四弦分主四声。若信如后世调弦以一四，两弦同音，是失其标准之所在矣。今琵琶安柱调音，皆失古意，今琵琶每弦四相十品，合散音为十五声。第五品当弦之半，为散音之清声。每弦正声九，清声六，而十二律中少三律矣。安可据以窥古器乎？

间尝熟思而得二语之理解矣。"商角同用"者，二三两弦取声皆同，故调名亦同也。如上表，商角两声，第一运皆在无射均，越调无商，越角无变宫。第二运皆在黄钟均，大石调黄商，大石角黄变宫。第三运皆在大吕均，高大石调大商，高大石角大变宫。第四运皆在夹钟均，双调夹商，双角夹变宫。第五运皆在仲吕均，小石调仲商，小石角仲变宫。第六运皆在林钟均，歇指调林商，歇指调林变宫。第七运皆在夷则均，商调夷商，商角夷变宫。故可同用也。"宫逐羽音"者，一四两弦音位相当，故调名亦近也。如上表，羽声第一运中吕调为夹钟羽，而宫声第三运中吕宫即夹钟宫；羽声第二运正平调为仲吕羽，而宫声第四运道宫即仲吕宫；羽声第三运高平调为林钟羽，而宫声第五运南吕宫即林钟宫；羽声第四运仙吕调为夷则羽，而宫声第六运仙吕宫即夷则宫；羽声第五运黄钟调为无射羽；而宫声第七运黄钟宫即无射宫；羽声第六运般涉调为黄钟羽，而宫声第一运正宫即黄钟宫；羽声第七运高般涉为大吕羽，而宫声第二运高宫即大吕宫。故可谓之逐也。

燕乐止用二十八调，而仍备八十四调之名数，具目见《宋史·律历志》及张炎《词源》。《宋志》载仁宗作《景祐乐髓新经》六篇，具列十二均宫调而并著其俗名；《词源》亦然，略有异称，但兼列各调结声，注以当时所用俗字，较见明了。今括为二表：

《乐髓》八十四调表：

| 音\均 | 宫 | 商 | 角 | 变徵 | 徵 | 羽 | 变宫 |
|---|---|---|---|---|---|---|---|
| 黄钟 | 黄钟之宫为正宫 | 太簇商为大石调 | 姑洗角为小石角 | 蕤宾变徵为应钟徵 | 林钟徵为黄钟徵 | 南吕羽为般涉调 | 应钟变宫为中管黄钟宫 |
| 大吕 | 大吕之宫为高宫 | 夹钟商为高大石 | 仲吕角为中管小石角 | 林钟变徵为黄钟徵 | 夷则徵为大吕徵 | 无射羽为高般涉 | 黄钟变宫为正宫调 |
| 太簇 | 太簇之宫为中管高宫 | 姑洗商为中管高大石 | 蕤宾角为歇指角 | 夷则变徵为大吕徵 | 南吕徵为太簇徵 | 应钟羽为中管高般涉 | 大吕变宫为高宫 |
| 夹钟 | 夹钟之宫为中吕宫 | 仲吕商为变调 | 林钟角亦为林钟角 | 南吕变徵为太簇徵 | 无射徵为夹钟徵 | 黄钟羽为中吕调 | 太簇变宫为中管高宫 |
| 姑洗 | 姑洗之宫为中管中吕宫 | 蕤宾商为中管双调 | 夷则角为中管林钟角 | 无射变徵为夹钟徵 | 应钟徵为姑洗徵 | 大吕羽为中管中吕调 | 夹钟变宫为中吕宫 |
| 仲吕 | 仲吕之宫为道调宫 | 林钟商为小石调 | 南吕角为越角 | 应钟变徵为姑洗徵 | 黄钟徵为中吕徵 | 太簇羽为平调 | 姑洗变宫为中管中吕宫 |
| 蕤宾 | 蕤宾之宫为中管道调宫 | 夷则商为中管小石调 | 无射角为中管越角 | 黄钟变徵为中吕徵 | 大吕徵为蕤宾徵 | 夹钟羽为中管平调 | 中吕变宫为道调宫 |
| 林钟 | 林钟之宫为南吕宫 | 南吕商为歇指调 | 应钟角为内石角 | 大吕变徵为蕤宾徵 | 太簇徵为林钟徵 | 姑洗羽为高平调 | 蕤宾变宫为中管道调宫 |
| 夷则 | 夷则之宫为仙吕宫 | 无射商为林钟商 | 黄钟角为高大石角 | 太簇变徵为林钟徵 | 夹钟徵为夷则徵 | 仲吕羽为仙吕调 | 林钟变宫为南吕宫 |
| 南吕 | 南吕之宫为中管仙吕宫 | 应钟商为中管林钟商 | 大吕角为中管高大石角 | 夹钟变徵为夷则徵 | 姑洗徵为南吕徵 | 蕤宾羽为中管仙吕调 | 夷则变宫为仙吕宫 |
| 无射 | 无射之宫为黄钟宫 | 黄钟商为越调 | 太簇角为双角 | 姑洗变徵为南吕徵 | 仲吕徵为无射徵 | 林钟羽为黄钟羽 | 南吕变宫为中管仙吕宫 |
| 应钟 | 应钟之宫为中管黄钟宫 | 大吕商为中管越调 | 夹钟角为中管双角 | 仲吕变徵为无射徵 | 蕤宾徵为应钟徵 | 夷则羽为中管黄钟羽 | 无射变宫为黄钟宫 |

《词源》八十四词表

| 音均\律 | 宫 | | | 商 | | | 角 | | | 变徵 | | | 徵 | | | 羽 | | | 变宫 | | |
|---|---|---|---|---|---|---|---|---|---|---|---|---|---|---|---|---|---|---|---|---|---|
| 黄钟 | 黄钟宫 | 正黄钟宫 | 合六厶久 | 黄钟商 | 大石调 | 四ㄕ | 黄钟角 | 正黄钟角 | 一一 | 黄钟变 | 正黄钟转徵 | 勾ㄥ | 黄钟徵 | 正黄钟正徵 | 尺ㄔ | 黄钟羽 | 般涉调 | 工ㄗ | 黄钟闰 | 大石角 | 凡ㄈ |
| 大吕 | 大吕宫 | 高宫 | 下四㊃ | 大吕商 | 高大石调 | 下一㊀ | 大吕角 | 高宫角 | 上ㄣ | 大吕变 | 高宫变徵 | 尺ㄔ | 大吕徵 | 高宫正徵 | 下工㊁ | 大吕羽 | 高般涉调 | 下凡㊃ | 大吕闰 | 高大石角 | 合厶 |
| 太簇 | 太簇宫 | 中管高宫 | 四ㄕ | 太簇商 | 中管高大石调 | 一一 | 太簇角 | 中管高宫角 | 一一 | 太簇变 | 中管高宫变徵 | 下工㊁ | 太簇徵 | 中管高宫正徵 | 工ㄗ | 太簇羽 | 中管高般涉调 | 凡ㄈ | 太簇闰 | 中管高大石角 | 下四ㄕ |
| 夹钟 | 夹钟宫 | 中吕宫 | 下一㊀ | 夹钟商 | 双调 | 上ㄣ | 夹钟角 | 中吕正角 | 上ㄣ | 夹钟变 | 中吕变徵 | 工ㄗ | 夹钟徵 | 中吕正徵 | 下㊃ | 夹钟羽 | 中吕调 | 合厶 | 夹钟闰 | 双角 | 四ㄕ |
| 姑洗 | 姑洗宫 | 中管中吕宫 | 一一 | 姑洗商 | 中管双调 | 勾ㄥ | 姑洗角 | 中管中吕角 | 勾ㄥ | 姑洗变 | 中管中吕变徵 | 下凡㊃ | 姑洗徵 | 中管中吕正徵 | 凡ㄈ | 姑洗羽 | 中管中吕调 | 下四㊃ | 姑洗闰 | 中管双角 | 下一㊀ |
| 仲吕 | 仲吕宫 | 道宫 | 上ㄣ | 仲吕商 | 小石调 | 尺ㄔ | 仲吕角 | 道宫角 | 尺ㄔ | 仲吕变 | 道宫变徵 | 凡ㄈ | 仲吕徵 | 道宫正徵 | 合厶 | 仲吕羽 | 正平调 | 四ㄕ | 仲吕闰 | 小石角 | 一一 |
| 蕤宾 | 蕤宾宫 | 中管道宫 | 勾ㄥ | 蕤宾商 | 中管小石调 | 下工㊁ | 蕤宾角 | 中管道宫角 | 下工㊁ | 蕤宾变 | 中管道变徵 | 合厶 | 蕤宾徵 | 中管道宫正徵 | 下四㊃ | 蕤宾羽 | 中管正平调 | 下一㊀ | 蕤宾闰 | 中管小石角 | 上ㄣ |

续表

| 音均 | 宫 | | 商 | | 角 | | 变徵 | | 徵 | | 羽 | | 变宫 | |
|---|---|---|---|---|---|---|---|---|---|---|---|---|---|---|
| 林钟 | 南吕宫 | 尺ㄣ | 歇指调 | 工ㄗ | 南吕角 | 凡ㄦ | 南吕变徵 | 下四⑦ | 南吕正徵 | 四ㄥ | 高平调 | 一 | 歇指角 | 勾ㄥ |
| 夷则 | 仙吕宫 | 下工⑦ | 商调 | 下凡ⓕ | 仙吕角 | 合ㄙ | 仙吕变徵 | 四ㄥ | 仙吕正徵 | 下一① | 仙吕调 | 上ㄣ | 商角 | 尺ㄣ |
| 南吕 | 中管仙吕宫 | 工ㄗ | 中管商调 | 凡ㄦ | 中管仙吕角 | 下四⑦ | 中管仙吕变徵 | 下一① | 中管仙吕正徵 | 一 | 中管仙吕调 | 勾ㄥ | 中管商角 | 下工⑦ |
| 无射 | 黄钟宫 | 下凡ⓕ | 越调 | 合ㄙ | 黄钟角 | 四ㄥ | 黄钟变徵 | 一 | 黄钟正徵 | 上ㄣ | 羽调 | 尺ㄣ | 越角 | 工ㄗ |
| 应钟 | 中管黄钟宫 | 凡ㄦ | 中管越调 | 下四⑦ | 中管黄钟角 | 下一① | 中管黄钟变徵 | 上ㄣ | 中管黄钟正徵 | 勾ㄥ | 中管羽调 | 下工⑦ | 中管越角 | 下凡ⓕ |

按：二表有异点二：一、律名之称谓不同也。《乐髓》商调以下皆别以其声之所在为名，如黄钟均之"太蔟商"即太蔟为商，"姑洗角"即姑洗为角也。余类推。《词源》商调以下皆仍以其均之所统为名，如黄钟均之"黄钟商"即本宫之商，"黄钟角"即本宫之角也。余类推。二、宫调之位置互易也。《乐髓》之角声诸律，皆《词源》之变宫诸律，如"姑洗角"即仲吕闰，"仲吕角"即蕤宾闰也。余类推。《乐髓》之变宫诸律，皆《词源》之角声诸律，如"应钟变宫"即林钟角，"黄钟变宫"即夷则角也。余类推。然《乐髓》变宫诸律之俗名，却同于宫声诸律，其故盖在变宫即宫下一律，故次一位即实相同也。如大吕均之变宫即黄钟宫，故同称正宫；太蔟均之变宫即大吕宫，故同称高宫。余类推。盖十二宫七声虽衍为八十四调，其实移步换形，而皆可相通。结声用字不出十二律外。特以取声高下有殊，故主律各异，不必备其曲也。兹更列一表以观其会通之所由，如下：此表止就宫、角、闰三调排比以观，余四调从略。

黄钟宫＝夷则角＝大吕闰

大吕宫＝南吕角＝太蔟闰

太蔟宫＝无射角＝夹钟闰

夹钟宫＝应钟角＝姑洗闰

姑洗宫＝黄钟角＝仲吕闰

仲吕宫＝大吕角＝蕤宾闰

蕤宾宫＝太蔟角＝林钟闰

林钟宫＝夹钟角＝夷则闰

夷则宫＝姑洗角＝南吕闰

南吕宫＝仲吕角＝无射闰

无射宫＝蕤宾角＝应钟闰

应钟宫＝林钟角＝黄钟闰

按：《声律通考》所列七表，以调而不以均，故于其会通处不易观察。又惑于"每调第一声皆名黄钟"之成见，因误解《乐髓》商声以下六调诸律名，而于各表前兼列宫调律吕及各调律吕以资参互，实赘举也。至各表所列宫商音次皆误，总因误会第一声皆名黄钟耳。燕乐律名多主黄钟宫，其实则用仲吕宫，而黄钟旋为徵矣；仲吕为宫，则黄钟之角姑洗为变宫矣。故《宋志》云"变宫为角"，从仲吕均言也，实则角为变宫耳。燕乐宫调所以纷纠者，此其症结。陈氏于此点不曾直捷著明，徒缴绕于《乐髓》《词源》二家所列角调次第之是非。其参互二家律名，于角调诸音皆列双行，徒乱眉目。又不知《词源》之角声诸律皆正角，异于闰声之变宫假以为角。故于排比变宫十二调时，误将二家原次相当，而不知以《词源》之"林钟角"当《乐髓》之"应钟变宫"为第一行，殊为通人之蔽！

燕乐二十八调，至宋初教坊所奏，大曲仅用十八调，而曲破及小曲则二十八调备用焉。见明流第二。迄南宋时，则雅俗只行七宫十二调矣。见《词源》。及元则七宫减而为六，十二调减而为十一，而实有曲者仅十二宫调。见周德清《中原音韵》。讫元末又减其三而实用其七，为九宫矣。见陶宗仪《辍耕录》。及明，南曲则有九宫，合十三调。见徐渭《南词叙录》及王骥德《曲律》。更后则并元人之五宫四调而为七调矣。是宫调日趋于约也。兹括为表：

| 七宫十二调 | 六宫十一调 | 十二宫调 | 九宫十三调 | 七调 |
|---|---|---|---|---|
| 正宫 黄钟宫 | 正宫 | 正宫 | 正宫 | 六调 |
| 大石调 黄钟商 | 大石调 | 大石调 | 大石 附正宫 | 五调 |
| 般涉调 黄钟羽 | 般涉调 | 般涉调 | 般涉 附中吕 | 工调 |
| 高宫 大吕宫 | | | | |
| 中吕宫 夹钟宫 | 中吕宫 | 中吕宫 | 中吕宫 | 一调 |
| 双调 夹钟商 | 双调 | 变调 | 双调 | 上调 |
| 中吕调 夹钟羽 | | | | |
| 道宫 仲吕宫 | 道宫 | | | 上调 |
| 小石调 仲吕商 | 小石调 | 小石调 | 小石 附商调 | 尺调 |
| 正平调 仲吕羽 | | | | |
| 南吕宫 林钟宫 | 南吕宫 | 南吕宫 | 南吕宫 | 尺调 |
| 歇指调 林钟商 | 歇指调 | | | |
| 高平调 林钟羽 | 高平调 | | | |
| 仙吕宫 夷则宫 | 仙吕宫 | 仙吕宫 | 仙吕宫 | |
| 商调 夷则商 | 商调 | 商调 | 商调 | 凡调 |
| 仙吕调 夷则羽 | 宫调 | | 仙吕入双调 | |
| | 商角 夷则闰 | 商角 | | |
| 黄钟宫 无射宫 | 黄钟宫 | 黄钟宫 | 黄钟宫 | 凡调 |
| 越调 无射商 | 越调 | 越调 | 越调 | 六调 |
| 羽调 无射羽 | | | 羽调 附仙吕 | |
| | 角调 无射闰 | | | |

宋俗乐工以十二字谱代十二律名而为之音符，如《补笔谈》云：

今燕乐只以合字配黄钟，下四字配大吕，高四字配太蔟，下一字配夹钟，高一字配姑洗，上字配中吕，勾字配蕤宾，尺字配林钟，下工字配夷则，高工字配南吕，下凡字配无射，高凡字配应钟，六字配黄钟清，下五字配大吕清，高五字配太蔟清，紧五字配夹钟清。

又《宋史·乐志》云：

蔡元定《燕乐》书，证俗失以存古义。黄钟用合字，大吕、大蔟用四字，夹钟、姑洗用一字，夷则、南吕用工字，无射、应钟用凡字，各以上下，分为清浊。其中吕、蕤宾、林钟不可用上下分，中吕用上字，蕤宾用勾字，林钟用尺字。其黄钟清用六字，大吕、大蔟、夹钟清各用五字，而以下上紧别之。

据此，则宋乐通以仲吕为宫明矣。宫调虽迭转，而仍以仲吕均为主。故于黄钟宫命曰"正宫，"黄钟徵即林钟。命曰"正黄钟宫正徵"，由是而"正黄钟宫角"即姑洗。转为仲吕之变宫一，故曰"变宫为角"也。

姜夔《歌曲》及张炎《词源》列古今谱字略同，惟备有简笔音符。即朱熹所谓半字谱。如次：

| 黄 | 大 | 太 | 夹 | 姑 | 仲 | 蕤 | 林 | 夷 | 南 | 无 | 应 | 黄清 | 大清 | 太清 | 夹清 |
|---|---|---|---|---|---|---|---|---|---|---|---|---|---|---|---|
| 合 | 下四 | 四 | 下一 | 一 | 上 | 勾 | 尺 | 下工 | 工 | 下凡 | 凡 | 六 | 下五 | 五 | 紧五 |
| ㄙ | ⊘ | 了 | ⊖ | 一 | ㄣ | ㄥ | ィ | ⊘ | フ | ⓚ | ル | 久 | 丂 | ⓜ | ⓜ |

宋乐器于琵琶外更伴以觱栗，今称喇叭。又名头管。谓加哨于管头也。有所谓倍四头管、倍六头管之异。去管尾放音器者，名哑觱栗。今亦称头管调，《词源》谓小唱用之。头管之调称管色，《词源》有管色应指字谱。管凡八孔，共得九声，五六凡工尺上一四合。惟合上二字音较正，余则以一声兼二声。如下四及四皆吹四字，下一及一皆吹一字，勾及尺皆吹尺字，下工及工皆吹工字，下凡及凡皆吹凡字。元代因之，及明而废弦索用横笛。笛凡六孔，并体中声止得七声，重吹可得清声。以之旋宫，可得七调。间律虽亡，然不期而复古乐七音旋宫之旧矣。后人丁此歧议有二：以为"今笛七孔相距长短如 ，正合古法"，此凌氏之说也。而陈氏驳之，以为"如其说则但有七声而无十二律矣，此凌氏囿于今之俗乐"，又谓"六孔疏密如一，便于造笛工人，此是巧法，而吹笛者补救之"。此一事也。一以为"宋字谱但可配五声二变，断不可配十二律吕"，此凌氏之说也。而陈氏亦驳之，以为"此近人失宋人之法，而宋人

字谱实配律吕，非配七音"。此又一事也。陈氏所见，信较凌氏为密，然蒙有说焉。笛之六孔相距如一，固为巧法，不合差分之原理。然其得音所以能合者，则别有故。笛之成音，微异律管。律管每管一音，气自管口入，即从管尾出，管体中无别孔，故空积之数严密，作管须用差分。笛则不然，体具多孔，而气乃横出，无孔之一面，尚有半管纳气于其中，虽多佐以下孔而出之，仍有余蓄，故前六孔距度均匀，不必用差分法，惟尾间后出二孔稍远耳。尾用二孔，为出音畅也。至宋人字谱固以配十二律吕，然五声二变乃天地自然之音，今人七字，即出于宋人，十二律中有五字为下音，下四、下一、勾下工、下凡。不与他音连用，其用者亦止七字耳。惟是中国古乐七音旋宫，则七音之位相均，易为十二律，则二变距宫徵特近，且角音以上四音，无不移近矣。此古今乐音之大变，即其所以相悬也。今如从十二律之说，则宋人字谱固以配律。如从七声，则宋人字谱未尝不可配声。谱字，符号耳，虚位耳，所殊者实，何独斤斤于其名之可否通假乎？

盖自燕乐盛而古乐益式微矣！诸器之音，既皆以胡琵琶为准，乐工所习，尽属胡音，视雅乐如土芥也。唐玄宗时，太常阅坐部不可教者隶立部，又不可教者乃习雅乐。见明流第二。雅乐之器仅存者惟琴，其曲则隋唐间惟存九弄，而时君厌闻，虽士大夫偶有习者，不能溥也。见辨体第三。胡音渐渍既久，众耳习闻，而不觉其异；或偶觉其异，又劫于积重之势不敢斥言，甚且上下取音，迁就胡乐，而琴音亦乖违矣。琴徽以示弦度分划大概，非尽当音位。弹者本藉应合以调弦，所定散音不致多乖于正。又四、五、七、九、十诸徽泛音，依音数调和原理以成音，非当徽不能得，亦不致乖。惟按音上下，全凭耳听，易致失准，观今琴谱指法所示徽外余分多不正确，可知。至于筝瑟，调音用柱，上下随心，咸决于耳，耳音失正，音亦随乖。若诸管音，又惑于三分损益谬法，所得非正，更据以定钟磬之音，不至全乖，不止矣。此宋代六变其乐，见明流第二。而卒无裨于雅音也。《宋志》云："今人常乐县钟磬埙篪搏拊之器，类皆仿古，而听者不知为乐。"又徽宗崇宁元年诏曰"太常乐器弊坏，琴瑟制度参差不同，箫笛之属乐工自备，每大合乐，声韵淆杂"云云，皆以此故。

呜乎！乐调之亡，盖阅世而不可免者也。六代之乐，乱于东周，至汉而尽亡矣。秦改《大武》为《五行》，汉改《韶舞》为《文始》，则余者尽矣。《风》《雅》之音，微于汉魏，至晋而悉绝矣。杜夔四篇至晋已亡。今朱子《仪礼经传通解》中，载《唐开元风雅十二诗谱》，然皆唐人所作，非风雅之旧也。相和之调，散于五胡，至隋而靡遗矣。江南之曲，变于隋唐，至宋而无存矣。均见明流第二。两宋之际，词极盛也，及元而变为北曲南戏，而宋词之歌法不可知矣。清《儿宫人成谱》及谢元淮《碎金词谱》载有宋词多阕，然按姜夔《白石道人歌曲旁谱》，皆一字一音，则此仍是昆腔歌法，非宋词之旧也。胡元之世，曲极盛也，及明，乃变为弋阳昆腔，而元曲之声调不可闻矣。明清之间，昆曲极盛也，其后乃夺于高腔、乱弹、徽调、秦腔，及今而再演为皮黄、梆子，而昆曲亦遂若存若亡矣。详见拙著《词曲史》。旧衰而新起，新盛而旧亡，调变而器非，器敝而音乱，此古乐之所以终沦也。
今琴谱所存诸古曲如《高山》《流水》等，亦皆后人拟古写声，但较近古耳。

试进而征现代之乐：昆曲以笛为主，音分七调，似古乐矣，而调高音亢不类也。秦腔以锡律为主，管头加哨，似管色矣，而管短音激不类也。淮调、粤讴，以琵琶为主，而为柱十四，调音仅三，不足以验燕乐也。大鼓、开篇，以三弦为主，而紧慢随心，上下凭意，不足以求古调也。若西皮、二黄，以胡琴、月琴为主，声噍杀而违于中，器简陋而疏于律，去古又日远矣。是以今之言乐者，考律吕则以旧说纷呶，猝焉不得其条贯；究乐曲则以古音沉寂，杂然不辨乎华夷。学者心知其意，而艺苦不精；乐人耳习其声，而理难自达。谁复能通古今之邮，酌雅俗之当者？然则中邦旧乐，殆终不可复兴乎！

虽然，今欲验古乐七音之正，则可本前述差分定音之法，求之于古琴；征燕乐十二律之遗，则可据前述立均转调之方，求之于西乐。兹分论之：

琴凡七弦，其散声具下徵、下羽、宫、商、角、徵、羽七音。虽不用二变，而二变之音仍存弦中。全弦得音三重，如前述百分法所分三步，可各得七音。若究其极清极浊之音，共可得五重。然琴曲过高之音皆所不取，过下之音用为应合，其常用者皆中部之中声也。其十三徽之定位，乃分三次：第一次四分全弦而得 dgj 三徽，第二次五分全弦而得 cfhk 四徽，第三次六分全弦而得 beil 四徽。更自岳山至四徽间及自焦尾至十徽间各半分之而得 am 二徽，则八分之一也。诸徽惟一、四、七当音之正位，次则五、九亦仅差毫忽，余则徽上皆不当正音。十徽上往往取音，然正音实应徽上方合。鼓琴者但凭其应和之声以调弦。其法：先定三弦为宫，首以三弦九徽定六弦之徵，再以六弦九徽定四弦之商，再以四弦九徽定七弦之羽，再以七弦九徽定五弦之角，而五音得矣。按此即"宫生徵，徵生商，商生羽，羽生角"之本解。然后以六弦之徵定一弦之下徵，以七弦之羽定二弦之下羽，而七弦之音皆定矣。至于二变之音，则以宫弦宫声下一音而当商弦宫声之位者为变宫，以徵弦徵声下一音而当羽弦徵声之位者为变徵，而二变亦在矣。又有泛声调弦之法。泛声者，指不实按而弹之，则其两端同时发清脆之音，此琴之所独有也。泛声得音之理，乃由两端之音动数比例相调，不调则瘖。如七徽泛声，两端动数固相等。五徽、九徽泛声，则一与二之比；四徽十徽泛声，则一与三之比，皆可得音。一与二之比，得音最清。若六徽、八徽欲作泛声，则二与三之比，不得调矣。如以泛声调弦，则七弦七徽应四弦九徽，六弦十徽应三弦九徽，五弦十徽应二弦九徽，四弦七徽应一弦九徽。凡九徽之音，用五徽亦可。又七弦九徽应五弦十徽，六弦九徽应四弦十徽，四弦九徽应二弦十徽，三弦九徽应一弦十徽，惟五弦九徽为变宫，不与三弦十徽相应耳。泛声与实音惟四五七徽相同，余则泛实各异。夫琴之弦度既长，则成音可多。弦之应和既多，则得音有准。古今乐器，孰有过于琴者？吾故曰：验七音，当求之于古琴也。

西乐以钢琴、风琴为准，其音高下凡若干组。小者四组，大者五六组。每组具音键十二，白七，黑五，凡十二音。白键之音以CDEFGAB为符；黑键之音以 $^bD^bE^bG^bA^bB$ 为符。今之简谱用阿拉伯之数字者乃日本所变。此十二音，实同于燕乐十二律也。如图：

| 黄钟 | 大吕 | 太蔟 | 夹钟 | 姑洗 | 仲吕 | 蕤宾 | 林钟 | 夷则 | 南吕 | 无射 | 应钟 |
|---|---|---|---|---|---|---|---|---|---|---|---|
| 合 | 下四 | 四 | 下一 | 一 | 上 | 勾 | 尺 | 下工 | 工 | 下凡 | 凡 |
| ム | ㋐ | マ | ㋑ | 一 | ㇊ | ㇋ | イ | ㋒ | フ | ㋓ | ル |
| C | $^\#C$或$^bD$ | D | $^\#D$或$^bE$ | E | F | $^\#F$或$^bG$ | G | $^\#G$或$^bA$ | A | $^\#A$或$^bB$ | B |

十二键中用七音以为曲，其名曰do、re、mi、fa、sol、la、si，即中国之宫、商、角、变徵、徵、羽、变宫也。七音外之五音皆为下音，不与他音连用，惟旋宫时则必用之。西乐通用

之调有二：曰 C 调，以 C 为 do；曰 F 调，以 F 为 do。F 调七音可全用白键，C 调七音则用一黑键 $^{b}$G。由是以推，如用 D 调 — 以 D 为 do，则 mi、fa、si 三音皆用黑键；如用 E 调 — 以 E 为 do，则 re、mi、fa、la、si 五音皆用黑键矣。余依次推。至五黑键亦自成其徵、羽、宫、商、角五音，但不用白键则无二变耳。如以之比附燕乐，则 C 调，黄钟均也，F 调，仲吕均也，故二调为常用。余如 $^{#}$C 调为大吕均，D 调为太蔟均，$^{#}$C 调为夹钟均，E 调为姑洗均，$^{#}$G 调为蕤宾均，五正音皆黑键。G 调为林钟均，$^{#}$G 调为夷则均，A 调为南吕均，$^{#}$A 调为无射均，B 调为应钟均：皆可推知矣。更以各调用声，依前郑译七音十二均例括为一表：

| 音<br>调 | do | re | mi | fa | sol | la | si |
|---|---|---|---|---|---|---|---|
| B | B | $^{b}$D | $^{b}$E | F | $^{b}$G | $^{b}$A | $^{b}$B |
| $^{#}$A | $^{b}$B | C | D | E | F | G | A |
| A | $^{b}$A | B | $^{b}$D | $^{b}$E | E | $^{b}$G | $^{b}$A |
| $^{#}$G | $^{b}$A | $^{b}$B | C | D | $^{b}$E | F | G |
| G | G | A | B | $^{b}$D | D | E | $^{b}$G |
| F | $^{b}$G | $^{b}$A | $^{b}$B | C | $^{b}$D | $^{b}$E | F |
| $^{#}$F | F | G | A | B | C | D | E |
| E | E | $^{b}$G | $^{b}$A | $^{b}$B | B | $^{b}$D | $^{b}$E |
| $^{b}$D | $^{b}$E | F | G | A | $^{b}$B | C | D |
| D | D | E | G | $^{b}$A | A | B | $^{b}$D |
| C | $^{b}$D | $^{b}$E | F | G | $^{b}$A | $^{b}$B | C |
| C | C | D | E | $^{b}$G | G | A | B |

就此表以勘附燕乐，排列之次，旋转之用，完全相同。则可知燕乐、西乐实出一源，其源维何？印度是也。中国古律本为《周礼》阳声六律、阴声六同，音位相当，而中以圜钟为绾。自汉人误以《月令》六间之次，合三分损益之法，数理纷陈，无施于用。其于乐音之实，未有不易之准也。乃自开通西域以后，印度之乐间接流传，<sub>如张骞得《摩诃兜勒》一曲，传之西京，李延年因造《新声二十八解》。见前。</sub>浸生异感。故汉晋之际，诸言音者不明所以，徒依违于古乐俗乐间莫知适从。乃自龟兹胡琵琶既入中国，郑译始得按其五旦之声，牵合古律之名，增衍八十四调；唐燕乐遂凭之以为准，于是古乐乃真亡，而代以胡声矣。<sub>均见前。</sub>至若印度民族，声闻之学发达最先，<sub>婆罗门五明之学，声明居其首。</sub>其于音乐，盖有特胜。西域诸国奉其宗教，传其乐音，复并而于入中国，此印度之乐所以东行也。西洋学术如哲学、科学，源于希腊，政治、法律，导于罗马，众之所知也。然印度文明，早于希腊几二千年，其学术技艺，不无自波斯帝国而传于希腊或自萨拉森民族而传于西欧者，则日耳曼族今日之文明，未必不受其沾溉也。由是以测西洋音乐，殆有出于印度之可能矣。惟是西人于学求精而务实，故于乐器音理日事改进，遂有今日之发扬；吾国则墨守而凭虚，驯至器日败而音日亡，乃成今日之衰落，是则真可叹耳。吾故曰：征十二律，当求之于西乐也。

今日者，俗乐凌杂，雅音久亡，乐教衰微，甚于往古。惟学校传习西乐，尚能示以方途，范之规矩，所谓"礼失求野"

者也。使从此假彼声器，振我国风，未尝不可进于广博易良之域。苟第步趋显迹，昧厥本原，则故行既非，徒劳盼蠁。起废捄敝，借镜取裁，是在明哲！

# 余论

二千年来乐府之源流、体制、文辞、声律,概如上述。今更陈三义,以为有心乐教者告焉:

一曰明本。

《记》曰:"乐者,心之动也;声者,乐之象也;文采节奏,声之饰也。君子动其本,乐其象,然后治其饰。"盖自乐教衰,而乐之本不明矣。帝王豪贵,则张皇夸饰以侈丽相高,编甿众庶,则蒙昧浸淫以娱嬉为事。徒亏财废事,而不知所以为乐之旨,故墨翟非之耳。《墨子》有《三辩》篇、《非乐》篇。苟明乐本,是钟磬竽瑟,将不啻诗书之教,政令之施,使天下治于无形,化于不言,乐亦何可非哉?夫人接物生情,即事兴欲,将必有忿戾郁伊之感,偏宕迷罔之心,以灭天理而从人欲。惟乐本于和,"使之阳而不散,阴而不密,刚气不怒,柔气不慑,四畅交于中,而发作于外,皆安其位,而不相夺"。故曰:"啴谐慢易繁文简节之音作,而民康乐;粗厉猛起奋末广贲之音作,而民刚毅;廉直劲正庄诚之音作,而民肃敬;宽裕肉好顺成和动之音作,而民慈爱。""乐行而伦清,耳目聪明,血气和平,移风易俗，天下皆宁。"皆《乐记》语。此乐之大效也。今民俗之敝极矣！恒舞酣歌，遍于都会，非无乐也，失乐之本也。乐本既失，然后奸声以滥，溺而不止，淫于色而害于德矣。诚能归于雅正，树之风声，国家倡焉，学者力焉，使民平好恶而反人道之正，斯悖逆诈伪，淫泆作乱之风，庶几少戢乎！

二曰知方。

乐本既明，其所以为方者有二事焉。一则辞之必正也。夫辞，乐之里也。"情动于中而形于言"，言失正则情离，无以益教而足以乱俗矣。今试征俗乐之辞，粗犷者言野而情肆，靡曼者言猥而情荡，阴阳不调，刚柔失中，作者苟成，而听者忘道矣。为之计者，宜绳偏颇，补阙失，养敦厚之风，作刚健之气。俾乐而不淫，悱而不乱，雅不远人，俗不失操，庶文质得乎其中。此文学者之事也。二则声之必和也。夫声，乐之表也。"情发于声，声成文谓之音。"音失和则情僻，无以益心，而足以乱志矣。今试察俗乐之声，或好滥而燕女，或趋数而敫辟，慢易犯节，流湎忘本，作者狥俗，而听者害德矣。为之计者，宜去噍杀，戒邪散，审一以定和，比物以饰节。俾思而不惧，忧而不困，直不失美，曲不过情，庶繁简协乎其宜。此音乐者之事也。由是辨其辞旨，酌其声情，使文采节奏，无或舛迕，斯肃雍和鸣，可以扬大国之风矣。

三曰立制。

国之大经，实惟礼乐，故先哲论乐，礼必并举。礼失所立，乐亦无成也。今民国肇建，越二十年，干戈扰于内，樽俎衅于外，安攘交亟，制作未遑，岂长策哉？国人侨域外者偶逢宴集，或以欲聆国乐为请，辄赧无以应。迩者政府征《国歌》歌辞，再期而不获一当。是皆国人之羞也！夫吾华民族兴起，未尝后人，文物典章，且居先进，乃萎敝儳陋，几媲蛮夷。回溯汉唐，能无深喟！苟终忽于治本，不务远图，惨礉以亟其生，苟营以逐于物，则民德日堕，民俗日漓，伊于胡底？蒙以为，但使治轨稍就，祸患稍戢，即当昭示更始，网罗英才，体明圣之教，宏述作之事。俾昏冠丧祭，各有仪纪；朝聘燕飨，备其声文。礼节民心，乐和民声，然后合敬同爱，无怨不争，以进于大同之治。傥无河汉，企予望之！

# 本次整理征引文献

孔安国传，孔颖达正义：《尚书正义》，阮元校刻《十三经注疏》，中华书局1980年版。

毛亨传，郑玄笺，孔颖达正义：《毛诗正义》，阮元校刻《十三经注疏》，中华书局1980年版。

陈启源：《毛诗稽古编》，《景印文渊阁四库全书》第85册，（台湾）商务印书馆1986年版。

郑玄注，贾公彦疏：《周礼注疏》，阮元校刻《十三经注疏》，中华书局1980年版。

郑玄注，贾公彦疏：《仪礼注疏》，阮元校刻《十三经注疏》，中华书局1980年版。

郑玄注，孔颖达正义：《礼记正义》，阮元校刻《十三经注疏》，中华书局1980年版。

刘熙撰、毕沅疏证、王先谦补：《释名疏证补》，中华书局2008年版。

《国语》，上海古籍出版社1978年版。

司马迁：《史记》，中华书局1963年版。

班固：《汉书》，中华书局1962年版。

范晔：《后汉书》，中华书局1965年版。

房玄龄等：《晋书》，中华书局1974年版。

沈约:《宋书》,中华书局1974年版。

魏征等:《隋书》,中华书局1973年版。

李延寿:《北史》,中华书局1974年版。

刘昫等:《旧唐书》,中华书局1975年版。

欧阳修等:《新唐书》,中华书局1975年版。

脱脱等:《宋史》,中华书局1977年版。

郑樵:《通志二十略》,中华书局1995年版。

郭庆藩集释:《庄子集释》,中华书局1961年版。

许维遹集释:《吕氏春秋集释》,中华书局2009年版。

何宁集释:《淮南子集释》,中华书局1998年版。

任半塘笺订:《教坊记笺订》,中华书局1962年版。

岳珍校正:《碧鸡漫志校正》,人民文学出版社2015年版。

萧统编,李善注:《文选》,上海古籍出版社1986年版。

郭茂倩编:《乐府诗集》,中华书局1979年版。

吴讷、徐师曾:《文章辨体序说·文体明辨序说》,人民文学出版社1962年版。

王易:《词曲史》,神州国光社1930年版。